시계가
걸렸던 자리

시계가
걸렸던 자리

구효서 소설집

창비

차 례

시계가 걸려썼던 자리

내가 태어나고 자란 집. 그곳에 언제라도 갈 수 있다면 그걸 행운이라고 할 수 있을까. 갈 때마다 그 집 그 방까지 들어가볼 수 있다면 어떨까.

행운이기 전에, 마흔일곱 해, 아니 형님과 누님들도 그곳에서 태어나 자랐으니 적어도 육십년은 족히 됐을 그 집이 퇴락했을망정 아직도 옛 모습 그대로 거기에 남아 있다면 가히 기적이랄 수 있는 것 아닐까. 도시와 농촌 할 것 없이 개발의 시류를 타고 집 한채쯤은 하루아침에 뚝딱 부수고 새로 짓는 시절에, 게다가 서울의 어느 돈 많은 사람에게 명의가 넘어가 적절한 매입자가 나타나기만을 기다리고 있는 형편이라면 더욱 기이한 일이 아닐까.

열네살에 그 집을 떠난 뒤로 가족과 함께 서울의 셀 수 없을 만큼 많은 집들을 전전했고, 가족으로부터 분가한 뒤로도 내 집 없이 떠돈 세월이 이십년에 이른다. 그런 내겐 아직도 내가 태어나 자란 집이 그곳에 있다는 것과, 언제라도 맘만 먹으면 그 방 그 마루 그 부엌엘 들어가볼 수 있다는 건 행운임이 분명하다. 그러나 얼른 행운이라고 말하지 못하고 주저하는 까닭은, 그 집이 내가 죽을 때까지 그곳에 있어주었으면 하는 바람을 차마 떨치지 못하기 때문이리라. 육십여년을 버텨왔는데 겨우 몇개월을 더 못 버틸까. 나를 낳고 나를 품어낸 집이 퇴락한 모습으로나마 내 일생과 온전히 그 시간을 함께해준다면 주저없이 행운이라고 말할 수 있을 것 같았다. 나를 낳고 나를 품어낸 또다른 존재인 어머니는 팔년 전 신월동 집앞 주차장에서 후진하는 차량에 치여 이미 돌아가셨으므로 더욱더.

고향집 마당은 웃자란 개망초로 구렁이 돼 있었다. 축대 밑은 여뀌들로 무성했다. 몇해 전 들렀을 땐 떡살을 찧던 돌절구가 대문 밖 제자리에 그대로 있었으나, 없어져버린 자리엔 뻘건 빗물이 고여 있었다. 허리까지 자란 풀들을 헤치며 집으로 다가갔다. 미처 증발되지 않은 이슬이 바지를 적셨다.

두달 전만 하더라도 아침 아홉시에 고향집을 찾을 거라곤 생각지 못했다. 명절 때 성묘 다녀가던 길에 한두 번 들렀던 게 고작이었다. 아이러니컬하게도 생의 끝 싯점이 언제일지를 구체적으로 계산하게 되면서 생의 처음 싯점이 궁금해졌던 것이다. 불현듯 닥쳐온 죽음 앞에서 탄생을 생각하는 건 아이러니가 아니라 어쩌면 자연스런 일일지도 몰랐다.

생의 끝점은 시시각각 구체화되고 있는데 생의 시작점이 여전히 모호하다는 게 이른 새벽 나를 고향으로 내몰았다.

나는 오랫동안 1958년 9월 25일에 태어난 걸로 알고 있었다. 모든 공문서에 생년월일이 그렇게 적혀 있었으니까. 그러나 그 어느 것 하나 맞는 게 없었다. 중학교에 입학하던 해에 비로소 1957년 음력 8월 25에 태어났다는 걸 알았다. 내 생일이 해마다 바뀌었을 뿐만 아니라, 그 생일이 정작 9월 25일인 적은 한번도 없었다는 사실을 그제야 알아챘기 때문이다. 그리고 어제, 컴퓨터 양음력 대조표를 보고서야 1957년 9월 18일 수요일에 내가 태어났다는 사실을 알았다. 지금껏 가족들이 음력으로 생일을 기억했기 때문에 양력 9월 18일이라는 날짜는 내 현실에선 중요하지도 필요하지도 않은 거였다. 그러나 어제는 꼭 양력이 필요했다.

나는 어머니에게 내가 몇시에 태어났느냐고 물은 적이 있었다. 모른다는 게 어머니의 첫 대답이었다. 몇년 뒤, 대충이라도 모르시겠냐고 또 물었던 것 같다. 아침나절이었다는 대답만 들었다. 왜 잘 모르느냐고 했더니 그때는 집안에 시계가 없었다고 했다. 우리집에만 없었던 게 아니라 거의 모든 집에 시계란 게 없었다고. 그래서 몇시 몇분 따위는 아예 없었고, 가장 미분화된 시각단위라야 아침때 점심때 저녁때에다 각각 새참때가 끼어드는 게 전부였노라고. 상관없었다. 그다지 절실해서 물은 것도 아니었으니까.

태어난 시각을 꼭 알아야겠다고 어머니께 다시 말했던 건 서른한 살 때였다. 나는 결혼을 해야 했고 신부 집에 사주단자라는 걸 보내야만 했던 것이다. 그러면 한 열시쯤으로 하려무나…… 열시도 아니고 '한 열시쯤'이었다. 그러면서 어머닌 덧붙였다. 글찮아도 어디 가서 니 사주 넣고 점볼 때 사시로 했다. 대충 맞을 거여.

자─축─인─묘─진─사…… 자시가 오후 열한시에서 새벽 한시 사이를 이르는 것이니까 내가 태어난 사시는 오전 아홉시에서 열한시

사이였다. 그렇다면 '한 열시쯤'이라는 어머니의 말은 아주 정확한 거였다.

사주단자 때문에 태어난 시각이 필요한 거였다면 더이상의 자세한 시각 따위는 알 이유가 없었다. 단자에는 정유년 팔월 이십오일 사시생으로 적어보냈었으니까.

사주풀이 점을 치거나, 재혼을 하려는데 출생일시를 까맣게 까먹은 경우가 아니라면, 태어난 시각이란 건 적어도 내 삶에선 필요한 숫자가 아니었다. 그런데 난 어째서 그 숫자에 집착하게 되었을까.

삶을 마감해야 할 날이 명징한 초침소리로 육박해왔기 때문은 아닐까. 그 초침소리에 쫓기며 나는, 뭔가를 부여잡듯, 반사적으로 출생의 시각에 매달리려 한 건 아닐까. 그러했으리라. 그러했으리라 고백한다고 해서 더 서글퍼질 것도 없었다. 난 충분히 서글퍼져 있는 것이다.

모른다. 아침나절. 한 열시쯤. 따지고 보면 어머니의 대답은 뒤로 갈수록 좀더 구체적인 시각에 접근하고 있었던 게 사실이었다. 하지만 거기까지였다. 그것만으로도 내 필요는 충족되었으니까. 그러다 며칠 전, 어머니가 흘리듯 말해버렸던 음성이 떠올랐다. 아, 글쎄 시계가 없었다니깐 그러네. 그땐 해뜨는 걸루다 하루를 가늠한 거야. 널 낳고 나니깐 아침햇살이 막 뒤곁 창호지문 문턱에 떨어지고 있더라. 생각나는 건 그게 전부다.

내가 태어난 그 날짜에, 아침햇살이 고향집 안방 문턱에 떨어져내리는 그곳에 가 서게 된다면 내가 태어난 정확한 시각을 알 수 있는 거였다. 햇살은 태양력을 따라 움직이므로 나는 그해 음력 8월 25일의 양력을 알아야 했다. 9월 18일이었다. 뭔가에 간절하거나 절박하면 답은 저절로 하늘에서 떨어진다고 했던가. 어느날 갑작스레 코앞에 다가와 나를 이러지도 저러지도 못하게 옥죄고 있는 죽음의 그림자. 그 옴짝달싹 못하는 지경에서 내 숨통을 틔울 건 오로지 태어난 시각을 정확히 아는 것뿐이라는 식이 돼버렸다. 어째서 그런 결론에 도달하게 됐는지 알 턱이 없었다. 알 수도 없었고, 알고 싶지도 않았다. 다만 그런 식이 돼버렸다는 것이고, 날짜에 맞춰 고향집에 당도했다는 사실만 중요하게 여겨질 뿐이었다. 그럭저럭 잘 걷던, 그러나 생애 유일했던 길이 코앞에서 턱 막혀버린다면 무슨 기현상인들 안 일어날까. 생일이 내 여생의 범위 안에 있었다는 사실에 안도할 뿐이었다. 그리고 그 집이 아직도 그때의 문턱 높이를 간직한 채 그곳에 있다는 것. 언제라도 그 방에 들어갈 수 있다는 것.

나무 대문은 커다란 녹슨 자물쇠로 잠겨 있었다. 그러나 부엌 기둥과 담벼락 사이, 헛간과 사랑채를 잇는 흙벽 사이에 소가 걸어들어가고도 남을 틈이 벌어져 있었다. 무쇠솥들은 오간데 없었다. 부뚜막엔 솥이 놓였던 세 개의 크고 둥근 구멍이 검은 아가리를 벌리고 있을 뿐이었다. 흙벽 틈새로 쏟아져들어온 빛이 언제나 어둡기만 하던 부엌의 내부를 하얗게 밝히고 있었다.

벽 틈새로 집앞 들판과 신작로가 훤히 내다보였다. 바람과 어둠과 추위로부터 한가족을 수십년간 감싸주었던 담과 벽이, 그 가족을 잃자 허망하게 주저앉아버린 것이다. 관솔불 밝힌 부엌의 어둠속에서 어머니는 하고 하고 또 해도 수지가 맞을 리 없는 무슨 셈인가를 하루도 빠짐없이 입속으로 되뇌었다. 부엌 바닥 한 귀퉁이 움푹하게 함몰된 곳은 밀주를 담아 묻었던 곳이었다. 밀주 단속을 피해 허겁지겁 술독을 꺼내 밤나무 숲에다 쏟아버렸던 아버지는 싱거운 단속이 지나가고 난 뒤 억울해서 잠을 이루지 못했다. 밤나무 낙엽이라도 긁어다 짜면 한 대접쯤 나오지 않을까,라는 말을 백 번도 더 했다.

어머니가 밥상을 들고 힘겹게 드나들던 쪽마루를 지나 안방으로 들어가면서, 그때까지 구두를 벗지 않았다는 사실에 놀랐다. 대들보와 서까래엔 이미 거미조차 살지 않는 불투명한 거미줄이 늘어져 있었다. 대청에 미숫가루처럼 흩뿌려져 있던 것들은 먼지였다. 신을 신은 채로 처음 들어가보는 집. 구두를 벗을 수 없었으나 얼른 발걸음이 떨어지지 않았다.

오래된 벽지는 검은 곰팡이가 슬었고, 벽지 무늬를 따라 좀이 슬었고, 젖어 있었다. 벽에서 이격된 벽지는 낡은 커튼처럼 주름진 채 매달려 있는 게 보였다. 격자문들 또한 오간데 없었다. 이미 오래전에 누군가에 의해 황학동 시장으로 팔려나갔을지도 몰랐다.

방 한가운데 가만히 쪼그리고 앉았다. 으스스 한기가 돌았다.

동쪽 뒤꼍으로 난 문의 문짝도 남아 있는 게 없었다. 커다란 사각형의 아가리를 벌리고 있을 뿐이었다. 내 눈길이 어머니가 말했던, 그 뒤꼍 방문의 문턱에 머물렀다. 이슬에 검게 젖은 문턱. 오래되어 갈라지고 약간은 비틀어졌으나 아직은 그때 그 모습, 그 높이를 간직하고 있었다. 아버지는 가끔 문턱에다 창칼을 대고 왕골을 다듬었다. 그때 생긴 나무의 상처들이 그늘 속에 모습을 드러냈다.

햇살은 뒤꼍의 보리똥나무 꼭대기에 머물러 있었다. 가시가 많아 담장 대용으로 심은 나무들이었다. 그 아래 도라지를 심었던 곳은 묵정밭으로 변해 있었다. 장독대 밑 보리뱅이 무성한 사이사이로 과꽃과 맨드라미가 보였다. 잔대와 엉겅퀴와 뻐꾹채도 눈에 띄었다. 그리고 백일홍 젖은 꽃잎 두 송이.

어느 집에나 하나씩 있던 꽃밭. 우리도 장독대 옆에 꽃밭이 있었고 누님들이 가꾸었다. 철 따라 꽃을 피우고 씨를 떨구던 많은 꽃나무들. 사람이 떠난 뒤로 잡초가 우거지고, 엉겅퀴와 뻐꾹채 같은 야생초에게 그 자리를 내주었지만 과꽃과 맨드라미와 백일홍이 아직도 드물게나마 개체수를 유지하며 철을 잊지 않고 꽃을 피워내고 있었다. 내가 집을 떠나 문래동 철길 옆에서 구린내나는 값싼 자장면을 먹고 배앓이를 할 때도, 이곳 꽃들은 때맞춰 피고 씨를 모으고 겨울을 나고 다시 싹을 틔워올렸던가. 제대를 하고 졸업을 하고 뒤늦게 이력서를 써들고 비 내리는 종로와 광화문 거리를 헤젓고 다닐 때도 이곳엔 여전히 모란이 피고 분꽃이 피었던 걸까.

어둠의 습기가 다 가시지 않은 9월의 아침그늘 속에서 과꽃과 맨드라미와 백일홍은 가수상태를 완전히 떨치지 못하고 있었다.

그 옛날 뒤꼍 창호지문은 한폭의 그림이었다. 아침햇살이 비쳐들면 문고리 주변에 덧대 바른 마른 국화잎들이 선명했다. 대추나무 그림자가 투명한 창호지에 떨어져내릴 때는, 흔들리는 가지와 이파리와 대추열매들이 꼭 천막에 비치던 순회영화의 한장면 같았다. 눈 오는 겨울밤엔 그 창문 바깥에서 너구리가 울었다. 발 시린 너구리가 이리저리 설치고 다니는 서슬에 잠을 깼다.

보리똥나무 가지 사이로, 햇살이 소나기처럼 쏟아져내렸다. 얼마 안 있어 추녀끝을 적실 것 같았다. 내 눈높이까지 닿으려면 멀었지만 점차 눈이 부셔오기 시작했다. 가슴이 뛰었다. 한없이 느린 것 같으면서도 햇살의 각도는 아주 빠르게 변했다. 지구가 자전하고 있다는 사실이 갑자기 엄연하고 도저하게 느껴져 숨이 찼다. 태양이 이동하는 짧은 순간순간마다 세상엔 얼마나 많은 일들이 생겨나고 사라지는 걸까. 어마어마하겠지. 그 사실만으로도 순간은 영원과 같다는 말이 성립될 수 있는 거겠지.

구두를 신은 채 웅크리고 있는 방은 내 오랜 위질환이 시작된 곳이었다. 세상을 막 인식하고 기억하던 순간에 내 위질환은 이미 시작돼 있었다. 내 생애 가장 오래된 기억도 위질환이었다. 지금 웅크린 자세와 똑같은 모양으로 앉아 나는 무언가를 고통스럽게 게워내고 있었다.

잔칫집에서 얻어온 부침개를 먹었거나 겨울새벽 찬 물고구마를 먹었을 것이다. 무얼 먹어도 나는 체했고 그럴 때마다 토했다. 무얼 먹지 않아도 나는 배가 아팠고 그럴 때마다 가성소다를 숟가락으로 퍼먹었다.

어머니가 배를 쓰다듬으면 여린 뱃가죽이 등에 닿는 것 같았다. 명절 음식들은 언제나 그림의 떡이었고, 유혹을 이기지 못한 날은 쓴물까지 게워내지 않으면 안되었다. 꿈틀거리는 거위까지 토해냈다.

귀신이 붙었다고 굿까지 했다. 아픈 배는 낫지 않았다. 횟배라고 석유를 먹고, 소화불량이라고 소화제만 먹었으며, 감자를 먹고 체한 날은 감자를 태워 갈아먹고, 고구마를 먹고 아픈 날은 고구마를 새까맣게 태워 우려먹었다. 만신의 말만 듣고 손발톱과, 내 나이만큼의 머리카락과, 복숭아나무 가지를 넣어 끓인 물을 하루에 세 대접씩 마셨다.

도시락은 한숟갈도 뜨지 못한 채 도로 가져오기 일쑤였다. 쭈그리고 앉아 몇차례 흥건히 니침을 쏟으면서 멀고먼 등하굣길을 오갔다. 이름도 모를 약들을 얼마나 많이 먹었던지, 어머니가 장에서 사온 초콜릿 밤과자를 약인 줄 알고 아이들에게 몽땅 나누어주었다가 뒤늦게 울음보를 터뜨렸다.

고등학교 3학년이 되어서야 내 병이 만성 위궤양이란 걸 알았다.

입시공부로 인한 스트레스 때문에 위산과다나 위궤양이 생긴 건지도 모른다는 동네 약사의 진단이 들어맞았던 것이다. 그러나 나는 그 병을 취학 전부터 앓고 있었다. 타고난 허약체질에 소아 위궤양이 겹치면서 오랜 세월 영양부족과 배앓이의 악순환이 계속되었던 것이다.

바루나라는, 파란 병에 하얀 위장약을 세 병 거푸 비우고 나서야 간신히 궤양을 잡을 수 있었으나, 매일 앓던 배앓이를 일주일에 한번 정도로 줄인 것에 불과했다. 그 정도만이라도 살 것 같았다. 그 뒤로도 배앓이는 숙명처럼 지속되었고, 한손을 배에 대고 얼굴을 찡그린 모습이 내 트레이드마크가 되었다. 바루나, 노루모에서 잔탁, 겔포스로 이어진 투약의 양은 내가 지금껏 먹은 음식의 양과 맞먹을 정도였다.

내 모든 기억의 역사와 함께했던 배앓이도 이제 내 육신과 더불어 그 종국이 머지않았음을, 내 기억이 탄생하고 출발한 그 집 그 안방에서 되새기고 있는 거였다. 아련하고 슬픈 위질환의 발원지에서.

재봉틀이 놓여 있던 곳, 거울이 걸렸던 곳, 달력이 붙었던 자리를 천천히 휘둘러보았다. 나중에 장만한 크고 둥근 시계가 걸렸던 벽도.

찢기고 퇴색한 장판 위로 주둥이 넓적한 장수풍뎅이 한마리가 기어가고 있었다.

아버지가 손수 바르신 외벽의 백회가 자작나무 수피처럼 떨어져내렸다. 추녀는 어깨를 다친 상이군인처럼 비스듬히 기울어져 있었다. 문밖 기둥 모서리에는 이미 두세 해 전에 날아와 쌓인 듯한 갈잎들이 나뒹굴었다.

햇살이 추녀를 미끄러져내려와 방안을 비추기 시작했다. 내가 태어나던 그해 그달 그날 그 시각의 햇살이 천천히 방문턱으로 접근해 내려왔다.

나는 앉은 채로 옆걸음질쳐 눅눅한 벽에 어깨를 기댔다. 그렇게 기대앉아 장롱이며, 그 위에 쌓아놓았던 이불들이며, 앉은뱅이책상이 놓였던 윗목을 물끄러미 바라보았다. 어른들이 장난스레 건넨 술에 취해 다듬잇돌에 이마를 부딪치던 네살 적의 내가, 그리고 새벽잠에서 깨어 밤새 차가워진 머리맡의 물고구마를 몰래 먹던 여섯살 적의 내가 방안을 이리저리 휘젓고 다녔다. 뜨거운 방구들에 하루종일 아픈 배를 대고 엎드린 아홉살의 나, 약 병아리를 앞에 놓고 국물만 간신히 두어 숟가락 떠먹고 마는 열두살의 내가 있었다.

햇살이 천천히 천천히, 그러나 숨가쁘게 방문턱 가까이 내려앉자 장독대 주변의 자줏빛 과꽃과 맨드라미가 가수상태에서 깨어나 고개를 들기 시작했다. 각각의 나이를 가진 여럿의 어린 내가 방안 이곳 저곳에 어른거리는 것처럼, 장독대 주변에도 어느새 계절과는 상관없이 어린날 내가 보았던 모든 기억의 꽃들이 조용히 아우성치며 피어나기 시작했다.

장독대는 빨갛고 노랗고 흰 꽃들로 가득 들어찼다. 꽃천지였다. 꽃잎에 매달린 아침이슬들이 꽃보다 먼저 빛을 발하며 햇살의 접근에 반응했다.

아침볕이 내 이마와 어깨 위에 떨어져내렸다. 눈이 부셨고 어깨가 따뜻해졌다. 근래 한번도 느껴보지 못했던 커다란 평온함이 내 몸을 슬쩍 밀어 누이려 들었다. 그때 어디선가 뎅, 하는 괘종소리가 들렸다. 멀고 깊은 시공으로부터 길어올려지는 듯한 그 소리는 긴 여운을 남기며 열 번을 울렸다. 나는 햇빛 속에 있었다. 눈은 뜰 수 없었고 속눈썹이 젖었다.

장수풍뎅이가 지나간 자리에서, 내가 태어나고 있었다. 아랫집 순덕이네 할머니의 손이 바쁘게 움직였다. 세숫대야에 담긴 뜨거운 물이 무럭무럭 김을 피워올렸다. 어머니의 땀내와 비릿한 산혈(産血) 내음이 방안을 가득 채웠다.

어머니의 산고와 아이의 울음이 잦아들었다. 투명한 땀방울이 맺힌 어머니의 이마는 넓고 밝았다. 아침이슬을 머금은 흰 꽃. 젖은 귀밑머리는 까맣게 윤기가 흘렀다. 어머니가 눈꺼풀을 열어 새생명이 태어난 아침의 새세상을 바라보았다. 나도 눈을 떠 어머니의 그윽한 시선이 머무는 곳을 바라보았다. 노랗고 따뜻한 아침볕이, 마침내 문턱에 막 닿고 있었다.

나는 팔을 들어, 손목시계를 보았다. 열시였다. 그리고 육분. 그리고 사십오초였다. 머잖아 마감하게 될 내 생명은, 사십육년 전 오늘, 오전 열시 육분 사십오초에 시작된 것이었다.

방안 가득 햇빛이 들어찼다. 햇빛은 문밖의 눅눅한 땅을 적시고 장독대를 훤히 비추었다. 만발했던 기억의 꽃들은 어느새 자취를 감추고, 비루에 걸린 듯한 맨드라미와 과꽃 몇송이가 무성한 보리뱅이 사이에 성글게 서 있었다. 아침그늘 속에 서렸던 과거 시간의 잔흔들이 환한 햇빛에 말끔히 증발해버렸다.

기어가던 장수풍뎅이도 모습을 감추었다. 찢기고 퇴색한 장판이 환멸처럼 조용히 누워 있었다. 아이의 울음소리도 어머니의 산혈 내음도 순덕이네 할머니의 바쁜 움직임도 느껴지지 않았다. 방은 축축한 벽이 한숨처럼 내뿜는 냉기, 검은 곰팡이의 매콤한 냄새, 갈라진 벽 사이로 틈입하는 바람들로 가득했다. 재봉틀이 있던 자리, 거울이 걸렸던 자리, 달력이 붙었던 자리는 말 그대로 자리일 뿐 아무런 흔적도 없었다. 쟁반만한 시계가 걸렸던 자리에 녹슨 못 하나가 변색된 유골의 파편처럼 박혀 있을 뿐이었다.

내 탄생의 시각은 정확해졌다. 그 끝점의 시각이 남아 있을 뿐이었다. 세상에 남아 있을 사람들 그 누구도 내 삶의 끝 시각을 '한 열시쯤' 식으로 기억하지는 않을 것이다. 도처에 시계가 아니던가. 내가 죽는 순간에도 시계는 내 머리맡 어디쯤인가에 놓여 있을 것이다. 내 생애 총량은 이제 초단위까지 계산이 가능하게 되었다. 하지만, 그게 무슨 소용이란 말인가.

시계란 것을, 처음 나는 그림으로 보았다. 처가살이하던 큰매형이 장에 가서 그려온 그림이었다. 어느 가을, 추수를 끝낸 어른들은 시계를 사기로 맘먹은 듯했다. 어떤 시계를 살 것이냐를 공론하던 끝에 큰매형의 결정에 따르기로 했다. 그러나 소심했던 매형은 선뜻 제 맘에 드는 시계를 사지 못하고 시계방 앞에서 한나절을 머물면서 몇개의 벽시계를 그려왔다. 그림은 모두 네 개였다. 쟁반처럼 둥근 것에서 주걱 같은 불알이 달린 것까지. 명암조차 분명한 섬세한 연필그림엔 매형의 소심함이 그대로 드러나 있었다. 어머니는 둥근 것을 선택했다. 크고작은 바늘 한쌍이 창처럼 멋졌고, 숫자도 시원스런 자판 한가운데엔 두 개의 콧구멍이 나 있었다.

그 구멍에 나비 모양의 놋꼬챙이를 넣고 돌리면 또로록 또로록 소리를 내며 태엽이 감겼다. 시계가 죽거나 늦으면 어머니나 아버지가 재봉틀 의자에 올라가 태엽을 감았다. 어머니는 스물두 번을, 아버지는 열여덟 번을 감았다. 누가 시계에 밥을 주는지 이불 속에서도 알 수 있었다. 높은 곳에 걸려 있기도 해서지만 나는 손아귀에 힘이 없어 세 바퀴 이상 태엽을 감을 수 없었다.

시계는 부엌 쪽으로 난 벽, 벽장문 위 약간 왼쪽에 걸었다. 보꾹 가까이에. 그곳엔 오래전부터 못 하나가 박혀 있었다. 신줏단지를 모시는 작은 시렁이 매달려 있던 곳이었다. 시렁을 거두어내고 번쩍거리는 시계를 걸었다.

내심 잘되었다고 생각했다. 나는 그 작은 시렁에 모셔진 신줏단지가 오랫동안 무서웠다. 해마다 햇곡식을 갈아넣는 요강만한 백자기였다. 한지 고깔까지 씌워놓아서 사람의 머리통 같기도 했다. 절기를 맞춰 고사를 지낼 때 어머니는 그 신줏단지 앞에서 한없이 고개를 조아리며 두 손을 비볐다. 부정탄다고 건드리지도 못하게 했다. 어른들은 신줏단지라면 쩔쩔맸다.

그런 신주를 윗목, 재봉틀 놓인 벽의 보꾹 아래로 옮겼다. 거울 걸린 벽의 모서리에 가려져 신주는 잘 보이지도 않았다. 속이 다 시원했다. 그 우중충하고 수꿀스런 것 대신에 말끔한 유리 얼굴을 하고 있는 커다란 시계를 맘껏 보게 돼서 정말 좋았다. 신주를 자주 보지 않게 되니까 어른들도 차츰 신주보다는 시계를 더 중하게 여기는 것 같았다. 시계가 우리집에서 가장 비싼 물건이었다. 반짝거리는 은도금 테두리 때문에 방이 다 훤해지는 것 같았다.

온종일 저 홀로 똑딱거리는 신기한 시계를 온동네에 자랑하고 싶었지만, 어찌된 일인지 그해 마을의 거의 모든 집이 약속이나 한 듯 시계를 장만했다. 오히려 우리집이 가장 늦게 산 축이었다. 마을에 시계가 등장한 뒤로 사람들의 말투부터가 달라졌다. 아침때니 점심때니 하는 말들은 자취를 감추었고, 몇시 몇분이라는 신식 언어를 사용했다. 이십분이나 늦었네,라고 말하는 어머니가 낯설었다.

아이들 머리가 좋으냐 나쁘냐는 것은 전적으로 시계를 읽을 줄 아느냐 모르느냐에 달려 있었다. 불행하게도 나는 시계를 읽을 줄 몰라

머리 나쁜 아이로 통했다. 분이 모여 시간이 된다는 사실을 너무 일찍 깨달은 탓이었다. 시간보다 분이 작은 건 확실했다. 그러나 나는 오랫동안 어째서 작은 바늘이 큰 시간을 가리키고 큰 바늘이 작은 분을 가리키는 건지 이해할 수 없었다. 세시 정각을 열두시 십오분으로 읽는 식이었다. 오랫동안 고쳐지지 않았다. 어머니는 내게 시간을 물을 때마다 작은 바늘이 무슨 글자에 가 있고 큰 바늘은 무슨 글자에 가 있느냐,고 물었다.

시계는 무섭게도 마을사람들을 하루아침에 일사불란하게 만들었다. 두레 회원은 조반 식전에 잠깐 만나 얘기합시다,라는 말이 오전 다섯시 반에 봅시다,라고 바뀌었다. 어둑한 새벽인데도 귀신같이 때를 맞춰 모여들었다. 시계 덕분이었다. 옛날과 달리 조금만 늦어도 늦었다고 타박이었다. 마을사람들이 시계를 장만한 게 거의 같은 시기였듯이, 시계를 건 위치도 거의 같았다. 신주를 모셨던 곳이었다. 그리고 하루에도 수십번씩 시계를 올려다봤다. 굳이 시간이 궁금하지 않아도 시계를 봐야 마음이 흐뭇해졌다. 논밭에 나갔다 들어와도 시계부터 봤고, 어이쿠 벌써 시간이 저렇게 되었남, 하며 바쁜 척 발을 닦았다. 다들 그렇게 나날이 신식으로 세련되어가는데 시계를 못 읽는 나만 바보가 되었다.

그런 연유에서였는지 나에겐 고등학교를 졸업할 때까지 시계가 없었다. 갖고 싶지도 않았고 가질 수도 없었다. 시계는 누구에게나 제일가는 귀중품이었다. 재수를 하고 대학에 합격하고 나서야 손목시계를 가질 수 있었다.

아버지는 내가 대학에 가는 걸 원치 않았다. 첫째 둘째 누님을 초등학교 2학년까지만 보냈던 게 아버지였다. 내 바로 위 누님은 몰래 중학교 입학시험을 치렀다가 경을 쳤다. 수석합격을 해 선생님들이 우리집으로 몰려왔지만 아버지는 끝내 그 누님을 중학교에 보내지 않았다. 돈 때문이었다. 아버지의 유일한 돈벌이 수단은 돈을 쓰지 않는 거였다. 요컨대 아버지는 돈을 쓰지 않는 일이라면 무슨 일이든지 했다는 말이다. 그런데 내가 늦게나마 대학에 합격하자 입학선물로 손목시계를 선물한 거였다. 선물로도 그랬고, 누군가에게 돈을 쓴 걸로도 아버지 생전에 전무후무한 일이었다. 시계란 이래저래 내게 알 수 없는 혼돈만 가져다주는 물건이었다. 나뿐만 아니라 식구들이 모두 놀랐다. 누님들은 배신감마저 가졌다.

시계가 걸렸던 못은 세월에 풍화되고 벽의 습한 기운에 검붉게 녹이 슬어 손만 대도 바스러질 것 같았다. 커다란 시계를 지탱했으리라고 여겨지지 않을 만큼 못은 작고 가늘었다. 그때 그 시계는 어디로 사라진 것일까. 서울로 이사를 한 뒤로는 그 시계를 본 적이 없었다.

안방에서 나와 대청을 가로질러 안마당으로 나갔다. 김장 때 수백 포기의 배추를 절이거나 무명실을 표백하던 우물가엔 중동무이된 쇠파이프가 비죽 솟아 있을 뿐 물을 가두었던 시멘트 수조는 흔적없이 사라지고 보이지 않았다. 밤에 웬 노인이 우물가에 찾아와 물을 달라고 청했다. 어머니가 바가지에 물을 떠 건넸으나 모조리 흘릴 뿐 한 모금도 넘기지 못했다. 왜 그러냐고 묻자 노인은 냅다 '턱 없는 귀이신!'이라고 소리지르며 뒤로 나가자빠졌다. 이튿날 아침에 우물가에 가보니 낡은 도리깨가 넘어져 있었다. 어머니가 꾸며낸 말이었으나 나는 밤에 우물가에 가지 못했다.

어머니와 누님들은 사랑방에서 무명을 짰다. 지붕이 낮고 칸수가 적은 사랑방은 내가 여섯살 때, 포도처럼이나 열매가 잘 붙던 고욤나무 두 그루를 베어버리고 그 자리에다 아버지가 직접 지었다.

봄부터 가을까지는 무명을 짜고, 겨울에는 가마니를 짜던 사랑방이었다. 흰 저고리에 검정 치마를 입은 누님들이 댕기머리를 흔들며 무명을 짰다. 산 너머 남촌에는 누가 살길래 해마다 봄바람은 남으로 오네. 누님들이 목청껏 부르던 노래를 나는 전부 기억하고 있다. 열무 김치 담그는데 님 생각이 절로 나서…… 그러다가 아버지가 마을 어귀에 모습을 나타내면 노랫소리는 뚝 그치고 바디 당기는 소리만 요란해졌다.

지는 해가 연하장처럼 멋지게 걸리던 사랑방의 아자(亞字)창, 아버지의 노린내나는 털벙거지가 걸려 있던 기둥, 모란꽃 벽지, 까맣게 탄 아랫목은 그대로였다. 아궁이벽 위 불길 모양으로 치솟은 검댕을 보자 매운 냇내를 피해 당장이라도 코를 싸안고 도망쳐야 할 것 같았다.

집 주위에서 딴 밤이며 대추며 연시가 갈무리돼 있던 광. 하루에 하나씩 없어지는 곶감의 범인은 나였지만 번번이 야단을 맞은 건 바로 위 누님이었다. 공부 잘하고 의리있던 그 누님은 그토록 얻어터지면서도 나를 일러바치지 않았다. 다른 누님들과 달리 병석에 누워 있는 나를 보고도 끝내 울지 않으려고 했던, 그래서 결국은 내가 먼저 울게 했던 누님이었다.

사랑채가 생기기 전 그 누님과 고염나무에 올라 떫은 고염을 따먹었다. 개떡을 찌는 솥 곁에서 조바심치며 몸을 비틀고 있으면 어머니는 집을 열 바퀴 돌면 개떡이 다 쪄진다고 했다. 개떡 익는 냄새가 날 때까지 나는 누님의 어깨에 두 손을 얹고 고염나무에서 시작해서 고염나무로 끝나는 집돌기를 했다. 수수깡 바람개비를 물고 달리다 엎어져 목구멍이 찢겼을 때도 나를 업고 대문까지 뛰어왔던 것도 그 누님이었다.

누렁이가 쥐약을 먹고 밤새도록 네 발을 허우적거리던 돼지우리 낮은 지붕은 완전히 무너져 두엄더미처럼 변해 있었다. 그 위로 기어오른 호박넝쿨엔 주인 없는 커다란 늙은 호박이 잠든 누렁이처럼 웅크리고 있었다. 옛날에도 돼지우리 지붕은 언제나 썩고 낡아 있었기 때문에 냄새나는 노래기의 온상이었다. 가뭄이 극심했던 어느 여름날 그 돼지우리 지붕에서 작대기만한 구렁이가 기어나왔다. 어머니와 아버지는 사색이 되어 다시금 그 구렁이를 지붕 틈새로 모셔넣었다. 무서워서 사색이 되었던 건 아니었다. 그 구렁이는 우리집의 업이었던 것이다. 그것이 집에서 나가버리면 집안이 망하는 거라고 했다. 구렁이를 모시는 어머니와 아버지의 모습은 비굴할 만큼 간절한 것이었다.

멀게만 느껴졌던 소나무 아래 변소는 그다지 먼 거리가 아니었다. 지붕은 날아가고 원형의 돌담이 반쯤 무너진 채 남아 있었다. 똥을 눌 때마다 나도 모르게 흥겨워 절로 노래가 나왔다. 노래는 숭숭 뚫린 돌담벽을 빠져나가 아랫집 순덕이네까지 들렸다. 순덕이네 아버지는 나만 보면 콩쿠르대회에 한번 나가보라며 놀렸다.

군데군데 축 처져내린 추녀밑을 돌았다. 손을 뻗으면 소나무 서까래가 만져졌다. 석면 슬레이트로 지붕이 바뀌기 전에는 이엉 끝 단면에 주먹 하나가 들어갈 구멍들이 나 있었다. 겨울 철새들이 밤을 지내는 곳이었다. 손을 넣어 새를 잡으려다가 그만 쥐에 물려 새끼손가락에 상처를 입기도 했다.

천천히 집을 한바퀴 돌고, 다시 대청을 올라 안방으로 향했다. 대청과 안방 경계에 놓인 문턱에 엉덩이를 대고 앉았다. 여전히 구두를 신은 채.

그곳 안방에, 내가 있었다. 어머니의 무릎이 아니면 잠들지 못했던 막내. 어머니 나이 사십에 얻은 늦둥이. 잠이 쏟아져 어머니의 치맛단을 잡고 칭얼거렸다. 어머니는 물레를 멈추고 나에게 무릎을 내주었다. 나는 끊임없이 칭얼거렸다. 배가 아파서였고, 까까머리통에 난 부스럼 때문이었다. 어머니는 가렵지 말라고 무명조각으로 부스럼을 꾹꾹 눌러주었다. 진물이 흰 무명조각에 누렇게 배어났다.

어린 나는 내 앞에, 손을 뻗으면 잡힐 듯 누워 있었다. 부르면 눈을 뜨고 나를 바라볼 것 같았다. 얼굴과 어깨와 정강이에 얼룩진 건 마른버짐이었다. 어머니 무릎 위의 나는 입술을 오물거리다 잠에 빠져들었다.

나는 손을 들어 까칠해진 턱수염을 쓸었다. 반나마 빠진 머리카락을 쓸어올렸다. 약 먹을 시간을 계산하는 나. 아내에게 화까지 내며 굳이 혼자 고향엘 다녀오겠다고 우겼던 내가 낡은 문턱에 엉덩이를 대고 있었다. 이백육십오 밀리미터의 신발을 신은 내가, 자면서도 발가락을 꼼지락거리는 어린 나를 바라보았다. 어떤 것이 나일까. 둘다 나라면, 어느 것도 내가 아닌 것이다.

고개를 들던 나는 소스라쳐 뒤로 나가자빠질 뻔했다. 반사적으로 문턱을 움켜쥐고 간신히 균형을 잡았다. 놀란 내 눈에, 방 한가운데 반듯이 누워 있는 나의 시신이 늘어왔다. 그나마 얼굴피부가 곱고 수의마저 단정해 잠깐 안심이 됐으나 주검은 곧 부패를 시작해 빠르게 육탈되기 시작했다. 팔년 전에 돌아가신 어머니의 유골을 환영으로 보고 있는 건 아닌가 싶었지만 그건 분명 나였다. 턱과 목 사이의 검은 점, 뭉툭한 손가락, 귀밑의 임파선 수술 자국, 쥐에게 물린 새끼손가락, 랩을 들을 때마다 찡그리던 이마, 특정 국가에 대해 독설을 퍼붓던 입술……

시신은 곧 핥아놓은 듯이 깨끗한 뼈로 변했다. 눈이 부셨다. 수의도 머리카락도 흔적없이 사라져버렸다. 나는 복잡하기도 하고 단순하기도 한 그 새하얀 석회질의 구조물을 오래오래, 하나하나, 구석구석 바라보았다. 천천히. 자세히. 왠지 웃음이 나왔다. 그건 더이상 내가 아니었다. 애당초 내가 아니었다. 나는 차라리 저 문밖의 대추나무거나 보리똥나무거나 뻐꾹채거나 방안을 가득 메우고 있는 햇살이거나 보리똥나무 사이로 보이는 하늘이라면 하늘이었다. 설령 나라고 할지라도 그것은 나의 극히 작은 일부분일 뿐이었다. 나의 훨씬 더 많은 부분들은 눈밭과, 그 눈밭을 헤집는 너구리, 백일홍, 백일홍 꽃잎 위의 아침이슬같은 것에 나뉘어 존재했다. 고작 그런 뼈라니. 웃음이 나왔다.

웃음이 끝나기도 전에 뼈는 산화를 시작해 어느새 먼지로 변했다. 방의 네 벽도 따라 무너지고 풍화됐다. 빠르게 변하는 저속촬영 화면. 그러나 나는 그것들 하나하나를 놓치지 않고 눈여겨보았다. 눈과 비가 내리고 마르고, 바람이 불고 얼음이 얼고 홍수가 졌다. 눈앞에 더이상 시신의 흔적 따위는 없었다. 꽃이 피고 지고, 무수한 새가 왔다가고, 숱한 구름이 모였다가 흩어졌다. 좀처럼 변하지 않는 것은 돌과 바위뿐. 나무들도 늙어 쓰러지고, 쓰러진 나무 위에 또다른 나무가 겹쳐 쓰러져 썩어가다 먼지가 되어 바람에 흩어졌다. 그러는 한켠에선 새순이 땅을 뚫고 나와 풀이 되고 나무가 되었다. 좀처럼 그칠 줄 모르는 건 바람과 비와 구름의 조화였다. 집터조차 가뭇없이 사라졌다. 낯설고 황량한 대지 위에 오로지 고즈넉한 햇살이 오래도록 떨어져내릴 즈음, 휘몰아치던 변화의 화면은 깊은 한숨을 몰아쉬며 시나브로 정지했다. 그곳에 집이 있었거나 사람이 태어나 살았다는 흔적은 어디에도 없었다. 내가 간 뒤 언젠가는 도래하고야 말 쓸쓸한 풍경 앞에서 나는 더이상 웃지 않았다. 그곳에 나는 없었다. 내 삶도 없었지만 죽음도 없었다.

내 죽음은 탄생과 함께 시작된 것이었으므로 내 삶의 시작점은 곧 내 죽음의 시작점이었다. 그러니까 삶의 끝은 죽음의 시작이 아니라, 끝이었다. 삶이 끝나는 곳에 죽음도 함께 사라지는 거였다.

나는 눈을 감고 분이나 초 따위로 쪼개거나 잴 수 없는 죽음 뒤의 시간 속에 앉아 있었다. 평온했다. 눈을 떴을 때도 나는 그곳에 있었다. 그러나, 여전히 낯설고 황량한 대지 위에 오로지 고즈넉한 햇살이 떨어져내려야만 했을 그곳에, 다시 집과 벽이 보이고, 안방에 누워 산통하는 어머니가 보였다. 내가 막 태어나려 하고 있었다. 죽음 뒤 일만년이나 지났을 자리에 다시 내가 태어나고 있다니.

어머니의 산통은 계속되었지만 내 울음소리는 들리지 않았다. 내가 태어나는 게 아니었다. 산통을 하던 어머니가 일어섰다. 아무 일도 없었다는 듯 쪽찐 머리를 쓸어올렸다. 어머니의 불룩한 배가 꺼져들어가기 시작했다. 자꾸 젊어지던 어머니는 어느새 자취를 감추어버리고, 우리가 들어와 살기 전에 그 집에 살았던 낯선 가족들의 얼굴이 차례로 비쳤다. 그들마저도 결국 모습을 감추었다. 시간이 거꾸로 돌아가고 있었다. 지붕이 날아가고 벽과 기둥이 사라졌다. 텅 빈 산자락의 모습이 한동안 이어졌다. 바람이 불고 비가 내리고 눈이 오고 그쳤다. 좀처럼 변하지 않는 것은 비와 바람과 구름과 바위들뿐이었다. 햇빛이 비치고 많은 새들이 오가고 꽃이 지고 피고 계절이 빠르게 바뀌었다. 줄기가 가늘어지고 이파리들을 가지 속으로 숨기던 나무들은 마침내 키를 점차 줄이다가 새순이 되어 땅밑으로 기어들기를 끝없이 반복했다. 사람과 마을이 생기기 이전의 스산한 풍경들이 스쳐지나갔다. 한동안 더 거침없이 휘몰아치던 화면이 이윽고 낯익은 광경에서 시나브로 변화를 멈추었다. 황량한 대지 위에 오로지 고즈넉한 햇살을 오래도록 떨구는.

나도 없고 죽음도 없던, 좀전에 보았던 것과 거의 같은 장면이 눈앞에 완강히 멈추어 있었다. 좀전의 광경이 일만년 뒤쯤의 것이었다면 이번의 광경은 일만년 전쯤의 것이랄 수 있었다. 그 흡사함에 소스라치듯 놀랐다. 그 어디에도 나란 있을 수 없었다. 내가 바람이고 비고 하늘이고 햇빛이고 구름이고 바위가 아니라면 나는 어디에도 있을 수 없었다. 나는 정말 어디에도 없는 것일까. 그걸 보고 느끼는 지금의 나는 그럼 무엇으로부터 온 무엇이며, 그것은 또 어디로 간단 말인가.

나는 맘속으로 조용히 문밖의 과꽃을 향해 물었다. 맨드라미를 향해 물었다. 혹시 네가 나 아닐까. 햇살과 바람과 하늘에 물었다. 혹시 네가 나 아닐까. 너희들이 나라면 나는 언제 어디에고 있을 수 있을 텐데. 그리고 내가 언제 어디에고 있을 수 있는 거라면, 나는 바람이고 비고 하늘이고 햇빛이고 구름이며 바위임이 분명할 텐데. 너희들이 있으면 내가 있는 것이고 내가 있으면 너희들이 있는 것일 텐데. 살고 죽을 일도 없을 텐데.

내 죽음은 칠십여일 전 어느날 오후, 의사인 친구의 우정어린 고백으로부터 갑작스럽게 시작된 게 아니었다. 내 죽음은 이미 사십육년 전 9월 18일, 오전 열시 육분 사십오초에, 탄생과 함께 시작된 것이었다. 그러나 과연 한 생명이 생일날 비로소 존재를 시작하는 것일까.

아니라면 탄생은 죽음의 시발점도 될 수 없는 것 아닐까. 삶과 죽음의 시발점이 과연 있기나 한 것일까.

햇빛이 장독대 위로 폭포처럼 쏟아져내리고 있었다. 번들거리는 대춧잎과 혈흔 묻은 것 같은 대추열매 위에 떨어져내렸다. 가늘고 긴 보리사초 이파리들이 명주실처럼 반짝였다. 화장솔 같은 보랏빛 뻐꾹채 꽃술들. 야생초에게 밀려 겨우 저만치서 쭈뼛거리는 백일홍. 보리똥나무를 휘감고 오르는 능소화 줄기며 칡넝쿨들이 늦여름의 마지막 진초록을 뿜어내고 있었다. 햇살을 받아 빛나는 그것들 하나하나를 나는 절박하게 바라보았다. 마른 입술에 연신 침을 바르며, 애타는 심정으로 맨드라미며 과꽃이며 여뀌며 개망초를 앞앞이 바라보았다. 바람이 불어 소나무 가지가 흔들렸다. 보리똥나무 틈새로 바라다보이는 하늘에 뭉게뭉게 구름이 피어오르기 시작했다. 하나의 장엄한 세계가 시야에 꽉 들어찼다. 가슴이 벅차 숨이 막혔다. 내 몸은 곧장 낱낱이 분해되어 그것들 속에 빠르게 용해돼버릴 것 같았다. 어디선가 다시 뎅, 하는 괘종소리가 들렸다.

나는 시계가 걸렸던 자리로 눈길을 돌렸다. 녹슨 못이 변색된 유골의 파편처럼 박혀 있을 뿐이었다. 시계는 어디에도 없었다.

그 시계가 벽에 처음 걸릴 때 몇시 몇분을 가리키고 있었는지 나는 기억하지 못했다. 시간을 읽을 줄 몰랐던 때였다. 몇시 몇분인가를 가리키고 있었겠지. 하지만 그 시각은 언제부터 시작된 시각이었을까.

그 시계가 벽에서 떼어지던 때의 시각도 나는 기억하지 못했다. 떼어내는 걸 보지도 못했다. 시계의 행방조차 알 수 없었다. 떼어낸 뒤로 시계의 바늘은 얼마큼이나 더 돌았을까. 그 시각은 언제까지 계속될 시각이었을까.

없는 시계. 나는 녹슨 못으로나마 그 자리를 겨우 어림짐작할 뿐이었다.

그러나 이제 시계는 어디든 있는 거였다.

그중 하나는 내가 병상에서 눈을 감는 시각을 저 홀로 정확히 가리킬 것이다. 반드시 그럴 것이다. 하릴없이.

—『현대문학』 2003년 2월호

밤이 지나다

여자는 아이를 바라보았다. 아이는 수첩에다 무슨 글자들인가를 적고 있었다.

―독일 AMP의 ED-Apo 203/1800 CNC 굴절망원경.

집을 출발할 때 아이가 가장 먼저 챙겨들었던, 목에 걸게 돼 있는 수첩이었다.

―유효구경: 203mm, 지름: 270mm.

생태학습장엘 갈 때도, 토양관찰 하러 갈 때도 아이는 그 수첩을 잊지 않았다. 아이는 수첩을 목에 걸고 다니며 무언가를 적는 걸 좋아했다.

주망원경의 제원을 옮겨적는 아이의 모습은 제법 진지해 보였다. 아이 스스로도 자기의 탐구태도에 만족해하는 것 같았다. 모름지기 예비과학자의 몸가짐이란 그래야 한다고 생각하는 것 같았다. 아이는 초등학교 5학년이었다. 겉멋이라고 말해버리기엔 아이의 모습엔 사뭇 엄숙한 기품마저 서려 있었다.

"엄마도 홍염…… 봤지요?"

수첩을 접으며, 아이가 물었다.

"봤고말고."

여자가 대답했다.

"아빠는요?"

아이 곁에 서 있던, 여자의 남편이 대답했다.

"봤지. 태양의 흑점도 보았는걸."

아이는 천천히 고개를 끄덕였다. 새로운 경험에 대한 감격이 아이의 눈빛에 고스란히 남아 있었다.

"천문대에 함께 와주셔서 고마워요."

감격은 아이의 말투마저 어른스럽게 했다.

대안렌즈에 시력보호용 필터를 끼고 태양의 흑점과 홍염과 백반을 관찰했다. 해를 보는 동안 천문학과 아르바이트생이 태양의 생성과정과 활동에 대해 설명했다.

그 태양이, 서쪽 먼산 위로 막 떨어져내리고 있었다. 자취를 완전히 감추자 산들이 검게 변했다. 하늘은 온통 붉은색으로 물들었다. 높이 뜬 구름만 그때까지도 태양빛을 반사하고 있었다.

여자는 한 무리의 유치원생 천문체험학습단이 돔이 위치한 중앙건물 쪽으로 몰려드는 것을 바라보았다. 인근의 콘도에 여장을 풀고 일찌감치 저녁을 먹고 별을 보기 위해 걸어올라온 아이들이었다. 입성으로 보아 하룻밤 묵을 작정인 듯했다. 한 아이는 보육교사의 등에 업힌 채 눈물을 흘리고 있었다. 엄마,라는 소리가 그 아이의 입에서 여리게 터져나오고 있었다.

"저것 좀 봐요."

여자의 남편이 하늘을 가리켰다. 두 가닥의 가느다란 흰색 선이 붉은 하늘을 평행으로 가로지르고 있었다. 2인조의 제트 편대. 초음속으로 인해, 엔진이 뿜어낸 배기가스가 대기중에 흩어지지 않은 채로 남아 선형을 이루고 있었다. 그 흰색 선 뾰족한 앞쪽 끝이 이따금씩 반짝 하고 빛났다. 제트기의 동체가 태양을 반사하는 것이었다. 땅 위에서는 이미 져버린 해를, 저 파일럿들은 아직도 보고 있겠지,라고 여자는 생각했다.

"깜짝 놀랐어요. 전 혜성인 줄 알았어요."

아이가 말했다. 남편이 하하, 웃었다.

"대기중에 저런 혜성이 나타날 정도라면 지구는 몇초 안에 멸망하는 거야."

여자는 하늘로부터 시선을 거두고 무심코, 천문대의 부대시설인 수영장 쪽으로 고개를 돌렸다. 계곡물로 채워진 풀은 바라만 보아도 몸서리가 처질 만큼 차갑게 느껴졌다. 나지막한 다이빙 스탠드 옆에 한 남자가 서 있었다. 검은 바지와 검은 드레스셔츠, 그리고 그의 흰색 재킷이, 어른거리는 물에 반사되었다.

남편의 손이 여자의 오른쪽 어깨를 감싸안았다. 아이와 남편의 얼굴은 하늘빛으로 붉게 물들어 있었다. 낮에 주망원경으로 보았던 태양의 빛깔이었다. 문득 그들이 낯설었다. 목에 걸린 아이의 수첩이 바람에 불렸다. 촛점거리: 1800mm 라고 쓴 글씨가 언뜻 보였다. 여자는 다시 수영장 쪽으로 시선을 돌렸다. 그곳엔 시퍼런 물이 저녁기운을 빨아들이고 있을 뿐 아무도 보이지 않았다. 수면의 일렁임이 무서였다. 천문대 난간에 기대선 채, 여자는 잠시 공간감각을 잃었다. 어째서 이곳에 서 있는 걸까. 무엇이 이곳으로 이끈 것일까. 천문대에 가보지 않겠냐고 했던 건 예비과학자인 아이가 아니었다. 여자였다.

아이는 거실에 앉아 자주 인터넷에 빠져들었다. 초등학교 아이치고는 게임을 즐기지 않는 편이었다. 아이가 열어놓은 화면에는 이따금씩 밤하늘이 떴다. 점점이 별이 보였고, 확대된 토성이 보였다. 아이는 여자에게 "공전주기라는 게 뭔지 아세요?"라고 묻기도 했다. 그러곤 저 스스로 서둘러 말했다. "어떤 혜성은요, 삼천만년 만에 지구에 돌아온대요." 삼천만년이라니. 여자는 혼자 생각했다. 그런 걸 누가 계산해내는 걸까.

아이 때문에 토성의 띠가 작은 돌멩이들이라는 걸 알았다. 토성띠의 폭이 지구 직경의 세 배라는 것도.

아이는 컴퓨터 끄는 것도 잊은 채 제 방에 들어가 혼자 일기를 쓰기도 했다. 가끔씩 여자가 컴퓨터를 꺼야 했다. 모니터 속에는 어지러운 별자리가 그려져 있었다. 여자로선 이해하기 힘든, 혜성 궤도 요소에 대한 설명도 있었다.

새벽인지 저녁인지 모를 하늘에 커다란 별이 긴 꼬리를 뿜으며 지나가는 사진이 있었다. '근일점 통과는 1908년 12월이고, 포물선 궤도를 가졌으며, 다시 돌아오지 않는 혜성이다. 꼬리가 매우 길었고, 그 모양의 변화가 컸던 것으로 알려져 있다'라는 문구를 읽었다. 삼천만년 만에 돌아오는 혜성도 있다지만 '다시 돌아오지 않는 혜성'도 있다는 걸 여자는 알았다.

혜성의 배경은 암청색과 보라색이 뒤섞인 하늘이었다. 청색보다는 보라색이 더 어둡고 멀고 깊어 보였다. 하늘 사진에 함께 잡힌 검은 밤나무 나목이, 지구에서 촬영했다는 유일한 증거였다. 다른 사진에는 검은 산기슭이, 또다른 사진에는 역시 검고 뾰족한 산봉우리가 밤나무를 대신했다. 사진 한 귀퉁이를, 실수처럼 비집고 들어온 밤나무와 산기슭과 산봉우리가 슬프도록 고즈넉하고 외로워 보였다. 여자의 몸속에서 무언가가 출렁였다.

달 착륙 아폴로 우주선 승무원들에게 과학적 달 탐험 훈련을 시키고 '슈메이커-레비 9' 혜성을 처음 발견했던 미국의 천체지질학자 유진 슈메이커의 유해가 오는 31일, 인간으로서는 최초로 달에 묻히게 된다. 지난 97년 호주에서 교통사고로 사망한 슈메이커는 화장된 뒤 유해의 일부가 지난해 1월 소형우주선인 '루나 프로스펙터' 호에 실려 달을 향해 출발했는데 이 우주선은 1년 반의 여행 끝에 오는 31일 달의 한 분화구 속으로 충돌할 예정이다. 그의 유해를 담은 캡슐도 이때 함께 분화구 속에 묻히게 되는 것. 그의 부인이며 동료학자였던 캐럴라인 슈메이커는 지난해 루나 프로스펙터호의 발사 직전 "진이 자신의 재가 달에 묻히게 되리라고는 꿈에도 생각지 못했을 것"이라며 "그는 감격할 것"이라고 말했다. 그녀는 또 "우리는 달을 볼 때마다 항상 진이 그곳에 있다는 것을 생각할 것"이라고 말했다.

달의 분화구 사진을 물끄러미 바라보다가 여자는 씨스템을 종료시켰다. 아이는 언제나 과학점수가 가장 좋았다. 숙제도 과학숙제를 가장 먼저 했다.

몸속에 뭔가가 차오르기 시작하면 여자는 이년 전에 완공된 도시 밖의 물막이 둑으로 차를 몰았다. 담수호 밖으론 바다가 일렁였다. 몸에 차오르는 것의 정체를 여자는 알지 못했다. 슬픔 같기도 하고 외로움 같기도 했으나, 자신의 삶 속에서 그것들의 요인을 도무지 찾아낼 수 없었기에 여자는 그것을 슬픔이라고도 외로움이라고도 말할 수 없었다. 그것은 생리증후군과도 같아서 의지로써 어찌해볼 문제가 아니었다.

그것은 샘물처럼 부지불식간에 그녀의 몸 안에 고이기 시작했다. 주의를 기울이면 수면의 상승속도가 느껴지지 않았다. 빨래를 하고 찌개를 끓이느라 미세한 징후들로부터 주의력이 멀어질 때 그것은 소리없이 들어찼다. 시장을 걷거나 엘리베이터 버튼을 누르다 문득 각성되곤 하는 그것은 어느 사이 가슴께를 지나 턱밑까지 다다라 있곤 했다. 그것의 질량을 감당하지 못하여, 차를 갓길에 세우고 한참 동안 심호흡을 해야 했다. 신호등이 바뀌었는데도 차를 출발시키지 못해 애꿎은 차들을 길 위에 늘어서게 했다.

마침내 눈밑까지 차오르면 여자는 차를 몰고 해가 저무는 물막이 둑으로, 내달리듯 나섰다. 곧고 긴 길 끝에 갈대밭이 있었다. 그곳에 옹크리고 앉아 바닷물의 수면이 한껏 차오르기를 기다렸다. 붉은 노을이 갈대밭을 적시고 여자의 몸을 적시고 일렁이는 해수면을 피처럼 물들일 때, 여자는 눈물을 터뜨렸다. 머리 위로 높게높게 상승하는 해수면이 그녀를 압도하도록, 짓누르도록 내버려두었다. 거대한 해수의 중력이 육신을 구석구석 눌러 몸속의 무언가를 남김없이 짜내도록 내버려두었다. 나오는 것이라곤 눈물뿐이었다. 석양이 다 사그라들 때까지, 여자는 하염없이 눈물을 흘렸다. 그러곤 간질에서 깨어난 사람처럼 힘없이 집으로 돌아왔다.

몸 안에 차오르는 것의 수위를 전혀 눈치채지 못할 때도 있었다. 「디 아워스」라는 영화를 혼자 보고 돌아왔던 날 저녁, 여자는 현관에 들어서자마자 게우듯 눈물을 쏟아내기 시작했다. 울음이 제어되기는 커녕 갈수록 심해져 남편은 몹시 당황했고, 아이는 119에 신고했다. 119대원들이 도착하기 직전 다행히 울음은 멈추었으나 여자는 밤새도록 한잠도 자지 못했다. 남편도 여자 곁에서 뜬눈으로 지새웠다. 무슨 일이 있었던 거냐고 남편이 물었으나, 아무 일도 아니라는 여자의 한마디에 남편은 더이상 묻지 않았다. 밤새 여자의 등을 쓰다듬고, 걱정스레 이마를 짚어줬을 뿐이었다.

언제부터인지 알 수 없을 만큼 오래전부터, 여자는 '어디 저 먼 곳'을 바라보았다. 그것은 언제나 하늘이거나 땅이었다. 구름이거나 지평선이란 뜻이 아니었다. 그 사이에 있는 인간, 인간의 삶, 인류나 문명이 아닌 것으로서의 하늘과 땅이었다. 여자는 사람들을 바라보지 않았다. 그들의 삶을 바라보지 않았다. 여자의 시선은 늘 '저 너머 어디'에 있었다. 그것은 언제나 산을 넘고 강을 건너는 현재형이었다. 구름을 뚫고 대기권을 넘는, 멈출 줄 모르는 진행형이었다. 여자는 그 그리움을 막연히 비욘드(Beyond)라고만 이름하였을 뿐 그 내용과 까닭은 알 수 없었다. 결혼 따위는 할 수 없을 거라고 여겼으나 서른네살의 나이에 분에 넘치는 남편을 만났다. 아이도 낳았다. 행복했다. 눈물이 차오르기 시작했다.

별자리들과 혜성과 달의 분화구를 본 뒤부터였을까. 여자는 알 수 없는 심연에 빠져 눈물을 흘릴 때마다 사진 한 귀퉁이에 실수처럼 박혀 있던 검은 밤나무와 어둔 산기슭과 봉우리를 떠올리는 자신을 깨달았다. 암청색과 보라색이 뒤섞인 밤하늘을 배경으로 외롭게 서 있던 것들. 그것들은 그곳에 붙박여 선 채 한없이 멀고 깊고 어두운 하늘을 응시하고 있었다. 자신들의 존재가 다할 때까지 그러고 있을 것만 같았다. 여자는 그것들 곁에다, 자신의 검은 실루엣을 세웠다.

아이가 집에 없을 때도 여자는 혼자 컴퓨터를 켜고, 아이가 등록해놓은 즐겨찾기의 주소를 클릭하곤 했다. COMETS. '단주기 혜성은 카이퍼의 띠라고 하는 혜성의 무리에서 온다고 생각한다. 이 띠는 태양계의 가장 바깥쪽에 있는 명왕성 너머에 있다. 장주기 혜성은 오르트 구름에서 오는데, 오르트 구름은 명왕성의 궤도보다 1000배나 멀리 떨어진 혜성들이 모여 있는 곳이다……'

꼬리별들은 하나같이 아름답고 신비했다. 1976년 3월 9일, 존 라보데라는 아마추어 천문학자가 찍은 웨스트 혜성은 화려했다. 흰 제비가 빠른 속도로 날아가는 것 같았다. 웨딩드레스를 입은 신부가 무중력의 공간을 떠도는 것 같기도 했다. 애리조나 대학 행성연구팀이 1974년에 촬영한 코호테크 혜성에는 '그리운 이를 향해 질주해가는 영혼의 열정'이라는 설명이 붙어 있었다. 밤나무와 어둔 산기슭 위를 떠돌던 별은, 봄이란 이름을 가진 혜성이었다.

사진에 담긴 별들은 볼수록 추상의 깊이를 더했다. 사진으론 기껏 몇 밀리미터 간격으로 박혀 있지만, 그 각각의 별과 별 사이의 실제 거리는 얼마나 될까. 아득한 암흑의 틈새 속으로 자신의 온 존재가 빨려들어갈 것 같았다. 흠칫흠칫 뒷걸음질칠 때마다 여자는 절망감으로 눈시울이 젖곤 했다.

어느날, 여자는 어떤 혜성이 지구에 근접해오고 있다는 소식을 접했다.

'엥케 혜성. 1786년 프랑스의 P. 메생에 의해 처음 관측되었다. 1818년 독일의 J.F. 엥케가 공전주기를 계산했다. 최초로 발견된 단주기혜성. 우리나라에서는 금년 5월에 관측이 가능하다.'

여자는 학교에서 돌아온 아이에게 말했다.

"너, 당장 천문대 가고 싶지 않니?"

5월이었다.

유치원생들이 시청각 자료실에 옹기중기 모여앉았다. 여자와 남편과 아이도 한 귀퉁이에 자리를 잡았다. 천문학과 아르바이트생이 실내 조명을 껐다. 지구상에서 가장 규모가 크다는 커크 천문대의 모습이 스크린에 펼쳐졌다. 유치원생들의 얼굴이 푸르게 물들었다.

"이것은 세계에서 가장 큰 망원경이에요. 렌즈를 사용하는 굴절망원경이 있는가 하면, 이처럼 거울을 사용하는 반사망원경이라는 것도 있어요. 봐요, 거울이 정말로 크지요?"

원생들이 일제히 예,라고 대답했다. 아이도 고개를 끄덕였다. 흰 가운을 입은 연구원이 망원경의 둥그런 거울 한복판에서 경면의 상태를 점검하고 있는 슬라이드였다. 거울이 너무 커서 연구원인 듯한 사람이 상대적으로 작아 보였다. 흰 가운을 입고 있는 모습이 마치 실험용 생쥐 같았다.

여자는 창문 쪽으로 고개를 돌렸다. 오랜지색 커튼이 어둠에 묻혀 있었다. 살짝 벌어진 커튼 사이로 흑단 같은 유리창이 빛났다. 창문을 열고 싶다는 간절한 충동이 일었다. 유리창 밖에는 어둠을 한껏 머금은, 풀장의 차가운 물이 일렁이고 있을 터였다. 그러나 아무것도 보이지 않았다. 풀장의 물도, 낮은 다이빙 스탠드도, 그곳에 서 있던 흰색 재킷의 남자도. 다만 여자의 몸속의 수위가 십 쎈티미터쯤 쑥 자라올랐을 뿐이었다.

"보세요……"

아르바이트생이 물었다.

"거울이 큰 거예요, 사람이 작은 거예요?"

"사람이 작은 거예요."

유치원생들이 일제히 대답했다. 듣고 있던 남편이 허허 웃었다. 그리고 그때까지 창문을 바라보고 있던 여자의 어깨를 툭 쳤다.

여자가 놀라 남편을 바라보았다. 남편이 귓속말로 물었다.

"거울이 큰 거야, 사람이 작은 거야?"

"사람이 작은 거지요."

당연하다는 듯이 여자가 대답했다. 남편이 말했다.

"당연히 사람이 작지. 저 친구는 거울의 크기를 강조하기 위해 그렇게 물었지만 질문법이 잘못됐어. 분명 사람이 작아. 거울은 그냥 보통의 크기로밖에 안 보이잖아?"

아르바이트생은 원생들의 우렁찬 대답에 잠시 난감해하다가 말했다.

"실제로는 거울이 큰 거예요."

듣고 있던 아이가 혼잣소리로 말했다.

"진작 실제로라는 말을 했어야지……"

여자와 남편은 서로를 바라보며 웃었다.

여자가 아이의 컴퓨터 모니터에 떠오른 많은 별과 태양계의 행성들을 넋놓고 바라볼 때마다 아이는 실제로라는 말을 많이 썼다. 혜성의 핵과 꼬리가 빛나는 것처럼 보이지만 실제로는 태양빛을 반사하는 거예요. 유태의 역사가 요세푸스는 이스라엘 상공에 일년 내내 칼이 드리워지고 있다고 했는데 실제로는 서기 66년에 나타난 헬리 혜성이 었던 거예요……

아이의 혼잣소리를 들었는지 아르바이트 강사는 그때부터 유난히 실제로라는 말을 많이 썼다.

"옛날 할아버지 할머니 들은 달 속에 옥토끼가 살았다고 했잖아요. 서양사람들은 큰발게가 산다고 했어요. 봐요, 정말로 토끼 같기도 하고 게발 같기도 하죠? 하지만 실제로는 우주 속에 떠돌던 이름없는 작은 행성들에 부딪친 상처예요. 조금 있다가 그 상처들을 망원경을 통해서 실제로 볼 거예요."

스크린에는 성운과 성단들이 차례로 비쳐졌다. 가장 어린 푸른 신성의 나이가 육억살 정도 된다고 하자 원생들이 탄성을 질렀다.

여자는 위도의 기억을 떠올렸다. 별이 아름답다는 전라북도 부안군 앞바다의 위도. 그러나 이태 전 가족과 함께 갔을 때는 별을 볼 수 없었다. 흐린 하늘을 바라보는 여자에게 민박집 할아버지가 무슨 비밀인 양 여자에게 넌지시 말했다. 바다 끝까지 걸어나가면 별을 볼 수 있어……

바다 끝이 어딘지도 몰랐을뿐더러, 배도 없이 걸어나간다니 이해가 되지 않았다. 그러나 밤이 되자 여자는 민박집을 나섰다. 끝없이 펼쳐진 모래밭을 그냥 걸어나갔다. 바닷물이 발에 닿을 때까지 걸어나갈 작정이었다. 주위는 칠흑같이 어두웠다. 멀리 파도소리가 들려오기 시작했다. 하늘과 땅을 분간할 수 없었다. 그때 내딛는 발끝에서 별들이 부서지기 시작했다. 여자는 촉촉하게 젖은 모래를 한움큼 쥐어 멀리 던졌다. 모래가 떨어져 부서지며 별이 되었다. 푸른 별빛이 가루가 되어 퍼졌다. 여자는 미친 듯 모래를 흩뿌려대기 시작했다. 사방에서

인광이 튀었다. 여자는 별 속에서 춤을 추었다. 그러기를 얼마나 지났을까. 파도 끝이 여자의 발을 적셨을 때 여자는 울음을 터뜨렸다. 파도가 울음을 모조리 삼켜버려 여자는 맘놓고 오래오래 울 수 있었다.

"여보."

남편이 여자의 어깨를 감싸쥐었다. 여자는 그때까지 어둠뿐인 창밖에 시선을 박아두고 있었다.

"혜성을 보러 가야지."

여자는 남편의 손에 이끌려 주관측실인 천문대 돔 계단을 아이와 함께 오르기 시작했다.

주말이어선지 얼추 밤이 깊었는데도 콘도는 사람들로 북적였다. 흰 페인트를 덧칠한 오래된 건물이었다. 불빛이 새어나오는 객실 유리창 밖으로 지중해식 작은 난간들이 설치되어 있었다. 그래서였을까. 근처 어딘가에 깊고 푸른 바다라도 있을 것 같았다.

여자는 현관과 주차장 사이에 자리한 제법 널따란 테라스에 앉아 있었다. 둥근 테이블과 의자 들이 모두 흰색이었다. 천문대에서 보았던 유치원생들이 보육교사를 따라 테라스 아래를 지나쳤다. 재잘거리는 소리가 콘도건물의 외벽에 부딪치며 어둠속으로 흩어졌다. 사람들이 지나다닐 때마다 나무재질의 테라스 바닥에서 쿵쿵 소리가 났다. 아이들의 목소리와 사람들의 발걸음 소리가 여자에게는 왠지 서 아득히 먼 다른 세상의 소음처럼 들렸다. 옆 테이블에 앉은 사람들은 가격에 비해 맛이 형편없었던 저녁메뉴에 대해 지나치게 큰 소리로 떠들고 있었다. 한 보육교사는 주차장에서 작은 조약돌을 던지며 놀고 있는 원생들을 부르느라 목청을 높였다.

그런 소리들이 여자에게는 조금도 거슬리지 않았다. 어둠 때문이었는지, 산속 기운 때문이었는지, 소음에는 귀를 자극하는 어떤 날카로움도 없었다. 남편과 아이는 천문대에서 봤던 엥케 혜성에 대해 말하고 있었다. 남편과 아이 모두 대화에 열중했다. 아이도 어떤 천체지질학자의 유해가 달에 묻혔다는 사실을 알고 있었다. 아이는 남편에게 물었다.

"유해상자 안에 무엇이 들어 있었는 줄 아세요?"

언제나 그랬듯이 아이는 스스로 서둘러 대답했다. 상자는 그가 아내와 함께 마지막으로 발견한 헤일 봅 혜성의 사진과 아폴로 우주인들의 훈련장면을 촬영한 사진으로 장식됐으며, 그 안에는 유해와 함께 아내와의 사랑을 기리기 위해 셰익스피어의 「로미오와 줄리엣」의 한 구절이 들어 있다고.

아이의 말은 장황해지고 있었다. 그러나 장황해질수록 아이와 남편의 음성은, 여타 다른 소음들과 더불어 여자의 귀에서 멀어졌다. 여전히 그들 곁에 앉아 있었으나 여자는 그들로부터 이백 미터쯤 뚝 떨어져 있는 것 같았다.

독일제 굴절망원경의 대안렌즈에 눈을 댔을 때 혜성은 오른쪽으로 긴 꼬리를 드리운 채 우주 한복판에 외로이 떠 있었다. 육안으로 봤을 때보다 더 커 보이지는 않았으나 빛은 분명 더 강렬했고, 주변의 다른 별들과의 거리가 느껴져 입체적으로 보였다. 여자는 렌즈에서 눈을 떼지 못했다. 혜성은 망원경의 미세한 흔들림에도 크게 출렁였다. 몸을 조금만 움직여도 혜성은 시야 속에서 모습을 감추었다. 좀더 분명하고 안정된 모습의 혜성을 보기 위해 여자는 렌즈에다 더 가까이 눈을 들이댔다.

자꾸 그러시면 망원경의 각도가 흔들려서 다음 사람은 볼 수가 없습니다. 아르바이트생이 주의를 주었으나 여자는 아랑곳하지 않았다. 남편이 그녀의 허리 위에다 가만히 손을 얹었다. 여자는 남편의 손을 슬그머니 뿌리쳤다. 여자의 뒤쪽으로는 유치원생들이 줄을 서 기다리고 있었다.

혜성의 섬광에 눈이 타버린 듯, 망원경에서 떨어져나온 뒤로도 여자의 망막에는 오랫동안 혜성의 모습이 사라지지 않고 있었다. 아이와 남편은 혜성의 잔광을 장황한 말로 풀어내고 있었지만 여자는 혜성의 잔광을 침묵으로 감싸고 싶었다. 아이들에 밀려 어쩔 수 없이 관측대에서 내려왔을 때는 화마저 났다. 겨우 이십여초, 길어야 일분 남짓 별에 매달릴 수밖에 없었던 것이 못내 아쉬웠다. 미진함 정도가 아니라 천문대에 온 것이 후회될 만큼이었다. 별 관측에 대해 누구보다 기대가 컸던 아이도 그 짧은 순간에 충분히 만족해했건만.

여자는 테라스의 하늘을 올려다보았다. 아무것도 보이지 않았다. 뭔가 자꾸 절박해지기만 했다. 아이와 남편의 말소리는 들리지 않았다. 오가는 사람들로 주위는 여전히 분망했으나, 움직임만 느껴질 뿐 소리는 소거되어 들리지 않았다.

여자는 하늘에서 시선을 거두었다. 그리고 테라스 끝 난간에 기대어 서 있는 남자를 바라보았다. 검은 바지와 검은 드레스셔츠, 그리고 흰색 재킷.

남자는 혼자였다. 언제부터인지 남자는 그곳에 서 있었다. 어두운 산 쪽을 바라보고 있었다. 뒷모습과, 약간의 옆모습이 여자의 눈에 들어왔다. 검은 머리카락이 귀를 살짝 덮고 있었다. 양팔꿈치를 테라스 난간에 얹고, 고개를 꼿꼿이 세운 채, 멀리서 들려오는 음악소리에 귀라도 기울이는 것처럼 보였다.

주말 가족 콘도에 혼자라니. 여자는 남자의 정체가 문득 궁금해졌다. 그러나 어둔 저녁 테라스 난간에 홀로 기대 서 있는 남자에게서 알아낼 수 있는 건 아무것도 없었다. 큰 키, 몸에 잘 맞는 옷, 가지런히 빗어넘긴 머리카락, 선명한 콧등과 입술선, 오십이 살짝 넘었음 직한 나이. 그것이 전부였다. 그러나 그것으로 충분했다.

여자는 꼼짝할 수 없었다. 의자에 얼어붙듯 가만히 앉아 있게 만든 것이 그 중년남자의 존재이기라도 한 듯이.

바람이 불었고, 남자의 머리카락 몇가닥이 살짝 흔들렸다. 남자는 한동안 더 그렇게 난간에 기대 서 있다가 천천히 테라스를 빠져나갔다. 여자의 귀에는 그의 발걸음 소리만 들렸다. 주위의 모든 소음들은 여전히 소거된 채였다.

다섯 개의 테라스 계단을 내려가 땅에 발을 막 딛기 전, 남자는 여자를 바라보았다. 감마선에라도 피습당하듯 여자는 몸을 떨었다. 몸속 수면이 출렁였다. 남자는 느린 동작으로 건물 현관으로 걸어들어갔다. 건물 안에서 뿜어져나오는 불빛이 그의 모습을 지웠다. 그도 오늘밤 이 건물에 머무는 것일까. 여자는 속으로 중얼거렸다. 남자가 사라진 현관 쪽을 여자는 언제까지고 바라보았다. 더이상 남자의 모습은 나타나지 않았다.

그의 모습이 사라지자 멀리 어둠속으로 도망갔던 소음들이 다투어 튀어나왔다. 한 유치원생이 테라스 아래쪽에서 울고 있었다. 울음 따위 아랑곳 않고 네댓 명의 아이들이 그 아이 곁을 떠들며 지나갔다.

객실의 불빛들이 하나둘 꺼지기 시작했다. 여자는 남편과 함께 지중해식 작은 발코니에 앉아 와인을 마셨다. 육층이었다. 아이는 침대에 기대앉아 텔레비전을 보고 있었다.

불빛이 줄어들자 희미하게나마 별들이 보이기 시작했다. 그때까지 불이 꺼지지 않고 있는 창은 열 여남은 개에 불과했다. 그의 방은 어디일까. 여자는 이미 불이 꺼진 창과, 그때까지 불빛이 새어나오고 있는 창들을 번갈아 바라보았다.

"별을 보니까…… 위도 생각이 나는군."

남편이 말했다.

"그때 당신, 바다에 나가 울었었지."

"알고 있었던 거예요?"

여자가 물었다.

남편은 말없이 웃으며 들고 있던 와인잔을 입으로 가져갔다.

여자는 고개를 돌려 밤하늘을 올려다보았다.

"밤에 당신이 혼자 나가는데 어찌 나 혼자 방에 남아 있을 수 있었겠어."

"근데 어째서 묻지 않았죠? 어둠속에서 혼자 울고 있는 여자…… 귀신 같지 않았나요?"

"귀신이라니…… 천사 같았지."

"천사?"

"아니, 선녀라고 해야 하나? 왜 있잖소, 나무꾼이 옷을 감추는 바람에 하늘로 올라가지 못하고 매일 울었다는 그……"

"선녀로 보였단 말이죠?"

"언제나 그랬소, 당신은. 당신은 가끔 내가 알 수 없는 이유로 울곤 했지. 나 때문이 아니란 걸 알고 있었기 때문에 묻지 않았소. 이유는 이 땅에 있지 않았어. 있다면 그건 천상의 이유였겠지. 안 그래?"

여자는 대답하지 않았다. 들고 있던 와인잔을 천천히 기울여 잣알갱이만큼 목구멍으로 흘러넘겼을 뿐이다.

"십이년 동안 살면서 당신과 나는 불화하지 않았어. 단 한번도. 인정해요?"

남편이 물었다. 여자는 가슴 깊이 숨을 들여마셨다간 한꺼번에 내뿜었다.

"그랬지요."

"당신은 갈등이나 불화 따위에 대한 혐오 같은 걸 갖고 있어. 그런 거라면 참질 못하지. 땅 위의 사람들과 섭슬리는 것 자체를 기피했던 거요. 그래서 당신을 선녀라고 하는 거야. 사람들과 섭슬려 갈등하느니 차라리 참고 견디자는 것이겠지. 나와 아이와도…… 왜 그래야 하는지는 모르겠지만, 어쨌든 그래서 우린 싸움 한번 하지 않고 살아왔어. 그 이유를 알고 싶은 게 아니라, 그래서 당신께 고맙다는 말을 하고 싶은 거요. 그리고……"

"그리고요?"

"뭔가를 늘 견디는 당신이 안쓰러워 난 언제나 마음이 아팠다는 거요."

"미안해요. 하지만 나도 몰라…… 고마워요."

나는 아주 오래전부터 하늘과 땅만 봐왔어요. 사람들은 보지 않았어. 그 말은 포도주와 함께 삼켰다.

"어려서부터 고개를 외로 틀고 살았는걸요. 사람들과 마주치는 게 그냥 쑥스럽고 부끄러웠어. 이웃 어른들을 만나도 인사할 줄 몰랐어요. 반장으로 뽑힌 다음날부터 학교엘 가지 않았어요. 조장으로 뽑혔다는 이유로 대학교 때는 학술답사에도 가지 않았는걸요…… 그 연장이겠지요."

객실의 불빛이 더 줄었다. 그만큼 별빛이 선명해졌다. 여자는 물끄러미 밤하늘의 별 하나를 쳐다보았다. 자신의 어떤 행복한 일평생의 기억을 고스란히 간직하고 있는 듯한, 슬프고, 멀고, 작은 별.

가슴속을 오래도록 옥죄고 있던 긴장의 끈이 툭 소리를 내며 풀리는 것 같았다. 여자의 눈에 눈물이 어렸다. 미안해요. 여자는 혼자 속으로 말했다. 지금 나는…… 다만 하룻밤이라도 당신과 아이와…… 모든 것을 포기하고 싶어요. 삶에 대한 계획과 아이의 장래까지도…… 그리고 그와 함께하고 싶은 거예요. 그가 어디론가 떠나버리기 전에…… 나는 그를 몰라요. 검은 바지와 드레스셔츠와 흰 재킷밖에는. 가지런히 빗어넘긴 머리카락, 선명한 콧등과 입술선밖에는.

남편의 커다란 손이 여자의 턱과 얼굴을 감쌌다. 엄지손가락으로 여자의 젖은 눈밑을 쓸었다. 남편은 여자가 들고 있던 와인잔을 받아 탁자에 내려놓았다. 어둠속에서도 여자의 눈은 터질 것 같은 간절함으로 빛났다. 텔레비전을 보던 아이는 잠들어 있었다. 여자의 눈물은 그치지 않았다. 테라스를 내려가 땅에 발을 딛는 순간 그가 나를 바라보았어요. 나를 바라보았다구요. 그 순간 난 지금의 모든 현실을 체념할 수 있었는걸요. 이 건물 어딘가에 그가 있어요. 여보, 제발……

"난 분단장도 한번 못해봤는걸 뭐."

남편이 말했다. 여자가 손등으로 눈가를 훔쳤다.

남편은 아이를 깨워 옆방의 작은 침대에 데려다 뉘었다. 텔레비전에선 스코틀랜드 에든버러라는 곳의 풍경들이 펼쳐지고 있었다. 처음 보는 풍경들이었으나 부감촬영된 화면이 낯익었다. 여자는 침대에 앉아 텔레비전을 뚫어져라 바라보았다. 아이가 켜놓은 컴퓨터 화면으로 무작정 빨려들 때같이 몸이 새처럼 가벼워지는 걸 느꼈다. 끝 모를 허공을 떠돌 때는 먼지 같다는 생각마저 들었다. 방안은 브라운관이 뿜어내는 푸른빛으로 가득 찼다. 허공에 높이 뜬 느낌이었다.

　여자는 유리문을 열고 발코니로 나왔다. 남편은 벽쪽으로 돌아누운 채 깊이 잠들어 있었다. 흰색 칠을 한 건물이 온통 푸른 달빛에 젖어 있었다.

　여자가 마시다 남긴 붉은 와인도 달빛에 물들어 검게 빛났다. 여자는 발코니 난간에 두 손을 얹고 하늘을 올려다보았다. 언제나 그랬듯 남편의 몸놀림은 느리고 깊고 부드러웠다. 오래오래 여자를 안았다. 그리고 어느 한순간 몸을 떨며 격렬하게 사정했다. 당신과 사랑을 나눌 때도 줄곧 그만 생각했어요. 여자는 손바닥으로 자신의 팔꿈치를 감싸쥐었다. 조금 전까지만 해도 여자는 그 팔로 남편의 몸을 끌어안았고 손으론 남편의 등을 쓸고 있었다. 당신에 대한 내 사랑도 부드러웠지만, 슬픈 거였어요. 당신이 날 사랑할 동안, 나는 낯선 별에 불시착해 있는 거였어요. 당신은 낯선 행성이었는걸요.

　여자는 눈을 들어, 자신의 행복한 일평생을 남겨두고 온 것만 같은, 별을 찾았다. 검은 숲 위로 별똥별이 떨어져내렸다.

　천문대를 향해 올 때, 여자는 카스테레오에서 흘러나오는 음악을 들으며 해바라기를 생각했다. 온통 해바라기로 뒤덮인 지평선이 떠올랐다. 어디쯤이었을까 그곳은. 프랑스 남부 피레네 산맥에서부터 스페인 서안의 싼티아고까지 이어진다는 일천 킬로미터의 순례의 길. 언젠가 보았던 그곳 사진 중의 하나엔 '해바라기의 바다'라는 설명이 붙어 있었다. 보이는 것이라곤 푸른 하늘과 노란 해바라기뿐이었다. 사로잡힌 듯 오랫동안 사진을 들여다보던 기억이 음악과 함께 되살아났다. 지표면이 온통 해바라기 꽃잎으로 뒤덮인 별도 있을 거란 생각을 했다. 태양의 반사광이 아닌, 눈부신 해바라기 꽃잎으로 스스로 빛나는 별. 그 광활한 해바라기 숲속에서 문득 길을 잃고 싶었다. 트롬본의 부드러운 음색이 바람처럼 흘렀다.

——이 영화음악 기억나요?

여자가 물었다. 남편은 아무 대답이 없었다. 남편은 음악을 듣거나 영화를 즐기는 사람이 아니었다. 아이는 차창 밖으로 흐르는 한여름 풍경이 지루한 모양이었다. 휴대폰 액정화면에 오랫동안 코를 박고 있었다.

——노란색을 띤 별들의 나이는 적어봤자 이백억살이래요.

언젠가 아이의 즐겨찾기 싸이트에서 봤던 내용이 떠올랐다. 남편은 전방을 주시하면서, 여자의 말을 듣고 있다는 표시로 빙긋 웃었다. 이백억년이란 시간의 단위를 떠올리기만 해도 여자의 머릿속은 텅 비어버렸다. 계산할 수도 가늠할 수도 없는 시간이었다. 당장 밤하늘에서 볼 수 있는 별들이라 할지라도 그것은 이미 수년 혹은 수억년 전에 우주에서 자취를 감추어버린 것일 수도 있다고. 지금 보고 있는 것은 그 별이 일생 동안 남겨놓은 빛의 자취거나 흔적에 지나지 않는 것일 수도 있었다. 별은 간데없고, 다만 그것이 남긴 찬란한 빛민이, 시간이라는 이름의 긴 띠로 우주공간을 가로지르고 있는 거였다. 사랑이란 당신의 마음이 감당할 수 없는 만큼의 눈물이죠…… 바람처럼 흐르는 트롬본 위로 노랫말이 젖어들었다. 그때의 날들은 찬란했지요. 지금 내겐 무너진 하늘만 보이고, 한줄기 빛도 찾을 수 없어요……

차창 밖으론 여전히 한여름의 풍광이 흐르고 있었다. 이곳의 빛은 너무도 밝고 무례하고 잔인해요. 그 말을 삼키자니 목구멍이 아파 눈물이 나왔다. 여자는 신음하듯 한숨을 뱉었다.

——어서 밤이 왔으면……

시간이 흐르면서 방위각이 달라졌는지, 망원경으로 봤던 혜성의 위치를 여자는 찾을 수 없었다. 남편은 어느새 몸을 틀어 벽을 등지고 있었다. 푸른 어둠속에, 접근할 수 없는 주검처럼 누워 있었다. 남편은 언제까지나 그곳에 그런 모습일 것 같았다. 여자 자신도 언제까지나 그곳에 그런 모습일 것 같았다.

밤이 깊어 새벽으로 흐르는 것이 두렵고 안타까우면서도 여자는 발코니에 혼자 서 있는 것이 좋았다. 밤이 여자에게서 잠을 앗아갔다. 살갗에 닿는 밤기운이 차가웠다. 모두들 잠든 새벽 추운 발코니에 홀로 깨어 있는 일이란 은밀하면서도 무섭고, 충일하면서도 결핍된 그 무엇이었다. 복잡하고 혼돈스럽고 신비한 느낌이 여자를 깨어 있게 했다. 단 한번뿐일 밤 같았다. 그러면서 여자는 내내 두려운 마음으로, 어느 방엔가에 머무르고 있을 남자를 생각했다.

밤하늘 어디엔가 흐르고 있을 혜성. 그것은 어쩌면 다시 오지 못할 별이 될지도 모르는 일이었다. 1772년에 발견된 비엘라 혜성은 공전주기 6.6년의 단주기 혜성이었다. 그 혜성은 1845년에 두 개의 핵을 가지고 나타났고, 1852년에는 두 핵 사이의 거리가 더 멀어진 쌍혜성이 되어 출현했다. 그 이후에는 더이상 관측되지 않았다. 그후 지구가 비엘라 혜성의 궤도를 지나치는 매년 11월 14일에는 찬란한 유성우가 관측되었다. 티끌로 붕괴된 별의 흔적들이 지구의 대기와 부딪쳐

타버리는 현상이었다.

어떤 기척이 느껴져 여자는 고개를 돌렸다. 담갈색 고양이 한마리가 발코니 난간을 타고 이쪽으로 조심스럽게 건너오고 있었다. 여자와 눈이 마주치자 고양이는 동작을 멈추고 그 자리에 가만히 꿇어 엎덨다. 여자가 하늘 쪽으로 시선을 돌리면 가만가만 다가왔다. 매우 신중해 뵈는 몸놀림이었다.

여자는 고양이의 진행을 방해하고 싶지 않았다. 모른 척 하늘을 바라보았다. 상관 말고 지나가길 바랐다. 고양이는 소리없이 여자 쪽으로 접근했다. 한밤중 들고양이와의 조우가 기분좋을 리 없었다.

고양이가 가까이 다가올수록 여자는 무기물처럼 서 있으려고 했다. 실제로 온몸이 돌처럼 굳었다. 마침내 고양이는 와인잔이 놓여 있는 테이블까지 다가왔다. 힐끔힐끔 여자의 눈치를 보는 것 같았다. 아무려나 여자는 고양이가 어서 제 갈길로 가주었으면 싶었다. 그러나 고양이는 멀어지지 않았다. 오히려 옆걸음질쳐 여자 가까이로 오더니, 주인 곁에 앉듯 한껏 온순해졌다. 고양이와의 거리가 너무 가까워 여자는 어찌할 바를 몰랐다. 터무니없이 친근한 야생고양이의 접근이 여자에게는 더 징그럽고 무서웠다. 옆구리에 소름이 돋았다. 살갗이 갑작스레 수축됐다.

잘못 움직였다간 고양이가 와락 달겨들 것 같았다. 달겨들진 않는다 하더라도 여자가 움직이는 대로 따라 움직일 것 같았다. 방까지 따라 들어올 것 같았다. 방에 들어서서 재빠르게 미닫이창을 닫는 광경을 여자는 연상했다.

고양이가 눈치 못 채게 여자는 가만히 뒷걸음질쳤다. 고양이는 꼼짝 않고 테이블 위에 웅크리고 있었다. 살며시 뒷걸음질치는 여자를 언뜻 바라본 것 같기도 했다. 아무려나 여자는 숨을 죽이고 유리문을 열었다. 방에 들어서서 유리문을 닫았다. 그때까지도 고양이는 테이블 위에 앉아 있었다.

고양이의 뒷모습이, 문득 외로워 보였다. 자기를 외면하고 있다는 걸 고양이는 알고 있는 듯했다. 달빛이 고양이의 굽은 등 위로 떨어져 내렸다.

오랫동안 유리문 밖의 고양이를 바라보다가 여자는 커튼을 닫았다. 세상 모르고 자고 있는 남편 곁에 누웠다. 자신을 안던 남편의 열기가 그때까지도 침대 위에 남아 있었다.

잠을 이루지 못했다. 눈을 감을 때마다 남자의 모습이 어른거렸다. 시트의 촉감이 낯설었다. 단 한번뿐일 밤이 흐르고 있었다. 아이의 잠꼬대가 이따금씩 들려왔다.

얼마나 시간이 지났을까. 여자는 침대에서 일어나 창가로 다가갔다. 커튼을 걷고 발코니를 내다보았다. 테이블은 비어 있었다. 여자가 마시다 만 와인잔이 달 그림자를 드리운 채 정물로 놓여 있을 뿐이었다. 고양이는 정말로 내 곁에 왔었던 걸까. 여자는 커튼을 닫지 못하고 유리문 앞을 서성였다. 다시 남편 곁으로 가 누웠다. 여자가 침대를 오르내려도 남편은 깨지 않았다.

여자는 끝내 잠들지 못했다. 모아쥔 자신의 손등에 뺨을 대고, 옹크린 채, 밤을 보냈다. 마침내 아침빛이 창유리에 와닿았을 때 여자는 누군가를 타이르듯 말했다. 밤이 지났어. 밤이 지난 거야.

누군가가 여자에게 하는 말 같기도 했다.

그러나 여자는 위안이 되지 않았다. 오히려 여자의 맹렬한 불안을 깨웠다. 그와 다시 부딪칠지도 모른다는. 식당이나 커피숍, 테라스나 주차장에서 그를 다시 보게 될지도 모른다는. 밝고 무례하고 잔인한 빛 속에서. 아니, 다시는 그를 볼 수 없을지도 모른다는. 그의 부재를 확인하게 될지 모른다는.

그가 떠났을까. 그가 떠나는 게 두려운 건지 남는 게 두려운 건지, 여자는 알 수 없었다. 무작정 두려웠다. 밤은 그렇게 지나가버리고 만 것이었다.

여자는 긴 복도를 걸어 엘리베이터 앞에 섰다. 푸른 유도등 불빛이 카펫 위에 떨어져내리고 있었다. 청바지에 티셔츠 차림이었다. 맨발에 쌘들이었다. 남편과 아이는 그때까지 잠들어 있었다.

햇빛이 방안을 침범해 들어올 때까지 가만히 앉아 있을 수 없었다. 도망치듯 방을 빠져나왔다. 야행성 동물이거나 밤의 정령처럼 아침이 불안했다. 엘리베이터는 곧장 일층에 닿았다. 문이 열리며 밝은 빛이 쏟아져들어왔다. 지구의 빠른 자전에 현기증이 일었다. 투신하듯 여자는 빛 속으로 나아갔다. 빛을 피해 빛 속으로 걸어나갔다.

식당 입구와 기념품판매점 앞에 몇몇 사람들이 모여 있었다. 웅성거리는 소리가 로비의 천장을 울렸다. 빛에 기력을 빼앗긴 여자는 비틀거리며 로비의 대리석 바닥을 가로질렀다. 아이 하나가 풍선뽑기 기계 앞에서 갑자기 환호성을 질렀다. 모든 것이 불명확하고 어지러웠다. 여자는 무엇에 이끌리듯 현관을 나섰다.

커다란 산 하나를 넘은 것처럼 지쳐 있었다. 더이상 걸음을 내디딜 수 없을 만큼 숨이 가빴다. 몸 안에서 빠져나온 기운이 여자가 딛고 있는 땅 위를 홍건히 적시는 것 같았다. 오른손을 간신히 뻗어 테라스의 난간을 잡고, 고개를 꺾은 채 고통스럽게 호흡했다. 눈에 보이는 것이라곤 위태롭게 몸을 지탱하고 있는 자신의 발등뿐이었다. 그 몸마저 곧 산화되어 가뭇없이 사라질 것만 같았다.

별빛과 와인과 고양이로 임했던 지난밤은 풀과 나뭇잎에 맺힌 이슬로 겨우 남아 있었다. 그 흔적들마저 빠르게 사라지려 하고 있었다. 이미 사라지고 없는 별의 잔광이 수억년 동안이나 허공을 가로지르고 있는 것이라면, 허망하게 자취를 감추어버린 지난밤도 무언가의 그늘엔가 오래오래 깃들이지 않을까. 여자는 절박한 심정으로, 아침햇살에 슬며시 드러나기 시작하는 이런저런 그림자들을 응시했다. 깃들일 곳이 없다면, 누군가의 어두운 맘속에라도 머물겠지.

여자는 연거푸 큰숨을 들이켰다. 남자가 여자 곁을 바람처럼 스쳐 지나갔다. 저절로 오금이 접혔다. 여자는 땅 위에 웅크리고 앉았다. 무섭고도 강렬한 기시감에 온몸을 떨었다. 식도와 기도가 한꺼번에 콱 막혔다.

검은 바지와 검은 드레스셔츠와 흰색 재킷. 전날보다 더 선명해 보였다.

남자는 천천히, 그러나 매우 활기찬 걸음걸이로 주차장을 향했다. 흰색 중형승용차 안으로 사뿐히 들어가 앉았다. 연기 같았다. 시동이 걸리고, 차가 서서히 움직였다. 후진으로 몸을 뺀 승용차는 이내 주차장을 벗어나기 시작했다. 여자는 간신히 고개를 들고 리조트 입식간판 아래를 지나는 남자의 차량을 물끄러미 바라보았다.

차는 벚나무 가로수 밑을 지나고 쎄미나 현수막 아래를 지나고 써든 데스 골프장 잔디밭 너머로 차츰 자취를 감추었다. 다시는 돌아올 것 같지 않으면서도, 여자의 기시감 속에서는 남자의 승용차가 문득 차머리를 돌려 되돌아오고 있었다. 불안과 두려움이 다시금 여자의 온몸을 휘감았다.

더이상 남자의 흰색 승용차가 보이지 않게 되었지만 불안과 두려움은 여전히 가시지 않았다. 여자는 허청거리며 다급하게 현관 계단을 뛰어올랐다. 시야가 위태롭게 흔들렸다. 프런트 데스크의 여직원이 자신에게 접근해오는 여자를 물끄러미 바라보았다.

제복 입은 여직원이 걱정스레 물었다.

"도와드릴까요?"

여자가 말했다.

"조금 전에 나간 사람 있지요? 흰색 재킷 입은 남자……"

여직원이 고개를 끄덕였다.

"갔나요, 그 사람? 간 건가요?"

여직원이 투숙객 명단을 훑었다.

"예…… 체크아웃하셨습니다."

여자는 막혔던 숨을 토해냈다. 몸에서 빠져나갔던 기력이 차츰 다시 들어차는 것 같았다. 서글픈 위안이 여자의 몸을 훑고 지나갔다.

여자는 비로소 육층 어딘가의 객실에 그때까지 세상 모르고 자고 있을 남편과 아이를 떠올렸다. 마음이 놓이면서도, 밀려오는 슬픔은 어찌할 수 없었다.

육층 몇호실이었는지 여자는 기억할 수 없었다. 여자는 여직원에게 남편의 이름을 댔다. 여직원이 말했다.

"육층이 아니라, 오층입니다. 오층 오백팔호실."

—『작가세계』 2003년 가을호

소
금
가
마
니

『恐怖と戰慄』, キルケゴール 著, 飯島宗享 譯, 白水社.

어머니가 읽던 책이라고 했다. 정말 어머니가 읽던 책이 맞느냐고 나는 외종형에게 되묻지 못했다. 외종형의 책장에서 그 책을 찾아냈을 때 그는 이미 사흘 전에 고인이 되어 있었다. 그의 유품인 셈이었다. 사흘만 일찍 찾아냈더라면 외종형에게 물을 수 있었을까. 정말 어머니의 책이었느냐고.

그러지는 못했을 것이다. 외종형으로부터 직접 전해받았다 하더라도, 그 책을 처음 그의 책장에서 발견했을 때처럼, 나는 말을 잃은 채 표지를 멍하니 내려다보았을 것이다. 어떤 대답을 들었더라도 그 책을 들고 있던 내 복잡한 소회가 석연해질 수는 없었으리라. 무학인 어머니가 키에르케고르를, 그것도 일서로 읽었다니.

세상을 떠나기 직전 외종형은 어머니에 대한 이런저런 얘기를 내게 들려주었지만 어머니가 키에르케고르를 읽은 까닭에 대해서까진 말하지 않았다.

그 책말고도 어머니의 책은 몇권 더 있었다. 『금산사 몽유록』과 『강명화의 애사』, 그리고 『김인향전』『동정추월』『금옥연』…… 그런 것들이라면 그다지 놀랄 일이 아니었다. 소설이었고, 한글이었으니까. 다닐 학교도 없었고, 그래서 글을 배운 적도 없지만 어머니는 글을 읽고 쓰는 데 아무런 불편함을 느끼지 않았다. 다만 2,30년대에 익힌 글이라 맞춤법과 띄어쓰기엔 미숙했다. 추풍령 부대에 근무하던 나에게 어머니는, 인호야 바다 보아라,라는 식으로 편지를 썼다. 소대장이 그 편지를 보고, 충청북도 영동에 무슨 바다가 있다는 거지?라고 물었다. 나는 어머니의 철자에 익숙해서 하나도 불편하지 않았다.

하지만 키에르케고르는 예상 밖이었다. 『공포와 전율』이라면 나도 스물두어살에 읽은 기억이 있다. 아직도 내 책장 한 귀퉁이에 꽂혀 있지만 읽을 당시 그걸 이해했다는 기억은 없다.

어째서 키에르케고르였을까. 어머니는 과연 키에르케고르를 얼마나 이해했을까. 군데군데 밑줄쳐진 부분을 들여다보았다. 밑줄은 연필로 그어져 있었다. 가끔 짧은 메모도 보였다. 분명 어머니의 필체였다. 하지만 나에겐 일본어 해독능력이 없다. 내 오래된 번역본과 대조할 수밖에 없었다. 놀랍게도, 어머니가 밑줄을 그어놓은 부분과 내가 밑줄 그어놓은 부분이 심심찮게 일치했다.

어떤 자는 힘에 의해서 위대했으며, 어떤 자는 지혜로 말미암아 위대했고, 어떤 자는 희망으로 인해 위대했으며, 사랑을 통하여 위대했다. 그러나 '그'는 무력(無力)이라고 하는 힘에 의해 더욱 위대했고, 어리석음이라는 지혜로 더욱 위대했으며, 미친 희망과, 자기를 증오하는 방식의 사랑을 통해 더욱 위대했다.

키에르케고르는 그의 어머니가 사십오세에 낳은 막내둥이였다. 신기하게도 나 또한 어머니 나이 사십오세에 태어난 막내였다. 어머니가 키에르케고르에 친화감을 느낄 대목이었다. 뿐만 아니었다. 자녀가 모두 육남매였다는 것, 그리고 그중 몇을 저세상으로 먼저 보냈다는 점도 비슷했다. 아버지의 반대로 딸들을 가르치지 않았다는 것도 같았고, 나처럼 키에르케고르도 허릿병을 앓았다는 것까지 같았다. 내가 태어나기 이전에 이미 읽은 거라면, 적어도 나와 관련된 유사점은 어머니가 그 책을 읽은 동기가 될 수 없었다. 그러나 그밖의 다른 유사점들만으로도 어머니가 키에르케고르에 관심을 갖기엔 충분했다. 하지만 그렇다고는 해도, 당시 대중소설책들 속에 끼여 있던 키에르케고르의 저작물이 내겐 여전히 낯설고 의아했다.

결국 내 석연찮은 의구심은, 그 책 마지막 페이지에 적혀 있는 이름 석자를 발견함으로써 어느정도 해소의 실마리를 얻게 되었고, 다른 차원의 의혹으로 발전했다. 실은 전혀 다른 차원의 것은 아니었다. 덮어둔 채 들춰내고 싶지 않았던, 그래서 실제로 잊고 살아왔던, 오래된 의혹이었다.

'冊主 朴成顯.' 그 이름은 출판년도와 발행인 따위가 인쇄된 판권란 여백에 적혀 있었다. 세련된 펜글씨였다. 오랜 세월이 지났음에도 잉크의 푸른빛을 여전히 간직하고 있는 글씨. 은은히 배어나는 푸른빛은, 무언가를 애써 외면하려는 내 의중을 지그시 끌어당겼다.

당초부터 어머니의 책은 아니었던 것이다. 책주가 어머니에게 빌려주었거나 아주 줘버려 결국 어머니 것이 되었다 할지라도, 당초부터 어머니의 책이었던 것과는 사정이 사뭇 다를 수밖에 없었다. 어머니와 책주 사이의 실질적 관계가 증빙되는 순간이었다. 풍문으로만 들던. 나는 풍문으로 태어난 아이였다.

무학자가 대중소설을 탐독하고, 카따까나와 히라가나를 익히고, 종당엔 키에르케고르마저 읽게 된 데는, 마을의 유일한 기독인이며 일본유학파였던, 풍문의 아버지 박성현이 있었던 것이다.

내가 느꼈던 것보다, 어머니의 지적 수준은 훨씬 높았을 것이다. 거기엔 책주의 지속적인, 세심한 배려와 은밀한 지도가 있었을 것이다. 어머니의 교양수준을 가늠하는 것은 곧 책주와의 관계가 어느 정도였는지를 짐작하는 것과도 같았다. 내겐 낯설고 의아했던『공포와 전율』이 정작 두 사람에겐 낯설 것도 의아할 것도 없었는지 모른다.

글을 읽고 해득하는 어머니의 솜씨가 범상치 않다는 사실을 나는 어려서부터 드물게나마 경험하긴 했다. 비록『토정비결』——난 이 오래된 책을 아직 갖고 있다——이긴 했지만 그나마도 그걸 읽고 의미를 풀어낼 수 있는 부녀자는 마을에서 어머니가 유일했다. 육십갑자를 생년월일의 기수(基數)로 계산하여 괘상(卦象)을 찾아내는 일도 아무나 할 수 없는 일이었을뿐더러, 비유와 상징으로 얽힌 묘문(妙文)들을 막힘없이 읽어내려간다는 건 어지간한 독서편력이 아니고는 가능치 않은 일이었다.

정초마다 마을 아낙들은 우리집으로 몰려들었다. 토정비결 보는 일을 그들은 일년 신수를 본다고 했다. 한꺼번에 우리집으로 몰려들었던 까닭은, 마을에 한권밖에 없는『토정비결』이 우리집에 있었기 때문이기도 했지만 그걸 읽어줄 사람이 어머니밖에 없기 때문이었다. 바깥양반이 없다는 것도 아낙들을 우리집으로 쉽게 모여들게 한 이유였다.

쑥잎이며 나팔꽃잎으로 문양을 낸 창호지문에 겨울햇살이 들이비치기 시작하면 어머니는 책을 펼치고 돋보기를 걸쳤다.

기택이네 엄니는 기묘년 팔월생이라고 했던가?

나이가 많은 사람에게든 적은 사람에게든 토정비결을 볼 때만큼은 어머니의 말투가 슬그머니 달라졌다. 반말이었다.

아, 네, 저기…… 팔월 스무아흐레…… 예요.

반면 나이가 적은 사람이든 많은 사람이든 토정비결을 보는 동안엔 어머니에게 말을 높였다. 명운 감별자와 의뢰인 사이에는 이처럼 권위에 대한 은밀한 촉탁과 암묵적 수락의 전단계가 필요했던 것이다.

삼월을보아하니낚시대를강호에던져서금린을낚것도다.떼를타고바다를건느니구름이허터지고날이밝도다……

그해 한달 한달의 운세를 차례로 읽어내려가기 시작하면 의뢰인은 긴장하게 마련이었다. 황국과단풍이목단보다낫도다(黃菊丹楓勝於牧丹)라거나, 바람이갈대를치니기러기떼가허터지도다(風打蘆荻雁陣失散) 따위의 말은 아무리 들어도 도무지 그 뜻을 알아차릴 수 없었기 때문이다.

좋다는 말인지 나쁘다는 말인지, 한해의 운세를 몽땅 비결에 걸고 있자니 애가 탈 수밖에 없다. 어머니는 그러나 쉽게 그 뜻을 누설하지 않았다.

의뢰자의 안색은 점점 어두워지고, 고개는 무거워질 수밖에 없었다. 그대로 둔다면 숨이라도 넘어갈 지경이다. 시간이 흐를수록 볼은 굳고 누당(淚當)은 늘어졌다.

정초의 겨울 방안은 궁금증과, 무학의 참담함과, 미래에 대한 두려움으로 가득 차기 시작했다. 어머니가 한마디 귀띔이라도 해주지 않는다면 아낙들은 앉은 채로 죽어버릴 것만 같았다. 내게는 그렇게 보였다.

방안이 터져나갈 듯한 긴장으로 가득 차면 어머니는 그제야, 좋군, 하고 살짝 입을 열었다. 너무 주눅이 든 나머지 의뢰자는 그 소리를 미처 듣지 못했다. 가까운 데 앉아 있던 누군가가 어머니의 말을 받아, 좋대, 하며 의뢰자의 옆구리를 찌른 다음에야 기사회생, 마침내 크고 긴 한숨을 토해냈다. 딱딱하게 굳었던 방안 공기가 일시에 풀어지며 아낙들의 낮은 창호지에 비쳐드는 햇살처럼 해실거렸다.

『토정비결』에 적힌 구체적인 내용들과는 상관없이, 다만 어머니의, 좋군,이라는 말 한마디가 의뢰자의 꺼져가는 숨통을 틔웠다. 좋군, 혹은, 안 좋아……라는 말 한마디로 아낙들의 생사를 희롱하던 어머니의 무한무상했던 권위. 그 범상치 않았던 모습 한켠에도 진작 키에르케고르의 책주 박성현의 존재가 잠닉해 있었던 것이다.

이 무한의 체념은, 옛날의 설화에 나오는 그 속옷과 같은 것이다. 실〔絲〕은 눈물로 짜여지고, 눈물로 바래지며, 샤쓰는 눈물로 꿰매진다. 그러나 그러기에 또한 이 샤쓰는 철이나 강철보다도 더 몸을 잘 보호하기도 한다.

어머니의 모습 뒤에 잠닉해 있던 박성현의 존재. 그것이 아버지를 견딜 수 없게 한 것일까. 유복자인 나는 생전의 어머니, 그리고 누님들과 최근의 외종형의 기억을 통해 아버지를 느낄 뿐이었다.

아버지는 이상한 사람이었다. 그러나 이야기를 듣고 있다보면 내겐 아버지보다 언제나 어머니가 더 이상해지곤 했다. 어쩌면 그렇게 일방적으로, 말도 안되게 당하고 살았으면서도 단 한번 아버지에게 대들지 않았을까.

아버지는 실체조차 짚이지 않는 당신의 가문을 내세우며 어머니를 폭력으로 학대했다. 어머니를 때릴 때마다 아버지는 병자호란 때 호군을 무찌르다 옥쇄(玉碎)해 병조참판으로 추서됐다는, 뜬소문과도 같은 장군조상을 내세웠다. 장군이든 조상이든, 어머니에겐 사람을 괴롭히는 두억시니거나 망령에 지나지 않았다. 아버지에게 맞은 어머니의 얼굴은 매번 구시월 호박처럼 부풀어올랐다. 마을 만신은 그런 어머니를 보며, 그 댁 주인냥반의 눈구녕에는 여편네가 호로군사로 뵈는갑네,라며 혀를 찼다.

딸을 해산한 지 사흘도 안된 어머니의 허리춤을 끌어다 마당에 내다꽂으면서, 일손도 부족한데 천하태평으로 구들장이나 지고 있다며 아버지는 욕설을 퍼부었다. 어떻게 생겨난 딸자식이었던가. 찬바람 부는 동짓달 수수밭에서 술취한 아버지는 어머니의 몸을 타고 앉아 목을 조르고 있었다. 숨이 막힌 어머니의 낯이 청동빛으로 변해갔다. 바람에 흔들리는 마른 수숫대의 붉은 자국들은 어머니의 몸이 뿜어낸 혈흔 같았다. 터질 듯한 분노로 아버지는 어머니를 겁간하고 있었던 것이다. 갓 스무살 된 내 앞에서 내 두살 위 누나의 탄생내력을 말하던 큰누님의 표정엔 넋이 없었다. 여러 자식들의 탄생이 하나같이 증오와 원망과 분노의 찌꺼기에 지나지 않았다는 사실을 깨달았을 때 나는 아버지의 얼굴조차 기억 못하는 내가 오히려 다행스러웠다. 느닷없이 엉덩이를 걷어차여 어머니는 두부가 끓고 있던 가마솥으로 여러차례 곤두박질쳤고, 밤새워 만든 두부모판에 얼굴을 처박히기 일쑤였다.

아버지는 두부 판 돈을 빼앗아 마을의 마지막 들병이였던 여자에게 몽땅 갖다바쳤다. 내놓고, 보란 듯이 오입을 하는 상대였다. 들병이가 빨래터의 어머니에게 다가와 여러 사람 듣는 앞에서 형님이라 부르며 능멸을 주어도 어머니는 눈썹 하나 까딱하지 않았다. 병조참판의 자손은 다 자기 여편네 때리고 들병이 밑구녕이나 채워주는가보다고 다른 아낙들이 혀를 내둘렀지만 어머닌 묵묵히 빨래를 했다. 그 초연함이 아버지에겐 또 참을 수 없는 구타의 빌미가 되곤 했다.

아버지는 장가를 가려 했으나 아무것도 가진 게 없었다. 가난하긴 마찬가지였던 산 너머 처가의 소작일을 일년간 해주고 어머니와 혼인을 했다. 일하러 처가를 오갈 때 박성현의 존재를 알았다. 일본에까지 가서 공부를 하고 온, 잘생긴 면내 최고 부농의 자제. 어머니를 내심 사모하고 있었으나 집안의 반대에 부딪혀 있었다. 그뿐이었다. 어머니는 박씨네 쪽으로는 고개조차 함부로 돌리지 않았다. 아버지는 혼인 뒤에야 어머니가 한글을 읽고 쓰며 일본어까지 잘 익혔다는 사실을 알았다. 아버지의 성적 학대와 방탕은 자식들을 아랑곳하지 않았다. 지엄한 박씨네로 향하지 못하는 아버지의 나약한 분노는 어머니에 대한 비겁한 폭력으로 나타났다.

아버지의 분노가 어째서 그토록 길고도 한결같을 수 있었을까를 떠올리면, 몹시 뒤틀려 있기는 해도 어머니에 대한 체념할 수 없는 애정 때문은 혹 아니었을까라는 생각마저 들었다. 어머니나 누님들이나 외종형의 거친 기억에선 좀처럼 감지해낼 수 없는.

하여간 석연치 않기는 해도, 아버지의 별난 성격을 감안한다면 폭력의 원인을 전혀 짐작 못할 바는 아니었다. 전혀 짐작조차 못할 것은 오히려, 그런 아버지와 함께 살며 그런 아버지에 무능하게 대처해온 어머니의 방식과 태도의 이면이었다.

방문을 걸어잠근 채 몇시간에 걸쳐 계속되는 구타는 문밖의 자식들을 숨막히게 했다. 아버지의 고함과 욕설은 집을 무너뜨릴 것 같았다. 주먹과 발길질이 어머니의 몸에 퍽퍽 소리를 내며 꽂힐 때마다 어린 자식들은 기함을 했다. 이상했던 것은 그토록 얻어맞으면서도 어머니의 비명이나 울음은 단 한차례도 들리지 않았다는 것이다. 마침내 방문이 열리고 밖으로 내던져지는 어머니의 몰골은 언제나, 탈곡기에 휘말려들어갔다 나온 짚단처럼 처참했다. 구시월의 늙은 호박처럼 붉게 부푼 얼굴로 어머니가 황급히 찾았던 것은 문밖의 어린 자식들. 어머니는 그 와중에도 두 팔을 아주 넓게넓게 벌려 아이들을 당신의 품 안으로 불러들였다. 어머니에게선 흐느낌도 신음도 들리지 않았다. 어머니의 품에 안긴 자식들이 얼마 후 느낄 수 있었던 것은 너무도 고르게 뛰는 어머니의 심장박동 소리와, 정수리에 떨어지는 밤알만한 뜨거운 눈물이었다.

어머니는 아무도 원망하지 않았다. 입을 열어 푸념을 늘어놓지도 않았다. 많은 콩을 불리고 하염없이 맷돌을 갈았다. 가마솥 아궁이에 종일 불을 지폈다. 다 되면 김이 무럭무럭 나는 뜨뜻한 두부 한모를 가장 먼저 아버지에게 대령했다. 아버지는 막걸리와 함께 두부 한모를 다 먹으면 오줌을 누러 갔다. 나이를 먹게 되면 그렇게 사는 어머니를 이해할 수 있을까 싶었지만 큰누님은 끝내 그런 어머니를 알 수 없었다고 했다.

그렇게 살았으니 어머니의 속은 썩을 대로 썩었겠으나, 여전히 알 수 없었던 것은 세상을 떠나기 전까지 큰 병치레 한번 없었으며, 아흔일곱수를 살았다는 점이다. 운명할 때의 낯빛도 밝고 온화했다. 평생 고생이라곤 모르고 산 황후의 임종이 그랬을까.

어떤 사람은 가능한 것을 기대함으로써 위대했다. 또다른 사람은 영원한 것을 기대함으로써 위대했다. 그러나 가장 위대했던 사람은 불가능한 것을 기대했던 사람이다.

어떤 경우에라도 체념어린 표정과 평온한 얼굴로 일관했던 건 아니다. 둘째누이가 대추나무에서 떨어져 죽어갈 때 어머니는 미쳤다.

계집아이가 겁도 없이 대추나무에 올랐다. 새집의 알을 꺼내려 올랐다가 비에 젖은 가지에 미끄러져 땅바닥으로 곤두박질쳤다. 떨어지자마자 아이는 사지를 뻗었고 숨이 오락가락했다.

때까치가 대추나무 가지 위에다 검불을 물어다 쌓을 때부터 아이의 눈은 빛나기 시작했다. 대파 속에다가 새알을 까넣고 불에 구우면 둘이 먹다 하나 죽어도 모를 맛이 난다는 이웃집 사내아이의 설레발 때문이었다. 익은 대파를 칼로 송송 써는 시늉이 먹음직스러워서라기보다는, 불에 익은 고기에 환장을 했기 때문이었다. 두 마리의 암탉이 낳는 계란은 어머니에 의해 철저히 관리됐고, 단 한개의 예외도 없이 짚꾸러미에 엮어 오일장에 내다팔렸다. 어쩌다 닭이 산란을 건너뛰기라도 하면 온 식구들은 혹독한 절도의 혐의를 받았다. 명절에도 고기란 것은 인정머리없고 야박한 아버지의 밥상에서 절단나버렸다. 아이들에게 돌아올 몫은 없었고, 고기란 그저 냄새로나 호강할 수밖에 없는 거였다. 그런 아이들에겐 공중을 나는 임자 없는 때까치가 갈겨놓은 새알 정도라야 만만히 여길 수 있었다.

어머니가 대추나무 밑에 당도했을 때 아이는 이미 죽어 있었다. 미리 도착해 있던 마을사람들은 고개를 가로저었다. 이미 맏아들을 병으로 잃은 뒤였고, 두살 아래 딸아이까지 우물 두레박에 빨려들어가 죽어버렸던 터여서 아이의 죽음은 불운의 연속쯤으로 여겨질 만했다.

어머니는 아이를 들쳐업었다. 이미 글렀다고 말하는 아버지를 핏발선 눈으로 노려보았다. 분노와 증오의 찌꺼기로 태어난 아이라서 하나쯤 더 죽어 없어지는 걸 대수롭잖게 여기는 거냐고 소리를 질렀다.

이미 늦었다고, 쓸데없는 짓이라며 말리는 아버지를 떠다밀었다. 어찌나 세게 밀었던지 덩치 큰 아버지는 밭이랑을 열 개나 넘어 나자빠졌다.

걸핏하면 밑동에 떼뱀이나 꼬이는 대추나무를 잘라버리자고 했건만, 아버지는 그 잘난 조상 제사에 필요하다며 고집을 피웠다. 대추 몇알 얻으려다 자식을 죽인 꼴이었다. 도끼로 찍어내든지 불을 확 싸질러버리겠다고 외치는 어머니의 입에 허연 거품이 일었다.

아버지뿐만 아니라 마을사람들도 모두 가망없다고 했다. 날도 저물었고, 읍내 병원까지는 너무 멀었다. 삼십리 길을 뛰어가다 어미마저 죽느니, 닭 한마리 잡고 계란이나 푸지게 삶아 진혼굿을 해주라고 했다.

어머니는 아랑곳하지 않았다. 사람들을 향해 쌍욕을 내뱉었다. 입에서 거품이 튀었다. 아이를 들쳐업고 추적추적 비내리는 어둠속을 쏜살같이 내닫는 어머니의 모습엔 귀기마저 서렸다.

가망이 없다고 한 것은 아이의 상태에 비해 길이 너무 멀기 때문이기도 했지만, 정작은 장마 끝에 물이 불어난 용내천 때문이었다. 징검다리가 잠긴 지도 이미 오래였고, 사나운 물길은 황소를 집어삼키고도 남을 만했다. 십리도 못 가 발이 묶일 거라는 걸 아버지와 마을사람들은 다 알았다. 미친 어머니만 모르고 있었다.

날이 새도록 어머니는 돌아오지 않았다. 아이와 함께 용내천에 빠져죽은 거라고 믿었다. 마을의 몇몇 사람들과 아버지는 어머니와 아이를 찾아 이른 새벽길을 나섰다. 한밤중에 용내천 가에서 피를 토하듯 절규하는 소리를 들었다는 사람이 있었다. 바람소리에 묻어오는 그 소리는 사람의 소리가 아니었다고, 이태 전 용내천에 빠져죽은 이의 혼령인 것 같다고 했다.

그날 마을사람들과 아버지는, 용내천을 가로질러 쓰러져 있는 커다란 용수버드나무를 발견했다. 금방 잘린 듯한 나무 밑동 곁에는, 손잡이에 핏물이 밴 낡은 톱 한자루가 버려져 있었다.

그날을 회상할 때마다 어머니는 깊이 파인 손바닥의 상처를 들여다보곤 했다. 용수버드나무를 타넘어 용내천을 건넌 어머니는 밤길을 내달렸다. 질척이는 시골길을 정신없이 달리던 어머니는 어둠이 부르는 소리를 들었다. 죄송해요, 죄송해요, 엄니…… 업힌 아이의 신음 섞인, 겁먹은 울음이었다. 미친 듯 겅둥거리던 어머니의 몸이 아이의 여린 횡격막을 자극했던 것이다. 아이는 꿀럭꿀럭 기침을 토하며 소생했다. 어머니는 아이를 부둥켜안고 진창에 주저앉아 이년아, 이년아, 하고 울었다.

자, 이제 죽더라도 실컷 먹고나 죽어라. 닭이 알을 낳는 족족, 어머니는 퇴원한 아이에게 삶아 먹였다. 너무 많이 먹어서, 삶은 계란은 아이가 세상에서 가장 싫어하는 음식이 되었다. 지금도 닭똥냄새가 난다고 누님은 계란을 먹지 않는다.

집어삼킬 듯한 광기와 무모한 기대가 죽은 아이를 살렸다. 그렇게 어머니는 때로 사납고 무섭고, 아버지 따위는 상대도 안될 만큼 모질었다.

그런가 하면 말 한마디 없이 표정 하나 흐트리지 않고 상대를 제압해 야코를 죽여놓는 솜씨도 있었다.

나를 박성현의 자식이라며 뒷구멍에서 시시덕거렸던 순덕어멈은 백주대낮에 어머니에 의해 납치되었다. 들판 한가운데 상엿집으로 순덕어멈을 끌고 들어간 어머니는 담배 한대참 만에 손을 툭툭 털고 나왔다. 잠깐 소피라도 보고 나오는 모습이었다. 그날 순덕어멈은 귀신에 홀려 혼쭐을 뺀 사람처럼 다리에 힘을 잃고 집까지 기어왔다. 그곳 상엿집 안에서 무슨 일이 있었는지 아무도 알 수 없었다. 어머니도 순덕어멈도 죽을 때까지 그 일에 대해 말하지 않았다. 다만 그날 이후로 순덕어멈은 어머니와 마주칠 때마다 살아 있는 오방신장이라도 보는 듯 오줌을 지렸다. 그리고 마을 여자들은 아버지의 사망 싯점과 내가 태어난 날짜를 계산하며 히죽거리던 짓을 멈추었다.

'그'는 침묵을 지킨다. '그'는 말을 할 수가 없다. 여기에 고난과 불안이 있다. 즉, 내가 말을 하면서도 내 의사를 타인에게 이해시키지 못한다면, 제아무리 밤낮으로 내가 계속 지껄인다 하여도, 그것은 내가 말을 하고 있지 않은 것과 다를 바가 없다. '그'의 경우가 바로 그렇다.

집에는 세 개의 소금가마니가 있었다. 언제나 세 가마니였다. 부엌 뒤쪽 어두운 헛간에, 그것은 반걸음의 간격을 두고, 신방돌 모양의 단위에 나란히 모셔져 있었다. 시간이 지나면서 조금씩 뱃구레가 꺼지는 그것은, 높이로 보나 좌대 위에 놓여 있는 모습으로 보나 영락없는 삼존불이었다. 그래서 모셔져 있었다고 말해야 하는 것이다.

내가 태어나기 훨씬 이전부터 있던 것이었다. 때로 새로운 소금가마니로 바뀌긴 했지만 내 눈엔 그것들은 언제나 변함없이 제자리를 지키고 있는 것 같았다. 각각의 소금가마니 밑에는 흰 사기보시기가 놓여 있었다. 사기보시기 안으로 누런 간수가 뚝뚝 떨어져내렸다.

헛간은 늘 어두웠다. 장독대 밑을 흐르는 수맥이 헛간을 관통하고 있어서 습기로 가득했다. 장마철이 아니어도 소금가마니는 잘 녹아내렸다. 눈물처럼 간수를 흘렸다.

쌀가마니와는 달리 소금가마니는 묵은 짚으로 성글게 짠 것이었다.

간수는 어둠과 습기를 한껏 빨아들여야만 얻을 수 있는 거였다. 간수는 누구나 좋아하는 맛있는 두부를 만들어냈다. 특히 어머니가 만든 두부는 근동에 유명했다. 가족을 먹여살린 것은 어머니의 두부였다.

서늘한 어둠과 츱츱한 습기, 그리고 적막. 어쩌다 헛간에 들어가면 그 수꿀한 기운이 목덜미를 기분나쁘게 핥았다. 한동안 어둠과 습기에 꼼짝없이 붙잡혀 오스스 떨다 온힘을 다하여 냅다 뛰쳐나왔다. 짜고 쓰디쓴 간수는 그런 헛간에서 나오는 거였다. 그런 간수가 매번 따뜻하고 고소하고 말랑거리며 하얗고 맛있는 두부를 만든다는 사실이 내겐 신기했고 요상했다.

염천에도 소름이 돋는 헛간. 찌는 더위를 피해 들어갈 법도 했지만 식구들은 좀처럼 그곳을 드나들지 않았다. 어머니만의 피서장소였다. 오랜 시간이 흐른 뒤 헛간에서 걸어나오는 어머니의 모습은 어둠과 습기와 적막을 한껏 머금은 소금가마니였다. 아버지에게 맞아 온몸에 멍이 들었을 때도 어머니는 그곳 헛간에서 오랜 시간을 보냈다. 그러고 나면 아닌게아니라 어머니의 몸은 치유되는 것 같았다.

인민의 군대가 내려왔다. 어머니에게 먹을 것을 내놓으라고 했다. 집에는 이미 만들어놓은 두부가 있었고, 콩이 쌓여 있었다. 어머니는 밤새워 그 많은 콩을 전부 두부로 만들었다. 때아닌 잔치가 벌어졌다. 아버지는 이미 몸을 피한 뒤였다. 어머니는 부역자가 되었다. 어머니뿐만 아니었다. 당시 배를 부리던 어머니의 남동생, 외숙도 부역자가 되었다. 인민군의 보급물자를 용내천 건너편까지 실어다준 것이었다.

국군이 밀고 올라왔을 때, 외숙은 자신의 홀어머니와 두살 난 아들——어머니의 책을 내게 전해준 외종형——과 아내를 남겨둔 채 도망을 쳐버렸다. 배와 살림이 압수되었고 집은 파괴되었다. 우익청년단에 의해 외숙모는 마을 복숭아밭에서 조선낫으로 처형당했다.

　어머니도 복숭아나무에 묶였다. 외숙모는 피를 토하면서도 인민군이 총부리를 들이대서 어쩔 수 없이 한 일이라며 외숙의 부역을 발명했지만 어머니는 그러지 않았다. 옷이 찢기고, 맨살이 터져나가도록 복숭아나무 가지로 얻어맞으면서도 어머니는 침묵했다.

　인민위원회의 징발을 피하여 몸을 숨겼다는 이유만으로, 아버지는 고모네 변소간 토굴에서 나온 뒤로 우익청년단 행동대의 일원이 되었다. 작대기 하나를 들고 건성으로 행동대의 뒤꽁무니나 따라다니는 식이었지만, 그나마 어머니가 복숭아밭으로 끌려갈 땐 모습을 보이지 않았다. 누군가에 의해 사전에 열외가 된 거였다. 죽음을 앞둔 어머니를, 복숭아나무 사이로 바라보고 있던 이는 박성현이었다.

　박성현은 아버지와 같은 건성 행동대원은 아니었다. 면내 최고 부농의 아들인데다 인민위원회 치하에서 위협을 느낀 기독인이었던만큼, 그의 행동동기는 아버지 같은 사람들과는 다를 수밖에 없었다. 위원회에 의해 모조리 접수당했던 재산이 이미 그의 집안으로 되돌려지긴 했지만, 혹독하게 신앙을 위협받았던 그로서는 결코 건성으로 난시(亂時)를 보낼 수 없었다. 그리하여 사모하는 여인을 가해해야만 하는 역설의 상황이 그의 앞에 놓이게 된 것이었다.

　하지만 이 역설이 오히려 어머니에게만큼은 행운이었다. 그에게 부여된 얼마간의 권한이 어머니를 살렸다. 청년단도 배가 고프기는 마찬가지란 걸 박성현은 잘 알았다. 인민의 군대가 그랬던 것처럼 그도 어머니에게 두부를 만들어내라고 했다. 콩이 없다면 자신의 집 광에 있는 것을 가져다 써도 좋다고 했다. 복숭아밭에서 풀려난 어머니는 또 밤낮없이 두부를 끓였다. 안방과 건넌방은 부상당한 정규군들의 임시 대피소였다. 군인들은 어머니가 만든 두부로 연명하며 후송을 기다렸다.

사지에서 살아난 어머니에겐 소금가마니가 은인인 셈이었다. 두부가, 박성현이, 분명 은인이었다. 그 일로 인해 어머니는 박성현의 여전한 속내를 한번 더 확인할 수 있었다. 마을사람들과 아버지의 석연찮던 짐작들이 확연해지는 계기이기도 했다. 희생자 유족들은 부역자 중에 죽지 않고 유일하게 살아남은 어머니를 화냥년 보듯 했다.

어머니는 두부만 만들었다. 복숭아나무에 묶여서도 아무 말 없었듯, 마을사람들의 수군거림과 부쩍 심해진 아버지의 폭력을 묵언과 무기력으로 받아냈다. 목숨을 살려준 박성현에게도, 사례의 말은커녕 눈길 한번 주지 않았다. 피바람의 소용돌이가 마을을 한바탕 휘젓고 지나갔으나, 난리 전에 그랬던 것처럼 어머니는 난리 뒤에도 두부만 만들었다. 나무 함지에 콩을 불리고, 밤새워 맷돌을 돌리고, 간수를 부어 가마솥에 끓였다. 삼발이 위에 널판을 얹고, 순두부 가득 든 마댓자루를 뉘었다. 겉모양을 내기 위해 스무 개의 연꽃무늬 와당을 마댓자루 위에 나란히 얹고, 다른 널판을 덮은 뒤 맷돌로 눌렀다. 어머니는 잠자고 일어나 아이에게 젖을 먹이고 두부를 만드는 게 일이었다. 숨쉬는 일처럼 묵묵히.

박성현은 자신의 신앙을 지키기 위해 애국청년단의 단장이 되었다. 국가가 아니면 자신의 신앙이 보호받을 수 없다는 사실을 뼈저리게 체험한 그는, 앞장서 대한민국에 충성하는 국민이 되었다. 어머니의 남동생은 행방불명되었고 올케는 처참하게 처형당했다. 친정어머니가 세상을 떠남으로써 어머니의 어린 조카는 고아나 다름없게 되었다. 재산은 일찌감치 몰수당했다. 그렇게 친정은 분해되고 말았다. 그런 어머니의 수중에 박성현의 책자가 있다는 건 이상한 일이었다. 봉제사(奉祭祀)가 기꺼웠던 것은 분명 아니겠으나 그렇다고 어머니가 기독인 쪽에 관심을 보였던 것도 아니었다. 게다가 어머니에겐 터럭만한 의심에도 주먹질과 발길질을 함부로 해대는 아버지가 있었다. 그런 어머니에게 이름자마저 선명한 박성현의 책이라니. 어째서, 어떻게? 그리고 어머니는 언제 읽을 수 있었단 말인가…… 어머니는 지금까지도, 여전히 침묵하는 것이다.

자기의 소원을 포기한다는 것은 위대한 행위이다. 그러나 자기의 소원을 버린 다음에도 그 소원을 간직한다는 것은 더 위대한 일이다. 한시적인 것을 버리고 영원한 것을 포착한다는 것은 위대한 일이다. 그러나 한시적인 것을 버리고 난 후에도 계속 이것을 간직한다는 것은 더 위대한 일이다.

외할머니는 무너진 집 위에 갈짚 움막을 짓고 어린 손자와 살았다. 외숙모는 일흔세 명의 다른 부역자들의 시신과 함께 땅구덩이에 묻혔다. 외숙이 돌아올 가망은 없어 보였다. 땅 한뼘 없어 푸성귀조차 심을 수 없었다. 손바닥으로 비빈 돌피와 쇠뜨기로 풀죽을 쑤었다. 겨울엔 그나마도 없었다. 여름 가뭄과, 가을과 겨울로 이어지는 기나긴 곤궁은 난리보다 더 무서웠다.

북어처럼 말라가는 친정어머니와 배만 복어처럼 튀어나온 조카를 지척에 두고도 어머니는 속수무책이었다. 어머니에게도 먹여살려야 할 입이 아홉이었다. 더 무서웠던 것은 혹여 양식이라도 새어나가지 않을까 감시하는 아버지의 눈빛이었다. 어쩌다 친정에라도 갈라치면 어머니는 뒤꼭지에 달라붙는 아버지의 매서운 눈초리를 의식해야만 했다. 아버지는 마당가에 선 채 멀어져가는 어머니의 뒤태를 끝까지 지켜보았다.

어머니는 죽을 끓일 때 몰래 한 됫박의 물을 더 넣었다. 간신히 한 대접의 죽을 더 얻을 수 있었다. 어머니는 그것을 빈 물동이 속에 넣었다. 큰누님은 샘물을 뜨러 갈 때 그걸 이고 갔다. 샘이 외가 곁에 있었던 것은 천행이었다. 물을 뜨러 가면서 큰누님은 물동이 속의 죽그릇을 외가에 전했다. 매일 물을 길어야 했던 것도 천행이었다. 외할머니와 외종형은 그리하여 아사를 면할 수 있었다.

물동이를 이고 샘에 갈 때마다 큰누님의 다리는 몹시 후들거렸다. 사방에서 아버지가 노려보는 것 같았다. 묽은 죽에 언제나 배가 고팠던 열다섯살의 큰누님은 물동이 속의 죽그릇이 떠오를 때마다 군침을 삼켰다. 도중에 죽그릇에 입을 대지나 않을까 어머니도 그게 늘 걱정이었다. 그러나 큰누님은 한번도 죽그릇에 입을 대지 않았다. 기특한 큰누님을 어머니는 착한 딸이라고 불렀다. 돌아가시기 전까지 어머니는 그렇게 불렀다. 어머니의 영전에서 흐느끼던 큰누님을 나는 기억한다. 착한 딸이라고 자꾸 불러서 내가 평생 얼마나 배고프고 힘들게 살았는지 아느냐고 따지듯 물었다.

외할머니가 기어코 세상을 떠나자 당시 다섯살이던 외종형은 우리집으로 올 수밖에 없었다. 입이 하나 더 느는 것이었다. 갈데없는 고아 신세란 걸 마을사람들이 모두 알고 있었으므로 아버지도 겉으로는 외종형을 받아들일 수밖에 없었다. 집에서는 그러지 아니하였다. 내 팔자에 무슨 처갓집 떨거지까지 먹여살려야 하느냐며 화를 냈다.

외종형은 밥상머리에 제대로 앉지 못하고 반쯤 몸을 튼 채 아버지의 눈치를 살폈다. 아버지의 숟가락 내려놓는 소리에도 깜짝깜짝 놀랐다. 어머니는 그런 외종형을 감싸지 못했다. 문밖에 놓아먹이는 개와 같은 신세였다. 밥은 먹었는지 잠은 잤는지, 아버지의 퍼런 서슬 때문에 누구 하나 그에게 관심을 갖지 못했다. 어머니조차 무심한 듯 보였다. 주린 배를 채우려 수수깡을 씹는 그를 못 본 척했고, 메뚜기를 잡아먹느라 입술과 손끝에 온통 장칠을 해도 모른 척했다. 있는 듯 없는 듯 내버려두는 것만이 그나마 곁에 머물게 하는 유일한 방책이었음을, 어머니는 알고 있었을 것이다.

나의 형과 함께 입학한 국민학교에서 외종형은 일찌감치 발군의 실력을 드러냈다. 배우지도 않은 한문을 알았고, 나이 아홉살에 실제로 강호포수참전비(江湖砲手參戰碑)의 명문(銘文)을 쓸 만큼 탁월한 서예솜씨를 발휘했다. 군수와 면장이 신동의 출현을 놀라워하며 아버지의 은공(隱功)을 치하하던 날 아버지는 치욕을 당한 사람처럼 화를 냈다.

우리집에 붙어 있으려고 외종형은 바보 행세를 했다. 간단한 셈조차 나의 형에게 일일이 물었다. 가족들 앞에서 책 같은 건 결코 들여다보지 않았다. 그가 책을 읽거나 글씨를 쓸 수 있었던 건, 어쩌다 집안에 어머니하고만 있을 때였다. 종이와 벼루가 없어 모래 위에다 감나무 가지로 글씨를 썼다. 어머니가 책을 숨겨놓고 읽었다는, 자식들도 모르는 사실을 그는 알고 있었다.

외종형이 집을 나간 것은 열네살 때였다. 형은 중학교에 입학했지만 외종형은 국민학교를 마치자마자 아버지에 의해 들로 끌려나갔다. 한해를 논과 밭에서 빌려온 소처럼 일해야 했던 외종형은, 어머니가 싸준 책보따리를 들고 어느 겨울밤 집을 나섰다. 어머니가 외종형에게 마지막으로 남긴 말은, 무엇이든 읽고 써야 한다는 다짐이었다. 책보따리 속에는 어머니가 읽던 낡은 책들이 들어 있었다. 그리고 외종형으로선 깜짝 놀랄 만큼의 많은 돈이 들어 있었다. 알 수 없는 일이었다. 돈이라면 철저히 아버지 관리하에 있었다는 걸 외종형도 잘 알고 있었기 때문이다. 누군가의 도움 없이 한푼 두푼 모았다기엔 너무 많은 액수였다.

아무려나 조금만 더 견뎠어도 외종형은 아버지의 멸시와 박대에서 벗어날 수 있었을 것이다. 그가 떠나고 난 반년 뒤에 아버지가 죽었으니까.

그러나 그는 떠나버린 뒤였다. 실로 오랫동안 아무도 외종형의 소식을 알지 못했다. 서예대전에서 대통령상을 받은 그가 신문에 실렸을 때는 어머니도 이미 이 세상 사람이 아니었다. 그는 어느 지방대학의 교수가 돼 있었다. 어머니는 외종형의 소식을 듣고 있는 게 아닐까 싶었지만, 내가 그를 찾았을 때 그는 아버지가 일찌감치 돌아가셨다는 사실조차 모르고 있었다.

어머니의 부음을 듣고도 그는 그다지 놀라거나 슬퍼하지 않았다. 한동안 말없이 하늘을 바라보았을 뿐이다. 그런 뒤 나에게 물었다. 어머니의 소망이 무엇이었는지 아느냐고. 어머니에게도 소망이 있었던가. 있었다고 하더라도 그건 아버지와 혼인하던 순간 사라져버렸을 것이다. 얼른 대답하지 못하는 나에게 그가 말했다. 나의 소망이며, 너의 소망이 그것이라고. 형님의 소망이 무엇이냐고 내가 물었다. 외종형은 멋쩍게 웃은 뒤 말했다. 나나 너나 원없이 읽고 썼으니 다 이룬 셈이다. 굳이 내게 남은 게 있다면 일흔세 명의 원혼의 무덤, 그 복숭아밭터에 위령비를 쓰는 일이다. 내가 못하면 네가 해주련?

결국 그는 그 소망을 이루지 못하고 죽었다.

신을 사랑하는 사람에겐 눈물이 필요없다. 경탄도 필요없다. 그는 사랑 속에서 고뇌를 잊어버린다. 아니, 그는 신 스스로가 그것을 상기시키지 않는 한, 조금도 고뇌의 흔적을 뒤에 남기지 않으리만큼 완전히 잊는다. 왜냐하면, 신은 숨겨진 것을 보고, 고뇌를 알며, 눈물을 헤아리고 또 어떤 것도 잊지 않기 때문이다.

내가 아버지의 자식이 아니라고 말하는 사람이 있는 듯했다. 아버지가 세상을 떠난 지 열달 뒤에 태어난 때문이었다. 음력이 아니라 양력으로 그러했다니. 정말 그랬는지 어쨌는지 나는 모를 일이다. 어머니는 말하지 않았다. 나도 묻지 않았다. 어머니 앞에서 어떻게 누구의 자식이냐고 묻는단 말인가. 나 자신에게 물을 일일망정 어머니에게 물을 건 아니었다.

아버지는 내가 태어나기 열달 전에 세상을 떠났다. 아버지 나이 마흔일곱이었다. 족보 때문이었다.

전쟁이 끝나고 족보가 새로 나왔다. 삼십년 만에 증보된 족보에는 최근에 태어난 아이들의 이름까지 고스란히 올라 있었다. 족보라면 종가에도 없는 것이었다. 그동안 족보를 한번 열람하려면 순절공파 파조(派祖)의 십대손이 살고 있는 영흥면까지 걷고 버스를 타고 물을 건너야 했다. 새로 증보된 족보의 표지는 두꺼운데다 윤기마저 흐르는 검은색이었다. 그 이름도 족보가 아닌 세보(世譜)였고, 번쩍거리는 금색으로 씌어 있었다. 열권짜리 한질이 종가에 처음으로 배당되었다. 영흥면까지 가지 않아도 되었다. 아버지는 그 세보를 탐냈다. 종가가 아닌 우리집에다 굳이 그걸 갖다놓고 싶어했다. 어머니를 때릴 때도 병조참판이라는 조상을 끌어다대고, 조상 제사 모셔야 한다며 떼뱀이 들끓는 대추나무를 끝까지 베지 않던 아버지였다.

아버지는 기회만 엿보았다. 아버지와 재종간인 종손도 아버지의 속셈을 잘 꿰뚫고 있었다. 세보를 빼앗아올 기회도 명분도 없다는 걸 안 아버지는 결국 양탈(攘奪)을 감행했다. 세보가 없어진 걸 안 종손은 아버지를 뒤쫓았다. 다리 위에서 실랑이가 벌어졌고, 아버지는 세보와 함께 다리 밑으로 굴러떨어졌다. 건천(乾川)의 돌멩이에 머리를 부딪힌 아버지는 사흘을 앓다가 소생하지 못하고 숨을 거두었다. 종손은 두어 차례 경찰에 불려갔지만 집안 어른들의 끈질긴 탄원으로 아버지의 죽음은 실족사로 처리되었다.

아버지는 어머니의 무릎 위에서 숨을 거두었다. 마지막으로 어떤 말이 오고갔는지 알 수는 없으나 숨을 놓을 때까지 아버지는 어머니의 손을 꼭 움켜쥐고 있었다. 평생 맞고만 살았으면서도 어머니는 아버지의 손아귀에서 완전히 힘이 빠져나갈 때까지 당신의 손을 빼지 않았다. 감긴 눈가로 흐르던 아버지의 한줄기 눈물이 무얼 뜻하는지 누구도 짐작할 수 없었다. 아버지는 죽음마저도 농담 같았다.

나의 생부로 오해받았던 박성현. 모든 면에서 아버지와는 대조되는 삶을 살았고, 애국청년단장을 거쳐 한때는 도의원까지 출마했던 그마저도 마지막은 아버지와 다를 바 없이 허망했다. 그는 엽총을 들고 노루사냥을 하다가 멧돼지 함정에 빠져 심장이 뚫렸다.

함정을 놓은 사람은 길 아랫말에 사는 천씨 성을 가진 곰보였다. 난리통에 나의 외숙과 함께 자취를 감추었다가 어느날 팔 하나가 없어진 채로 마을에 다시 나타난 그는 사냥과 도축일로 연명했다. 얼금뱅이에 곰배팔이라는 별명이 하나 더 붙었다. 그는 힘들고 어려운 일들을 두 팔이 멀쩡한 사람보다 더 잘해내곤 했다.

복숭아밭터에 묻힌 일흔세 명의 원혼 중 하나가 그의 아버지였다. 멧돼지 함정이 보복의 살인 예비음모로 의심받을 수밖에 없었다. 그러나 스무 차례가 넘는 조사를 받은 끝에, 그는 무혐의로 풀려났다. 음모가 있었든 없었든, 함정에 잘못 빠져 즉사한 박성현의 죽음만큼은 허망함 그 이상도 이하도 아니었다.

천수를 누리고 편안히 눈감은 사람은, 평생 고달프고 불행했던 어머니뿐이었다. 아흔일곱의 나이라고 하기엔 놀랍도록 피부가 희고 고왔다. 딸들은 아유 곱다, 아유 예뻐라,라며 자리에 누운 어머니의 얼굴을 쓰다듬었다. 의식이 오락가락하자 자식들은 눈물을 질금거리며 어머니에게 달라붙었다. 가시면 안돼요. 천년만년도 더 살아야 돼요. 어머닌 그럴 자격이 있어요.

어머니는 들릴 듯 말 듯, 입술을 달싹이며 말했다. 너, 희, 들, 이, 살, 아, 있, 잖, 니…… 그러곤 죽은 지 육십년도 더 된 아들과 딸의 이름을 부르며, 잠시 참척의 아픔을 되새기는 듯 입술 끝을 일그러뜨렸다. 형제들마저 잊고 기억하지 못하는 이름들이었다. 그래요, 이제 그 아들딸 보러 가세요. 큰누님이 눈물을 훔치며 말했다. 알아듣겠다는 듯 어머니는 희미하게 웃음지었다. 그리고 곧장 이승의 아흔일곱해의 생애를 놓았다.

나는 내가 누구의 자식인지 끝내 어머니에게 묻지 못했다. 묻지 않았다. 분홍 진달래가 산야를 뒤덮던 봄에 어머니는 상여에 실려 아버지 곁으로 갔다. 앙장(仰帳)의 네 귀퉁이를 장식한 흰 지화(紙花)가 바람에 흔들렸다. 평생, 자기를 증오하듯 어둠과 습기를 기꺼이 받아들이고 자식을 사랑으로 지켜온 어머니의 시신이 간수를 빼낸 새하얀 소금처럼 정화되어 꽃상여 안에 누워 있었다. 무명 상복을 입은 서른 명의 자식과 손주 들이 숨두부처럼 몽글몽글 상여 뒤를 따랐다. 그 무성하고 엄숙하게 연속되는 생명들을 바라보며 나는 마침내 혼자 울며 중얼거렸다. 당신의 생은 위대했습니다.

그때 쏟았던 많은 눈물은 간수처럼 짜고 썼으나, 또한 어머니의 두

부처럼 달고 고소했다. 그리고 두 책의 밑줄친 부분을 대조하고 있는 지금, 나는 비로소 알게 되었다. 제대로 이해도 못하면서 내가 밑줄을 그을 수 있었던 것은 어머니의 손길이 작용하고 있었던 때문이라고.

—『창작과비평』 2005년 봄호

자유 시베리아

토끼

그녀는 까페를 나와 오후의 햇살 속으로 걸어나갔다. 뒷머리가 서늘했다. 까페 뒷산 꼭대기에 펼쳐진 짙푸른 하늘을, 뒤돌아보지 않아도 느낄 수 있었다.

자작나무 숲까지, 천천히 발걸음을 세며 걸었다. 까페 문을 열기 전에 그녀는 언제나 자작나무 숲까지 걸었다. 삼백스물두 걸음이거나 삼백스물여섯 걸음이었다.

마른 바람이 불었다. 날개 짧은 수백 마리의 멧새가 한꺼번에 자작나무 숲 위로 날아오르는 소리가 들렸다. 그러나 새들은 보이지 않았다. 탈색되기 시작한 자작나무 이파리들이 바람에 부딪치는 소리라는 걸 여자는 알고 있었다. 어느새 가을이었다.

아무르의 가을은 고적했다. 쓸쓸했으나 싫지 않았다. 실연 뒤에 얻는 작은 깨달음의 느낌이 그럴까. 햇볕이 짧아지면서 하늘은 한층 짙어졌다. 하늘과 땅은 짧았던 열기의 계절을 추억처럼 간직한 채 기나긴 추위에 시나브로 묻혀갈 것이다. 자작나무도 옷을 벗고, 눈부신 수피를 더 희게 빛내며 긴 겨울의 적막을 견딜 것이다.

나쁘지 않아. 자신의 중얼거림을 그녀는 다른 사람의 목소리인 양 듣고 있었다. 몸을 돌려 자신의 느릅나무 까페와, 까페 오른쪽 벽 한켠에 삐뚜름하게 붙어 있는 옥외간판을 바라보았다.

까페는 자작나무와 문비나무와 참피나무들로 둘러싸여 있었다. 참피나무 숲 앞 양지바른 곳에, 네 명의 사내가 아무렇게나 다리를 뻗고 땅바닥에 앉아 있었다. 남루한 입성, 지저분한 얼굴들. 러시아인과 사할린에서 넘어온 화태치, 중앙아시아에서 건너온 큰땅치, 그리고 북한에서 온 북선치였다. 두 명은 술에 취한 듯 거의 너부러져 있었다. 모자를 눌러쓴 나머지 두 명도 꾸벅꾸벅 졸았다.

까페를 열면 가장 먼저 그녀에게 달려들어와 기름에 튀긴 만두와 잼과 홍차를 달라고 조르는 게 그들이었다. 그녀가 굳이 만두라고 불렀기 때문에 그들도 피로슈끼를 만두라고 했다. 만두가 나올 때까지 그들은 더러운 다리를 흔들거나 탁자를 손바닥으로 두드리며, 응원가를 부르듯 "만두 만두"라고 외쳤다. 그녀가 눈을 흘기면 음성을 낮출 뿐 소리를 아주 멈추지는 않았다. 만두를 주고 안 주고는 그녀 마음이었다. 그들에겐 돈이란 게 없었다. 사냥꾼인 그들에겐 피흘리는 고라니나 순록이 곧 현금이었다. 언제나 외상거래였고, 그나마 짐승들이 잡히지 않는 철엔 떼먹기 일쑤였다. 짐승보다 더 짐승스럽고, 어딘가에 제법 최신형 라이플까지 숨겨놓은 그들이지만, 별말 없이 먹을 것을 제공하는 그녀에겐 고분고분할 수밖에 없었다.

그들은 졸면서도 흘끔흘끔 그녀의 동태를 살폈다. 언제쯤 자작나무 숲에서 돌아와 까페 창의 덧문을 열고 영업을 시작할지. 그녀는 못 본 척 자작나무 숲으로 몇 발자국 걸어들어갔다.

그러다 문득 걸음을 멈추었다. 햇살이 자작나무 사이로 소나기처럼 쏟아져내렸다. 그 한가운데 발가벗은 사내가 서 있었다. 여섯 달 전에 이곳 스꼬보로지노로 흘러든, 응규라는 이름을 가진 서른두엇쯤의 남한치였다. 햇살은 그의 어깨를 타고 내려와 펀펀한 등을 적셨다. 불룩 튀어나온 엉덩이를 거쳐 단단한 장딴지로 휘돌며 흘러내렸다. 제법 균형이 잡힌, 육감적인 몸매였다. 군데군데 남아 있는 흰 속살 때문이었을까. 아직은 그가 이방인처럼 느껴졌다.

그가 기척을 느끼고 몸을 틀었다. 벗은 그의 앞면이 무방비상태로 드러났다. 눈부신 햇살이, 벌어진 가슴과 얕게 골 진 배와 탄력있는 그의 허벅지 사이로 떨어져내리며 부서졌다. 크고 튼실한 것이 다리 사이에 덜렁덜렁 매달려 있었다. 오랫동안 잊혔던 성기라는 말을 가까스로 되살리느라 그녀는 자신의 시선이 어디에 가 머물고 있는지 의식하지 못했다. 남한치의 목에 걸려 있는 은회색 모바일폰이 반짝하고 빛났다.

"뭐 하지, 여기서?"

그녀가 물었다.

"풍욕이요…… 아나스따샤 아줌마야 말로 여긴 웬일이세요?"

옷 입을 생각도 않고 남한치는 빙긋 웃었다.

"이건 내 숲인걸. 매일 산책하잖아. 그런데…… 풍욕이 뭘까?"

"바람 풍에 목욕할 욕. 한자도 다 까먹었어요? 바람으로 목욕한다는 뜻이에요. 얼마나 좋아. 자연을 만끽하는 거예요. 자유롭게."

"또 그 자유……"

남한치는 바닥의 옷을 주섬주섬 집어들었다. 제 엄마 앞이기라도 한 듯한 태연한 동작. 그녀 또한 제 자식 앞이기라도 한 듯 시선을 피하지 않았다.

처음 그녀의 까페에 나타났던 여섯 달 전. 그는 까페 간판을 보고 탄성을 질렀다. 자유 시베리아? 내가 찾던 게 바로 이런 거였다구요! 자유 시베리아! 좋잖아요, 안 그래요?

그건 자유 시베리아가 아니었다. 러시아 알파벳을 모르는 사람이 영어식으로만 발음한다면 그렇게 읽히겠지만 그건 자유가 아니라 자야쯔였다. 토끼. 드물게는 도청자나 무임승차의 뜻으로도 쓰이는.

스꼬보로지노에는 한때 토끼가 많았다. 전해오는 얘기는 두 가지. 이반 뇌제의 일곱번째 부인 소생인 드미뜨리가 정적들의 음해를 피해 이곳에 숨어살면서 토끼를 키워 연명했다는 전래담과, 뾰뜨르 2세를 이은 여왕 안나가 스꼬보로지노를 토끼사육지로 지정했었다는 게 그것이었다.

권태에 빠진 안나는 극도의 잔인함과 괴상한 오락에서 기분전환 거리를 찾았다. 난쟁이와 불구자 들로 궁궐을 가득 채웠고, 공원과 정원에는 궁전의 창문을 통해 쏘아죽일 수 있도록 온갖 종류의 짐승들을 풀어놓았다. 그중 토끼가 스꼬보로지노에서 공급되었다는 것.

토끼의 숫자가 급격히 준 싯점도 그래서 둘로 나누어졌다. 왕권을 찬탈한 보리스가 첩자를 보내 드미뜨리를 체포하면서부터라는 설과, 안나가 이반 6세를 후계자로 지명하고 죽은 뒤부터라는 설.

어느 것을 믿든, 스꼬보로지노에 한때 토끼가 많았던 것만큼은 사실이었다. 그녀의 느릅나무 까페 건물도 워낙은 토끼사육장이었다. 자야쯔 시베리아는, 까페 이전부터 원주민들이 부르던 그 건물의 이름이었다. 그랬던 것뿐이라고 설명을 했지만 남한치는 그후로도 고집스레 자유 시베리아라고 읽었다.

"오늘은 우크라이나식 커틀릿 좀 먹을 수 있을까요?"

까페로 향하는 그녀를 따라붙으며 남한치가 호들갑을 떨었다. 자작나무 이파리 부딪치는 소리가 또 한차례 등뒤에서 들렸다.

"응규가 원한다면 못 만들 것도 없지."

스꼬보로지노에서 언제나 현금을 지불하는 사람은 그뿐이었다.

"마리나는요?"

그녀는 대답하지 않았다. 응규를 안 뒤로 부쩍 한국어 강습에 열심인 딸이 그다지 마뜩찮았다. 평소에도 한국어로 말하기를 바랐고, 엄마라는 러시아어 호칭 대신 그녀의 한국어 이름을 불렀다. 최경희. 이름이 어려워!

"저치들이 또 커틀릿을 가만두지 않을 텐데."

참피나무 숲 앞에서 졸고 있는 사람들을 턱짓으로 가리키며 그녀가 말했다.

"상관없어요. 달라면 좀 주죠 뭐."

그는 사냥꾼들——사실은 밀렵꾼들——에게 너그러웠다. 그들에게 너그러운 사람은 그녀 빼곤 그뿐이었다. 하바로프스끄에도 블라지보스또끄에도 그처럼 돈에 자유로운 사람은 없었다. 언젠가 그는 돈에 대해 말했었다. 하고 싶은 걸 할 수 있고, 하고 싶지 않은 걸 하지 않을 수 있는 게 자유다, 돈이 있으면 그게 가능하다, 그러니까 돈이 곧 자유다.

어디서 돈이 나는지, 그녀는 알지 못했다. 알려고도 하지 않았다. 인출을 위해 가끔 하바로프스끄의 달프롬스트로이 은행과 비존 캐피탈 은행에 다녀온다는 것만 알고 있었다. 그에게는 신용카드가 몇장 있었지만 그녀의 까페는 가맹점이 아니었다. 무얼 더 얻으려고 그가 스꼬보로지노에 머물고 있는지 그녀는 몰랐다. 그녀에겐 그가 그저 돈 잘 쓰고, 인심좋고, 잘 웃는 사람일 뿐이었다.

밀렵꾼들이 그녀를 발견하고 슬금슬금 움직이기 시작했다. 화태치의 어깨 위로 마른 호랑이가죽이 한뼘쯤 비죽 비어져나와 있었다. 호랑이와 호랑이 가죽을 취급한다는 표지였다. 그러나 그녀는 그들이 호랑이를 잡았다는 소리를 들어본 적이 없었다. 탄광철도 종착지인 네륜그리에서 말라비틀어진 호랑이 시체를 두어 번 주워왔다는 얘기 밖엔.

네륜그리는 스따노보이 산맥 초입의 광산지대였다. 그곳에 호랑이 무덤이 있다는 소식은 일찌감치 들었다. 라조 산악지대거나 타이가 지대 이북에 사는 호랑이들이 어째서 그곳까지 내려와 죽음을 맞이하는지 그 이유를 아는 사람은 없었다. 그곳이 호랑이 무덤이라는 설도 사실은 믿을 만한 것이 아니었다. 호랑이들이 떼를 지어, 혹은 주기적으로 그곳에 와 죽는 것도 아니었으니까. 어쩌다 자연사한 호랑이의 시체가 발견될 뿐이었다. 다만 호랑이 시체가 발견되는 장소가 매번 동일했으므로 호랑이 무덤이 아닐까 추측할 뿐이었다.

딱 한번, 그녀는 그곳 네륜그리에 가본 적이 있었다.

헤밍웨이 때문이었다. 1977년, 대학 구내를 떠돌던 모출판사 영업사원에게서 구입한 세계문학전집 중 한권에 헤밍웨이의 「킬리만자로의 눈」이라는 단편이 실려 있었다. 도입부에 표범에 대한 이야기가 적혀 있었다. 대략 '눈에 뒤덮인 킬리만자로 서쪽 봉우리 근처에 말라 얼어붙은 표범의 시체가 하나 있다. 과연 표범은 그 높은 산봉우리 위에서 무엇을 찾고 있었던 것일까, 그걸 설명할 수 있는 사람은 아무도 없다'는 내용이었다.

도입부가 떠오른 이유도, 네륜그리에 가봐야겠다고 맘먹은 까닭도 알 수 없었다. 헤밍웨이의 말마따나 그걸 설명할 수 있는 사람은 아무도 없을 것 같았다.

네륜그리는 높지도 근사하지도 않았다. 눈에 덮여 있지도 않았다. 지의류가 낀 이탄토 위에는 자라다 만 풀들이 짐승의 거친 털처럼 바람에 나부꼈다. 넓은 등성이 한켠에 비루를 앓는 듯한 양물푸레 숲이 웅크리고 있을 뿐이었다. 호랑이 같은 영물이 생의 최후를 맡기기에는 아무런 매력도 없는 땅이었다. 그녀는 돌아오면서, 최후를 맡길 땅에 매력 따위가 필요한 건 아니라고 혼자 중얼거렸다.

밀렵꾼들이 말라죽은 호랑이가죽을 몸에 지니고 다니는 것은 호랑이 잡는 사냥꾼 시늉이나 내려는 것이었다.

남한치의 러시아어는 형편없었다. 하지만 밀렵꾼들과는 호탕하게 잘 어울렸다. 커틀릿도 오인분을 주문했다. 커다란 탁자에 의자를 끌어다놓고 앉아 시끄럽게 떠들었다. 연신 웃음이 터져나왔다. 좋다는 뜻의 니체고란 말이 밀렵꾼들의 입에서 자주 튀어나왔다. 쓰발시바. 고맙다는 말도 간간이 들렸다. 그녀가 탁자 가까이 접근하면 말소리를 죽이며 자기들끼리 키득거렸다. 혀끝으로 잼을 핥으며 열심히 홍차나 마시는 시늉을 했다. 시또 슬루찔라시? 무슨 일인데? 그녀가 물었지만 밀렵꾼들은 어깨를 으쓱거리며 멋쩍게 허연 이를 드러낼 뿐이었다. 응규는 홀을 오가는 마리나와 가끔씩 눈을 맞추며 웃었다.

도청자

며칠 쾌청한 날씨가 이어졌다. 그동안 일본에서 온 부부 세 쌍과 모스끄바에서 온 슬라브인 사내 두 명이 그녀의 까페를 다녀갔다.

슬라브인들 스스로 밝히진 않았으나 그녀는 그들이 모스끄바에서 왔다는 걸 한눈에 알 수 있었다. 마야꼬프스끼 광장이나 벨로루시 광장엔 그런 사내들이 많았다. 이십년이 훨씬 넘었지만 그녀는 파녁처럼 생긴 모스끄바의 거리들을 거의 기억했다.

마리나의 친부도 그런 사람 중의 하나였다. 아르바뜨 거리에서 에스프레쏘를 마시며 멋지게 이마를 찡그리던.

그러나 그녀의 까페에 들렀던 두 명의 슬라브 사내들에게선 차의 맛과 향기를 즐기는 여유는 보이지 않았다. 사는 것 자체가 매우 지겹고, 하는 일도 하나같이 짜증스럽다는 식이었다. 마리나의 친부도 그녀에게 이별의 말을 전할 때는 꼭 그런 모습이었다. 이 나라도, 나도 이제 끝이야. 어딘가로 가야겠어……

이웃에서 스딸로바야 식당을 운영하던 유태인 할머니가 칠십여년 만에 가족과 함께 이스라엘로 돌아가게 되었다며 그녀 앞에서 울었다.

밀렵꾼들은 여느 때와 다름없이 참피나무 숲 앞을 어슬렁거리거나 텅 비어버린 스딸로바야에 들어가 낮잠을 잤다. 그녀와 마주칠 때마다 곧 호랑이를 잡을 거라고 큰소리쳤다. 호랑이를 잡아 부자가 되면 당신을 가질 수 있겠지?라며 화태치는 느물거렸다.

남한치는 그동안 볼 수 없었다. 그가 보이지 않으면 당장 안절부절 못하는 것이 마리나였다. 하지만 남한치가 없는 동안 마리나의 표정은 밝았고, 기쁨과 설렘으로 충만한 듯 몸동작도 가벼워 보였다. 하루도 빠지지 않고 한국어교실에 나갔고, 오후에는 그녀의 일을 열심히 도왔다.

우리는 언제쯤 한국에 갈 수 있냐고, 갈 수나 있는 거냐고 보채던 마리나가, 이스라엘로 돌아가는 유태인 가족을 보고도 아무 말 없었다.

"넌 뭔가를 다 알고 있는 애 같구나."

그녀가 물었으나 마리나는 딴청을 부렸다.

"응규 말이에요? 그에 대해서라면 잘 알지요."

그녀는 궁금증을 체념해버렸다.

"얼마나 아는데?"

"돈 많고, 멋지고, 너그럽고, 무엇이든 하고 싶은 일이라면 다 할 수 있는, 무엇에도 매이지 않고 어디든 오갈 수 있는 낭만적 유목민."

"얼씨구."

"얼씨구? 그게 뭐지?"

"너 참 예쁘다는 말이야."

"예쁘니까 응규가 좋아하지. 난 자유로운 영혼인 그가 좋은 거고."

"한국에선 뭐 하던 사람이래?"

"몰라. 알고 싶지도 않고. 내게 중요한 건, 그와 함께라면 모든 꿈이 이루어질 것 같다는 거야."

"네 꿈이 뭔데?"

"행복해지는 것."

"지금은 행복하지 않니?"

"엄마는? 우리 최-경-희씨는 이곳 아무르에서 행복해?"

"가서 샤실리끄나 구워라."

그녀는 모스끄바에서의 사년을 떠올렸다. 체르꼬프스까야의 춥고 더럽고 습한 방. 그 방에서 그녀는 하루에도 수십차례 불행하다고 되뇌었다.

마리나의 친부 오를로프와 함께였을 때는 지난했던 한국 탈출이 적절했다고 생각했다. 그녀가 연루된 사건이 타스통신으로까지 보도되었을 때 오를로프는 크고 따뜻한 손으로 그녀의 귀를 막아주었다. 그러나 그녀는 자신의 동료들이 한국 법원에서 사형선고를 받았다는 러시아어를 알아들었다. 슬펐지만, 사회주의자였던 그녀는 사회주의국가에서 젊은 쏘셜리스트의 보호와 사랑을 받고 있다는 사실을 천행으로 여겼다. 한국에선 많은 학생과 젊은이들이 정치권력에 의해 살해당하고 있었다. 그리고 마리나가 태어난 지 딱 일년 후, 오를로프는 자신의 어린 딸을 잡초가 뒤엉킨 창밖 화단으로 내던져버렸다. 나라가 더이상 사회주의국가가 아니며 오를로프 또한 더이상 쏘셜리스트가 아니란 걸 알았을 때, 그녀는 자신이 젖먹이 아이의 엄마일 뿐이라는 사실을 깨달았다. 쏘비에트 연방은 결혼하지 않은 사람에게 독신세나 물리는 나라였다. 나중에 안 거지만 결국 마리나도 무자녀세 때문에 태어난 아이에 불과했다. 오를로프는 그런 사람이었다.

중앙아시아 타슈켄트의 한국인 명의 집단농장 김병화 콜호스로 이주했을 때, 그녀에게 꿈과 희망이란 건 없었다. 상관없었다. 그녀와 마리나에게 마지막으로 남아 있던 각오는 오직 생존이었다. 그것만이 고난으로부터 그녀를 건져낼 수 있는 유일한 신념이었다. 자유와 해방, 행복이라는 말들은 시나브로 바래고 잊혀져갔다.

"마리나마저 떠나버리면 외롭지 않겠어?"

화태치가 다가와 그녀의 궁금증을 다시 부추겼으나 관심없다는 투로 대답했다.

"응규는 쉽게 한국으로 돌아갈 수 없어. 물론 마리나도."

그녀가 말했다.

"어째서 그렇게 생각하지?"

"그냥, 느낌이 그래."

"응규는 어디든 갈 수 있어. 마리나도 그렇게 믿고 있어…… 나 말이야, 곧 사냥에서 재미를 볼 수 있을 것 같애. 호랑이를 잡을 거거든, 진짜. 혼자가 되면 아나스따샤도 힘들 거야. 내가 도와줄 수 있어."

화태치는 마리나가 응규와 함께 어딘가로 가버릴거라고 믿고 있었다.

화태치의 아버지는 사할린의 일본인이었다. 그래서 그의 이름도 야마또였다. 외할아버지가 경상북도 상주에서 징용된 사람이었다. 일찍감치 연해주로 건너온 그는 늘 사할린의 어머니를 그리워했다. 경상도 사투리도 곧잘 썼다. 아나스따샤가 아무르에 있는 한 아무르를 떠나지 않겠다는 그였다. 당신이라면 누구보다도 우리 어머니가 가장 좋아하실 것 같아,라고 말했다. 당신과 함께 살 수만 있으모 억시게 행복할 낀데,라고 너스레를 떨었다.

내가 도와줄 수 있어,라고 말하는 화태치의 표정이 전에 없이 진지했다. 슬그머니 그녀의 손을 잡았다. 얼굴에서 확신 같은 게 느껴졌다. 호랑이를 잡는다는 말이 왠지 사실인 것 같았다.

중앙아시아에서 흘러온 그녀는 지금껏 아무르의 토박이들과 이물 없이 섞이지 못했다. 원주민들은 특히 소수인 중앙아시아 출신들을 경원했다. 그럭저럭 장사가 되는 그녀의 까페를 시기했다. 화태치는 원주민들과의 사이가 원만한 편이었다. 자신이 나서면 그녀의 걱정을 충분히 덜어줄 수 있을 거라 믿었다. 그의 역할이라면 그녀도 인정할 만하다고 생각했다. 그러나 그럴 필요를 느끼지 못했다. 그를 원하지도 않았다. 그는 그녀의 피로슈끼를 맛있게 얻어먹는 사람 중 하나일 뿐이었다.

그녀는 한국에서 스물네 해를 살았고 모스끄바에서 사년을 살았다. 타슈켄트에서 십팔년을 살았으나 쏘런이 독립국가연합으로 해체되면서 우즈베키스탄이 독립했다. 콜호스가 저들의 수중으로 넘어갔고, 하루아침에 러시아어를 쓰지 못하게 됐으며, 이슬람을 강요당했다. 마리나와 함께 어떻게든 살아남으려 했으나, 노력과는 상관없이 저들은 고려인을 뱉어내기 시작했다. 힘겹게 시작한 우즈베크어도 포기했다. 모스끄바를 떠날 때처럼, 타슈켄트를 떠날 때 그녀와 마리나는 또 한번 빈털터리가 되었다. 그 옛날 연해주에서 중앙아시아로 강제이주당했던 고려인들이 또다시 극동러시아로 추방당하는 처지와 다를 게 없었다. 떠나고 또 떠났을 뿐이다. 신념이나 민족의식 따위와는 아무런 상관도 없었다. 그때쯤 그녀에겐 그런 게 남아 있지도 않았다. 타슈켄트를 떠날 땐 그녀에게 마지막으로 남아 있던 생존에 대한 집착도 사라지고 없었다. 그것마저 체념해야 숨이라도 쉴 수 있을 것 같았다. 바람에 떠도는 포자처럼 아무르에 흘러들었다. 세상을 한바퀴 멀리도 돌아 다시 동경 132°에 머물게 되었다. 내가 도와줄 수 있어, 당신과 함께 살 수만 있으모 억시게 행복할 낀데,라는 화태치의 말이 안타까울 뿐이었다. 그녀는 부자도, 누구의 아내도, 성공한 고려인도 되고자 하지 않았다. 그 누구도, 그 어떤 세월도 더이상 원망하지 않았다. 쓸쓸하지만 고요한 지금, 적막한 아무르의 안일, 왠지 귀하게 여겨지는 마흔일곱의 허무가 좋을 뿐이었다. 마리나가 떠나는 것도 두

렵지 않았다. 한뼘 더 깊어질 외로움이 어쩌면 숭고하게 느껴질지도 모른다는 생각이 들었다. 삼백스물두 걸음이나 삼백스물여섯 걸음을 걸어 자작나무 숲을 산책할 수만 있다면 더이상 바랄 것이 없었다.

사백마리쯤 서식한다는 시베리아 호랑이. 그중 얼마나 저들의 함정에 걸려들까. 몇마리나 포획망에 잡히거나 라이플에 맞아 고꾸라질까…… 호랑이 잡을 꿈으로 한껏 부풀어 있는 화태치를 바라보며 그녀는 속으로 중얼거렸다.

화태치의 꿈은 호랑이가 아니었다. 값비싼 호랑이가, 보란 듯이 그녀에게 프러포즈할 기회를 가져다줄 거라고 믿고 있을 뿐이었다. 그런 그의 믿음이, 아직은 감추어야 할 비밀을 성급히 발설하게 했다.

그들의 기대 한복판에 남한치가 있었다. 그들은 남한치의 계획을 의심하지 않았다. 화태치의 말을 듣고 났을 때 그녀마저 호랑이를 포획하는 일이 기대나 꿈만은 아니라고 믿게 되었다.

남한치가 노리는 것은 사십여마리의 호랑이였다. 연방정부 야생동물보호위원회에서 특별 관리하는 놈들이었다. 한차례 포획되었다가 다시 자연으로 돌려보내진 호랑이들이었다. 야생동물보호 프로그램에 생명정보가 입력된 뒤 시베리아로 보내진 그들의 몸속엔 위성추적장치에 반응하는 발신기가 박혀 있었다. 시베리아에선 시베리아 호랑이로, 아무르에선 아무르 호랑이로, 한국에선 한국 호랑이나 백두산 호랑이로 불리는 그들은, 소득이 없는 러시아인들이 적극적으로 밀렵에 나서면서 한해에 오십마리가 희생된 적도 있었다.

발신기가 부착된 호랑이들의 생태와 이동경로는 보호위원회 관리팀에 의해서 독점적으로 파악되고 연구되었다. 시베리아의 호랑이들은 저마다 자연상태에 놓여져 있다고 믿겠지만 그중 적어도 사십마리는 완전한 자연상태가 아닌 셈이었다. 그들에 대한 감시와 추적은 하루도 멈추지 않았다. 않는다고 했다.

보호위원회의 감시활동 정보를 빼낼 수만 있다면 지도상에 사십마리의 위치를 일일이 정확하게 찍어낼 수 있다고 말한 것이 남한치였다. 밀렵꾼들은 환호하면서도 반신반의했다. 원리야 충분히 이해하겠지만 어떻게 그 정보를 빼낼 수 있겠느냐는 것이었다.

남한치는 우쭐거렸다. 방법도 없이 말을 꺼냈겠느냐고.

GPS인지 DGPS인지의 동작원리를 설명할 때까지만 해도 밀렵꾼들은 믿지 못했다. 그러나 컴퓨터를 통해 보호위원회의 정보를 고스란히 훔쳐내는 복잡하고도 화려한 기술을 그가 설명했을 때, 밀렵꾼들은 해킹원리의 백분의 일도 이해하지 못했으면서 밀렵의 가능성을 백퍼센트 신뢰하게 되었다.

그녀는 응규가 모스끄바쯤에 가 있을 거라고 생각했다. 아니면 그가 필요로 하는 컴퓨터의 환경이 구비된 어느 도시에 처박혀 있을 거라고 짐작했다.

"얼씨구, 나도 보고 싶어. 일은 잘돼? 언제 와? 얼씨구……"

한껏 소리를 낮춘 마리나의 음성이 내실 쪽에서 들려왔다. 고개를 숙인 채 두 손으로 입을 감싸고 누군가와 대화를 나누고 있었다. 서툰 한국어였다.

"응규니?"

그녀의 목소리에 마리나가 화들짝 놀라며 입에서 손을 뗐다. 남한치의 것과 똑같은 색깔의 모바일이 마리나의 움켜쥔 손아귀에서 빛났다.

"사냥꾼 아저씨들 것 살 때 내 것도 하나 장만하라고 해서 산 것뿐이야."

마리나는 묻지도 않은 말에 서둘러 대답했다.

"그 사람들한테도 응규가 모바일을 사주었나보구나?"

마리나가 고개를 끄덕였다.

"호랑이를 잡으려면 각자에게 필요하다니까…… 이제부터 호랑이를 잡는다는데 모바일쯤이야 뭐……"

"혹시 물어봤니? 응규는 돈도 많고, 더 바랄 것도 없는, 네 말마따나 자유로운 영혼, 낭만적 유목민인데, 호랑이는 뭣 하러 잡으려고 한다니?"

"심심하잖아."

"심심? 아무르가 있고, 그가 좋아하는 자야쯔 시베리아의 음식들이 있고, 무엇보다 그에겐 네가 있잖니. 그런데 뭐가 부족해서 법으로 금한 일까지 한다는 걸까?"

"무슨 일을 하든 응규는 잡힐 사람이 아니에요. 아무도 그를 잡지 못해. 어쩌면 그걸 확인해보고 싶어서 호랑이를 잡으려는 건지도 모르죠. 하여튼 난 응규가 하는 일이라면 무조건 찬성이고, 그를 믿어요."

"하기야 누구든 뭘 갖고 있으면 그걸 확인하고 사용해보고 싶어하지. 자유라고 예외겠니?"

"나쁜 사람 아니에요, 엄마. 얼씨구예요."

"맞다, 얼씨구. 그나저나, 밥이나 제대로 먹고 다니는지 모르겠구나."

그녀는 창문을 통해 멀리 자작나무 숲을 바라보았다.

"어딜 가나 신용카드 한장이면 다 되는걸요 뭐. 걱정마세요, 엄마."

모바일과 신용카드를 장착한 그는 거칠 것이 없었다. 그 유목민은 말이나 당나귀가 아닌, 마법의 양탄자를 타고 날아다녔다. 마리나의 말대로, 아무르의 누구도 그런 그를 구속할 수 없을 것 같았다. 알고 보니 그는 컴퓨터라는 만능기계까지 귀신처럼 다룰 줄 아는 사람이었다. 만끽하는 걸 넘어 자유를 맘껏 시험해보고 싶어할 만했다. 그런데 그런 그가 어째서 한국을 떠나 아무르에 머물고 있는 것일까. 극동러시아의 한인들은 외려 한국엘 가고 싶어하지 않던가. 마리나까지도.

그녀는 한국을 탈출할 수밖에 없었던 당시 자신의 처지를 떠올렸다. 숱한 모험을 겪으며 모스끄바에 도착했던 것은 좀더 안전하게 살아남기 위해서였다. 자유롭기 위해서라고 해도 틀린 말은 아니었다. 그러나 그건 모스끄바가 보장할 이런저런 자유에 대한 기대 때문이 아니었다. 단지 죽음으로부터 벗어난다는 의미에서의 자유였을 뿐이었다.

그는 어떤 쪽이었을까? 아무르의 무엇이 자신의 자유를 보장할 거라고 여겼던 걸까.

그녀는 까페를 나와 오후의 햇살 속으로 천천히 걸어나갔다. 문비나무와 느릅나무와 참피나무 숲도 좋았지만 언제나 그녀의 시선을 끄는 것은 자작나무 숲이었다. 이파리들이 바람에 나부끼며 흰 배면을 드러내면, 머리카락 흩날리던 오마 샤리프의 우수어린 표정이 떠오르곤 했다. 지바고의 머리 위로 나부끼던 것도 자작나무 이파리였다. 언제나 지바고가 꿈꾸었던 곳은 바리키노라는, 사랑과 자유의 공간이었다. 그녀가 고등학교 2학년 때 교회 선배 남학생과 맘 설레며 봤던 영화.

어느 늦가을 그녀는 바리키노를 찾았다. 성급히 잎을 떨군 교목들이 넓은 들판 여기저기 성글게 서 있었다. 다시는 잎을 틔울 것 같지 않은, 집요하게 침묵하는 검은 나무들 사이로, 메마른 풀밭 위로, 이리가 뛰듯 바람이 불었다. 초로의 머리카락처럼 힘없이 쓰러지는 바랜 풀들. 불쑥 목이 메어 허리를 꺾었으나 흐느낌조차 금세 휘발되어 버렸다. 그곳엔 사랑도 자유도 라라의 눈물도 없었다. 다만 무수히 스쳐간 세월과, 그 세월 속에 무심하게 자라고 쓰러진 초목들의 외로움이 마른 바람이 되어 떠돌고 있을 뿐이었다. 앞으로 더이상 내디딜 길과 땅이 이제 자신 앞에 영원히 없음을, 그녀는 마지막 흐느낌 뒤에 깨달았다. 끝. 세월의, 세상의, 꿈 혹은 생존의 끝이라는 느낌이 그녀의 명치 속을 깊이 파고들었다. 그리고 그 절망의 순간에, 느닷없는 안락과 충일이 그녀의 온몸을 휘감았다.

그 기묘한 기억과 느낌의 자기력에 이끌린 그녀는 마리나와 함께 시베리아의 끝 스꼬보로지노에 닿았다. 자작나무 숲이 그녀를 완강하게 붙들었다. 그후부터 자작나무 숲은 언제나 그녀에겐 안락과 충일의 바리키노였다. 그곳에서는 무한히 큰 공허가 활짝 열렸다. 그녀는 자작나무 숲을 일러 세상 끝에 선 쓸쓸한 충만이라고 했다.

무임승차

그들은 첫 호랑이 사냥에서 실패했다.

"모바일 가청 범위를 벗어난 곳이었어."

"모두 표적위치를 알고 있었잖아. 모바일 핑계 대지 마. 지도만 갖고도 잡을 수 있었다구."

"움직이는 표적이야. 놓칠 수도 있어. 게다가 호랑이처럼 민감한 짐승이 있을라구."

저마다 실패원인을 분석했고 상대에게 책임을 떠넘겼다. 보름이나 공을 들인 작전이 허사로 돌아갔으나 웅규는 화를 내지 않았다.

"아아, 흥분할 거 없어. 다시 하면 되는 거야. 이제 대충 호랑이를 어떻게 잡는 건지는 알았잖아. 우선 차들이나 한잔씩 마시자구."

웅규는 사람좋게 웃었다. 시또 비 부제떼 삐 띠? 마리나가 부분 통역을 했다.

마리나가 차를 끓여 식탁으로 옮겼다.

"자, 여길 봐."

웅규가 손짓을 하자 밀렵꾼들은 머리를 맞대고 식탁 위의 지도를 내려다보았다.

"우선 좌표 읽는 연습부터 해야 돼. 372 489가 어디야? 미하일이 한번 짚어봐."

큰땅치가 지도 위의 한 점을 가리켰다. 웅규가 말했다.

"이러니까 안되는 거야. 372 489는 이 지점이야. 이 한 칸을 눈짐작으로 십등분하는 거야. 37선에서 2니까 여기고, 48선에서 9니까 이 지점이야. 서로 만나게 두 선을 그어봐. 그러니까 372 489는 여기인 거야."

밀렵꾼들이 고개를 끄덕였다. 그러나 남한치는, 여전히 웃으며, 못 믿겠다는 듯 지도를 밀쳤다. 밀렵꾼들은 진지했으나 남한치는 사소한 놀이로 여기는 표정이었다.

"안되겠어."

남한치가 차를 한모금 꿀꺽 마시고 말했다.

"내가 그곳에서 호랑이의 위치를 말해줄 수 있는 방법은 좌표로 불러주는 방법뿐인데, 이러다간 세월만 보내겠어. 호랑이의 계절별 이

동경로 분석자료를 아예 다 뽑아와야겠어. 정확한 통계를 내서 예상 이동로를 알아내는 거야. 그리고 나하고 함께 잡는 거야. 그게 더 정확할 거야. 이번에는 모바일 가청 범위도 알아봐야겠어. 자자, 괜찮아. 한번 실수는 병가지상사라구."

마리나는 그의 마지막 말을 서툴게라도 통역하지 못했다. 큰땅치 미하일이 물었다.

"응규, 보호위원회의 정보를 정말 어떻게 빼내는 거지?"

"좌표도 못 읽는 주제에, 그걸 알려준들 네가 알겠니?"

응규는 미하일의 어깨를 툭 치며 마리나를 향해 눈을 찡긋 감아 보였다.

남한치는 다음날 또 어딘가로 떠나버렸다. 제법 먼 곳인 듯했다.

그가 없는 동안 밀렵꾼들은 포획망을 새로 만들거나 라이플을 몰래 손질했다.

마리나는 내실 귀퉁이에 쪼그리고 앉아 하루에 두세 차례씩 그와 통화했다.

마리나가 한국어 교실에 가고 없던 어느날 오전, 야마또가 그녀의 까페에 나타났다.

"어떻게 들어왔지?"

그녀는 샤워를 마치고 욕실에서 막 나오던 참이었다.

"여, 열려 있었거든."

그녀는 반라였다. 커다란 타월로 간신히 가슴과 아랫도리를 가리고 있었다. 어깨와 머리카락 끝은 젖은 채였다. 화태치는 어찌나 요란스레 침을 삼켰던지, 삼키는 모습이 마치 예의바르게 인사를 하는 것 같았다.

"장사 시작하려면 아직 멀었어. 알잖아."

그녀가 말했고, 화태치는 황급히 고개를 끄덕였다. 죄를 짓고 처분을 기다리는 어린아이 같았다.

"호, 호랑이를 잡으면 난, 곧 하, 한몫 잡게 돼. 당신도 이젠 그걸 믿잖아. 안 그래?"

그가 말했다.

"그래서?"

"더이상 빈털터리가 아니라구. 나도 이제 집을 가질 수 있고 그리고……"

몹시 떨고 있는 그를 그녀는 물끄러미, 안쓰럽게 바라보았다. 비틀거리며 그가 그녀 앞으로 다가왔다. 걸음걸이를 처음 배우는 갓난아이처럼 힘겹게 다가와 두 팔을 그녀의 어깨에 걸치곤 후우 한숨을 뿜어냈다. 찬 기운이 그녀의 젖은 어깨에 확 끼쳤다.

그녀는 웃으며, 천장을 가로지르는 목재들을 한동안 올려다보았다. 타월 위로 화태치의 손이 와닿았다. 거부의 몸짓이 느껴지지 않자 그는 그녀의 목덜미에 코를 박고 깊게 숨을 들이켰다. 그러나 더이상은 어쩌지 못했다.

"좋아?"

그녀가 물었다.

"좋아. 이대로 죽었음 좋겠어."

화태치의 팔에 힘이 들어갔다.

"비누냄새일 뿐이야…… 열 셀 때까지만 봐주겠어. 다시는 이러지 마. 야마또만 힘들어지니까."

화태치는 그녀의 몸을 묵묵히 끌어안고 있었다. 그의 숨소리가 점차 거칠어지는 걸 느낀 그녀는 그에게서 몸을 뗐다.

"펠메니가 좀 있는데 먹겠어?"

그녀가 물었다.

화태치는 더위먹은 것처럼 입을 헤벌리고 고개만 끄덕였다. 그녀는 내실로 들어가 옷을 걸치고 주방으로 나왔다.

데운 펠메니를 먹는 그의 목울대가 힘겹게 오르내렸다. 그녀는 비누냄새가 가시지 않은 손으로 그의 부스스한 머리를 한차례 쓰다듬었다.

그리고 이틀 뒤, 같은 시각에 화태치가 다시 까페에 나타났다. 그날도 마리나는 없었다. 그녀는 주방에서 홍당무 수프를 만들고 있었다. 그녀에게 다가온 야마또는 다짜고짜 그녀를 조리용 식탁 위에 넘어뜨리고 치마를 걷어올렸다.

"뭐 하는 거지? 야마또. 장난하지 마. 간지러워."

그러나 화태치는 이미 그녀의 말을 못 알아듣고 있었다. 그의 손이 그녀의 가랑이 깊숙이 파고들었다. 다 닫히지 않은 현관문 틈새로 화창한 아침햇살이 새어들어오고 있었다.

"이 좋은 아침에 장난이 지나치잖아. 안 그래?"

그러나 화태치의 얼굴은 주체할 수 없는 흥분으로 우스꽝스럽게 일그러져 있었다. 그녀를 내리누르는 힘이 엄청났다.

화태치의 입에서 뜨거운 열기가 뿜어져나왔다. 그녀는 수프를 끓이고 난 뜨거운 프라이팬으로, 그의 더러운 정수리를 힘껏 후려쳤다. 프라이팬과 그의 머리통 중 하나가 깨지는 소리가 났다.

질겁을 한 그가 머리통을 싸쥐고 도망쳤다. 흘러내린 바지춤을 미처 추스르지도 못하고 문밖으로 줄행랑을 쳤다. 그녀는 오랫동안 큰

소리로 웃어젖히곤 바깥을 향해 소리쳤다.

"비밀로 해주겠어. 하지만 또 그랬다간 신문에 낼 거야!"

며칠 뒤, 스꼬보로지노로 돌아온 남한치는 흥분을 감추지 못했다.

"다들 들어봐. 내 생각이 맞았어. 이게 사년 동안 개별 호랑이들의 이동경로를 추적한 자료야. 아아, 호랑이는 역시 영물이야. 매년 거의 같은 지역을 맴돈다구. 자, 이놈을 봐. 이놈은 해마다 네륜그리 가까운 곳까지 내려오고 있어. 지금이 구월 십팔일이니까, 이틀 뒤면 이 지역을 통과하게 돼. 여기 이곳 말이야."

밀렵꾼들의 눈이 그의 손끝을 따라 움직였다. 그가 말했다.

"어째서 스따노보이까지 내려오는지는 내가 알 바 아니지. 어쨌든 놈이 우리들 수중에 들어온 것만은 분명해."

"이번엔 실수하지 말아야 할 텐데."

말수가 적은 북선치의 목소리마저 들떠 있었다. 남한치가 말했다.

"물론이지. 그러기 위해 오늘 당장 현장을 답사해둬야 한다구. 지난번처럼 우왕좌왕했다간 놈이 다시는 이곳에 나타나지 않을 거야. 미리 지형을 익혀두는 게 좋아. 밧데리는 충분히 충전해놨겠지. 가서 모바일 수신상태도 확인하자구."

확실한 승리를 목전에 둔 병사들처럼 그들은 갑자기 의기양양해졌다. 서둘러 네륜그리로 떠나는 그들의 뒷모습을 보면서 호랑이를 정말 잡기는 잡을 모양이라고 그녀는 생각했다.

답사를 마치고 온 그들에게선 확신에 찬 활기가 넘쳤다. 장비를 다시 한번 꼼꼼히 점검하고, 늦도록 까페에 앉아 포획작전을 짰다. 남한치는 각자의 매복 위치와 유도사격 방향까지 일일이 지시했다. 그럴 때는 꼭 사냥꾼의 자식으로 태어나 사냥밖에 모르고 살아온 인물처럼 보였다.

마침내 그들이 고대하던 날이 밝았다. 그리고 잡았다. 스꼬보로지노에 다시 나타난 두 명의 슬라브인 사내가, 마리나와 함께 있던 남한치를 급습, 포획했던 것이다. 남한치와 마리나는 알몸이었다. 무방비였던 그들은 권총을 든 두 사내를 당해내지 못했다.

호랑이 사냥은 무산됐다.

슬라브인들은 과거 KGB에서 일했던, 사설탐정이었다. 러시아 경찰 당국에 든든한 뒷선을 대고 있는 마피아 조직원이었다. 무기뿐 아니라, 필요한 수사정보와 자료까지 경찰로부터 제공받는 사람들이었다.

그의 죄목은 호랑이 밀렵과는 관련이 없어 보였다. 밀렵꾼들과 맞닥뜨렸을 때도 두 슬라브인은 그들에게 눈길조차 주지 않았다. 남한치가 체포된 것은, 그가 한국을 떠나 홀로 아무르에 머물고 있는 그 알 수 없는 이유와 관련이 있는 것 같았다.

"무슨 죄를 지었대?"

그녀가 물었으나 마리나는 혼자 중얼거리듯 말했다.

"한국과 인터폴 협조가 안되는 지역이라고 안심했던 게 잘못이지. 하이에나 같은 놈들이 냄새맡고 다닐 줄 알았나."

"여기 사는 우리들도 그건 잘 몰랐잖아."

그녀는 마리나의 눈치만 살폈다.

"하지만 응규는 이대로 잡혀가진 않을 거야."

"지금 어디 있는데?"

"하바로프스끄로 갔을 거야. 어쩌면 티리스트 호텔에."

"어째서 경찰에 인계하지 않고 호텔이지?"

"엄마는 참, 놈들은 의뢰인한테 돈 받고 사람 잡아주는 것뿐이라구요. 경찰하곤 상관없어. 경찰은 편의만 봐주고 놈들한테 적당히 돈만 받아 챙긴다고."

"누가 그들한테 돈을 주고 의뢰를 했을까?"

"알 게 뭐야. 한국의 누군가겠지. 지금쯤 티리스트 호텔에서 기다리고 있겠지."

"한국으로 잡혀가면 어쩔 거니?"

"응규가 말했어. 의외의 사태엔 의외의 돌파구가 있는 법이라구. 난 응규를 믿어. 돌아올 거야."

마리나의 눈가에 반짝 물기가 비쳤다.

"그나저나, 놈들은 무얼 단서로 응규를 찾아낸 걸까? 모스끄바에서 여기까지…… 이 넓은 시베리아에서."

그녀는 창밖으로 자작나무 숲을 바라보았다.

마리나가 모바일 플립을 열고 몇개의 번호를 눌렀다.

잡히기 전까지 남한치와 함께 있었던 마리나의 방에서 벨이 울리는 것 같았다. 그곳에, 잘린 도마뱀 꼬리 같은 남한치의 모바일이 부르르 떨고 있었다. 현금과 신용카드로 불룩한 그의 지갑도 떨어져 있었다. 마리나가 달려가 그것들을 와락 끌어안았다.

자작나무 숲에는 연일 화창한 가을햇살이 쏟아져내리고 있었다. 바람에 날리는 자작나무 이파리들은 어느날 문득 땅위로 떨어져 쌓일 것이었다. 텅 빈 아무르의 대지를 차가운 겨울바람이 짐승처럼 으르렁거리며 오래오래 휩쓸고 지나가겠지. 황량한 동토와 삼림은 눈으로 뒤덮일 것이다. 더이상 낯설지 않은 적막한 단절감. 나쁘지 않아. 그녀는 중얼거렸다. 숲 가운데 멈춰서서 턱을 들어 하늘을 올려다보았다. 카디건 밖으로 두 어깨를 빼냈다. 맨살 위로 눈부신 햇살이 떨어져내렸다.

그녀는 두 팔마저 빼고 웃옷을 밑으로 더 밀어 내렸다. 흉하지 않을 정도로 늘어진 흰 젖가슴 위로, 햇살이 부서졌다. 그렇게 오래도록 서 있었다. 자작나무 그늘 밑을 지나던 화태치가 잠깐 멈추었다가 이내 느리게 멀어졌다. 약간 쌀쌀한 바람, 짙푸른 하늘, 나부끼는 나뭇잎, 그리고 화태치의 쓸쓸한 발걸음조차 그녀에겐 아늑한 풍경이었다.

마리나는 먼 곳이라고만 말했다. 응규와 함께 있다고 했다. 응규가 그들로부터 풀려나는 건 아무 일도 아니었다. 슬라브인들은 자신들이 받을 수 있는 현상금의 두 배나 되는 금액을 응규로부터 받은 모양이었다.

이젠 자유야. 아무도 우릴 잡을 수 없고, 무엇보다 우린 함께 있거든. 마리나의 음성은 상기되어 있었다. 애야, 그러려면 전화도 신용카드도 안 쓰는 게 좋을 거야. 그녀는 서둘러 수화기를 내려놓았다.

쌀쌀한 바람이 그녀의 벗은 어깨와 가슴을 기분좋게 간지럽혔다. 마리나의 나이에 그녀는 한국을 떠났다. 베를린과 바르샤바를 거쳐 모스끄바에 닿았다. 우랄 산맥을 넘어 타슈켄트에 머물다. 노보시비르스끄와 이르꾸쯔끄를 지나 아무르에 이르렀다. 이십사년이 걸렸고, 그동안 삶의 모든 것을 지불했다.

그녀에게 남아 있는 것은 아무것도 없었다. 모든 기대와 소망, 좌절과 시련을 시베리아 횡단열차의 요금으로 치른 셈이었다. 그러지 않고는 결코 아무르의 자작나무 숲에 다다르지 못했을 거라고, 그녀는 마리나의 먼 음성을 떠올리며 생각했다.

처음으로 집을 떠나 어딘가 알 수 없는 곳들을 숨어다니기 시작한

마리나에게. 그녀는 당부하고 싶었다. 완전하게 숨는다는 건 무언가에 갇혀 헤어나지 못하는 것과 같다고. 자유를 원하되 자유에 갇히지는 말라고.

바람이 그녀의 머리카락을 가볍게 흔들었다. 나뭇잎 하나가 그녀의 어깨를 스치며 떨어져내렸다. 북극해로부터 거대한 기단이 서서히 몰려오는 것 같은 느낌이 들었다. 그녀는 하늘을 올려다보며 낮게 중얼거렸다. 시베리아 횡단열차는 결코 무임승차를 허락지 않아. 언제가 되었든 그 열차를 타고 다시 이곳 아무르로 오렴. 이 자작나무 숲으로. 자유 시베리아로.

—『문학동네』2004년 가을호

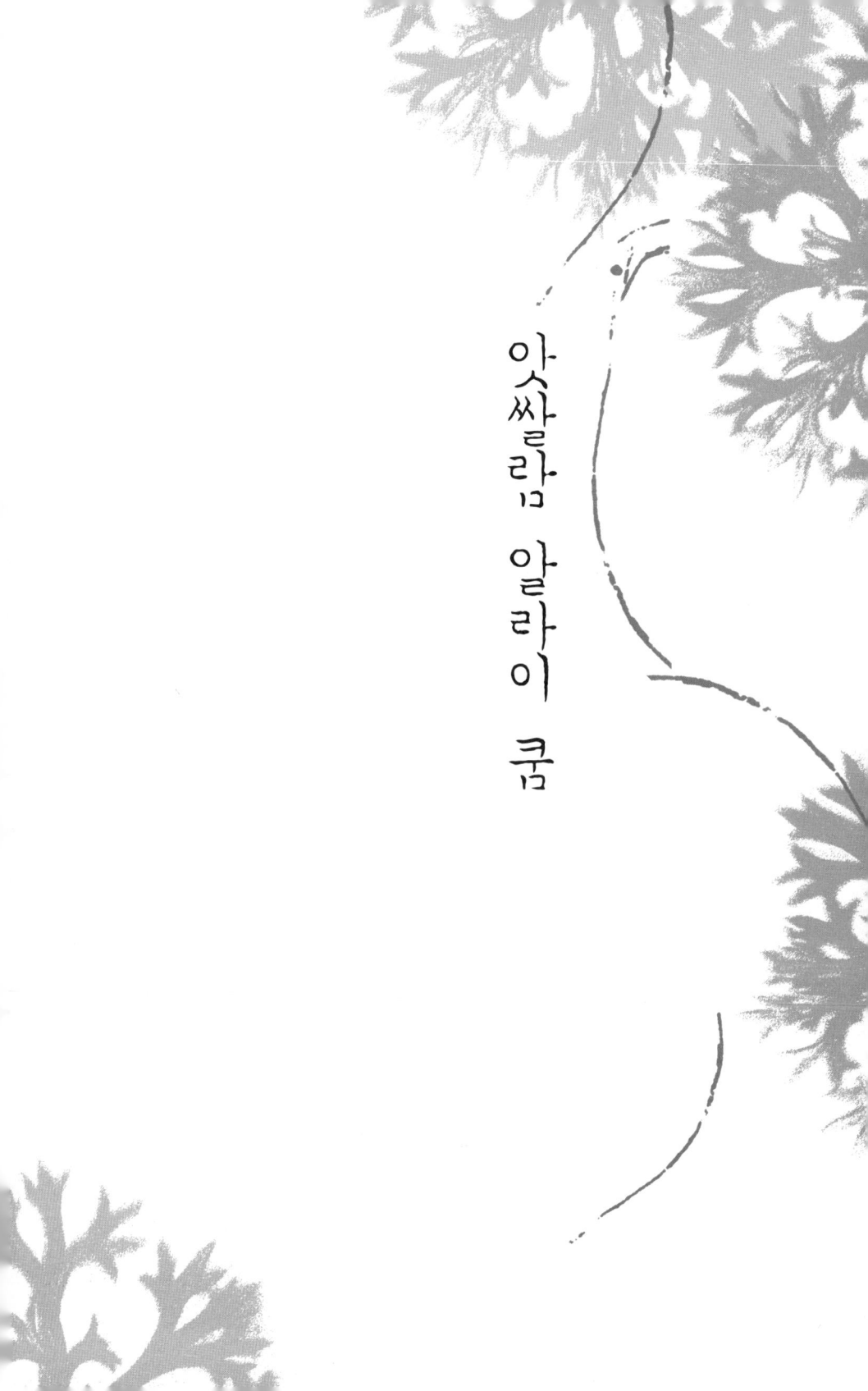

앗쌀람 알라이 쿰

하마터면 그는 나를 끌어안을 뻔했고, 나는 그의 품에 안길 뻔했다.

안될 건 없었다. 며칠 동안 나는 많은 사람들을 끌어안았다. 많은 사람들이 나를 끌어안았다. 이곳의 인사법이 그랬기 때문인지는 모르나, 아니라 해도 가벼운 포옹은 어디서나 가능했다.

내가 만난 사람들은 이곳 주민들뿐만이 아니었다. 영국 미국 러시아 프랑스 독일 사람들이 뒤섞여 있었다. 이 나라 국민들을 포함해 그들은 모두 내겐 외국인이었다. 가벼운 포옹은 다국적 성격을 띤 인사였다.

더구나 이곳의 상황은 매우 급박했다. 도심 한복판으로 미사일이 떨어졌다. 특정한 인사법이 있었더라도 다 무시되고 그저 끌어안았을 것이다. 폭격의 위험을 무릅쓰고 입국한 국제평화운동단체 회원들은 좀더 비장했다. 비장했으므로 서로를 끌어안는 게 어쩌면 최상의, 유일한 인사법이었는지도 모른다.

그러나 나는 그를 끌어안지 않았다. 그가 남자고 내가 여자라서가 아니었다. 순간적으로 뭔가 이상한 기분이 들었다. 시설의 장애 아이들을 만났을 때거나 각국의 평화운동단체 회원들을 만났을 때와는 다른 느낌이었다.

들어올렸던 팔을 내리고 그는 어깨를 으쓱했다. 그가 민망하지 않도록 나는 미소를 지어 보였던가.

아임 카심. 나를 집안으로 들이며 그가 자신의 이름을 밝혔다. 카산드라. 나는 영국에서 쓰던 닉네임을 말했다. 은혜라는 이름은 한국이 아니고선 제대로 알아듣지도 부르지도 못했다.

집안은 어두웠다. 이곳의 정전은 다반사였다. 호텔에서도 남포를 켰다. 거실로 들어서자 촛불과 석유등불이 보였다. 그의 아내인 듯한 여인과 그의 아들인 듯한 청년이 목례를 보냈다. 벽 모서리들이 어둠에 묻혀 집안은 전체적으로 둥근 느낌이었다. 불빛이 따뜻해서였을까, 여인과 청년의 눈빛도 따스해 보였다. 불청객이라는 생각이 들지 않았다.

현관에서 나를 맞던 카심의 미소와 포즈에도 그런 게 있었다. 초청객을 반기는 주인의 느낌.

카심의 안내에 따라 거실 가운데의 소파에 앉았다. 뚱뚱한 그의 아내는 다리를 조금 절었다. 병색이 완연했지만 낯빛은 상기돼 있었다.

카산드라라는군. 카심이 그렇게 말하는 것 같았다. 주방인 듯한 곳에서 청년이 하이,라고 말했다. 구수한 음식냄새 때문이었을까, 그의 인사가 푸근하게 느껴졌다.

마침내 이곳에 왔어,라고 나는 속으로 중얼거렸다. 그러자 마침내라는 말을 쓰고 있는 나 자신이 낯설어졌다. 카심의 자연스런 포즈에 응하지 않았던 것, 순간적으로 뭔가 이상한 기분이 들었던 것, 그리고 난데없이 마침내라는 말을 쓰고 있는 나 자신이 낯설었다. 그것은 카심과, 곧이어 보게 된 그의 가족과 집안 분위기와도 상관없지는 않아 보였다.

가이드 겸 운전사인 핫산과 함께 시 외곽의 고아원에 다녀오던 길이었다. 나흘째 공습이 없었다. 좀더 잠잠해지기를 기다려보자는 핫산의 만류를 뿌리치고 다녀오던 길이었다. 핫산은 울상을 지었을망정 내 요구를 거절하지는 않았다. 아이들에게 그림물감을 가져다주겠다는 약속을 일주일째 지키지 못해 나는 답답했다.

호텔에 묵고 있던 평화팀 일부가 암만으로 철수를 했다. 체류기간의 문제로, 혹은 아예 한국으로 돌아가기 위해. 평화팀 내부에서도 반전평화운동에 대해 의견이 분분했다. 비자의 성격이 가지각색이어서 단체행동이 계획대로 이루어지지 않았다. 전쟁 반대의 명분이 현지에 와서 달라지거나 모호해진 점도 크게 작용했다.

나는 한국 반전평화팀의 일원이 아니었다. 영국팀으로 입국해서 한국팀이 있다는 사실을 알고 뒤늦게 합류했다. 안전한 비자를 소지한 사람은 거의 나뿐이었다. 한국팀은 빈번하게 암만을 드나들며 체류기간을 연장해야 했고 나는 그들을 기다리고 떠나보내는 게 일이었다.

혼자라도 움직이지 않으면 아이들과의 약속을 지킬 수 없었다. 아이들에게 물감이나 가져다주는 게 무슨 반전평화운동이냐는 말도 있었다. 내게 그렇게 말한 사람은 미군의 폭격으로부터 정수시설을 보호하기 위해 인간방패를 자청했다.

나는 그의 말을 수긍도 부정도 하지 않았다. 다만 아이들과의 약속을 지키고 싶었을 뿐이다. 누구보다도 나 자신이 이곳에 온 뒤로 전쟁 반대의 명분을 제대로 찾지 못하고 있었다. 그런 건 애당초 없었는지도 모른다. 도피하자는 거였는지도. 개인적인 번민을 잊기 위해 불구덩이로 뛰어든 것인지도.

통행금지 시간 전에 호텔에 도착해야 했다. 도로 위에는 사람도 차량도 없었다. 핫산은 속력을 내기 시작했다. 늘 장난처럼 울상을 짓곤 하는 핫산은 막상 상황이 다급하거나 위태로워지면 놀라울 만큼 침착했다. 늑장을 부린 내가 미안해할까봐 아이들은 언제 봐도 참 이뻐요, 그죠?라고 말하며 나를 안심시켰다.

그 말 뒤로 내가 기억하는 소리는 없다. 잠깐 정신을 잃었다. 눈을 떴을 때도 소리는 없었다. 우리가 탔던 한국산 승합차량이 뒤집어져 있었다.

차체 여기저기에 총알구멍이 보였다. 총소리를 들은 기억이 없었다. 지금껏 저토록 총알구멍이 많은 형편없는 차라는 걸 모르고 타고 다녔단 말인가.

나와 차 사이가 너무도 멀었다. 그토록 먼 거리를 퉁겨져나오고도 살았다면 내가 그 차로부터 퉁겨져나온 게 아니었다. 그러니 누가 쏘았는지도 궁금하지 않았다. 핫산이 어디에 있는지도. 나는 어느날 총 맞아 뒤집어진 차량 옆에 문득 떨어져내린 거였다. 어딘가의 하늘에서.

아무도 와보지 않았다. 사위는 조용했다. 잠깐 서서 고물차량을 물끄러미 바라보던 나그네처럼 나는 그 자리를 떠났다. 들판 위에 깜빡이는 민가의 불빛을 따라 걸었다.

그의 집 현관이 저만치 보일 때쯤 나는 비로소 내 발걸음 소리를 들었다. 숨소리도 들었다. 누군가의 습격으로 차량이 전복당했다는 사실을 알았다. 그의 집 현관을 노크했다. 수염이 짙고 탐스러운 오십대 중반의 남자가 나타났다.

인심좋아 보이는 아저씨였다. 그가 나를 향해 두 팔을 들어올렸다. 나는 자연스레 그에게 안길 뻔했다. 늘 누군가와 끌어안는 인사를 했으므로. 하지만 뭔가 이상했다. 그의 앞에 우두커니 서 있었다.

누구냐고, 어떻게 된 거냐고 묻는 눈빛이 아니었다. 호기심과 궁금증이 전혀 없는 포즈였다. 이 정도의 거리라면 분명 요란한 총소리를 들었을 것이다. 하지만 그는 그런 소리 따위는 태어날 때부터 들어보지 못했다는 표정으로 서 있었다. 초대한 사람이 마침내 도착하여 반갑다는 정도의 웃음을 짓고 있었다.

그런 이유 때문에 우선은 그의 포옹을 받아들일 수 없었을 것이다. 그리고 스스로도 낯설었던 내 심리상태. 막 죽을 고비를 넘긴 사람이라기엔 지나칠 만큼 맘이 가라앉아 있었다. 편하고 공허하고 끝도 없이 안심이 되었다. 조금 전의 사고가 나와는 무관한 상황처럼 여겨졌다. 이승과 저승의 차이만큼이나 전혀 다른 공간의 경계를 슬쩍 넘어선 것 같은 기분. 그 낯선 느낌들이 날 우두커니 서 있게 했다.

마음놓아요.

그가 말했다. 그의 아내가 물 적신 타월로 내 왼팔의 흙먼지를 훔쳤다. 놓고 말고 할 것도 없이 내 마음은 한껏 가라앉아 있었다. 이야이이야이야야…… 이 나라에 온 뒤로 시도때도없이 들었던 음악이 작게 흘렀다. 그 소리를 나는 음식냄새로 혼동했다.

얼굴은 괜찮은 것 같군. 그가 말했다. 하지만 좀 씻어요.

그는 주방 쪽을 향해 아흐마드!라고 조금 큰 소리로 말했다.

청년이 한쪽 벽에 붙어 있는 문을 열었다. 어두운 내부가 들여다보였다. 청년이 얼른 촛불을 집어들었다.

나중에.

나는 고개를 저었다. 그렇게 해요 그럼, 이라고 카심이 말했다.

청년이 내게 전화 수화기를 가져다주었다. 카심이 고개를 끄덕였다. 어쩌라는 건지 나는 알 수 없었다.

대사관? 아니면 다른…… 저어, 국적이?

청년이 떠듬거리는 영어로 말했다. 그리고 넋을 놓고 있는 내 왼손에 수화기를 쥐여주었다.

카산! 어떻게 됐지?

내가 버튼을 누른 모양이었다. 수화기에서 대뜸 울음이 쏟아져나왔다. 나를 카산이라고 부르는 사람은 핫산밖에 없었다. 그는 엉엉 소리 내어 울었다. 울지 말아요, 라고 말하고 나는 침묵했다. 그는 울음을 그치지 않았다. 울음보다 더한 확신은 없었을지도 모른다. 둘 다 살아 있다는 사실에 대한. 수화기를 뺨에 댄 채 침묵하는 나를 카심과 그의 아내와 아들이 조심스레 바라보았다.

히드로 공항에서 전화하며 K는 울먹였다. 영국을 떠난다고 말했다. 이러는 게 어떺어? 나는 K의 울먹임이 낯설었다. 함께 있어도 언제나 낯설었지만 울먹일 사람처럼은 보이지 않았었다. 한국으로? 대답 대신 그의 울먹임이 잦아들었다. 그러곤 말했다. 널 사랑했었다. 그리고 널 사랑한다.

간간이 메일이 왔다. 트라팔가와 웨스트민스터를 걷던 얘기, 윈드미어의 산들과 호수에 대해 씌어 있었다. 감흥없이 이어지는 짧은 문장들. 무표정했던 그의 모습 그대로였다.

어떤 이유에선가 가슴을 텅 비워버린 K. 그와의 시간들은 쓸쓸했으나 그를 만나고 그를 새겼던 이유도 다름아닌 그 쓸쓸함 때문이었다. 그러면서도 나는 그의 쓸쓸함이 나로 인해 언젠가는 사라질 수 있기를 바랐다. 메일을 읽으면서 한국의 어느 거리를 무표정하게 걷고 있을 그를 떠올렸다. 어느 순간 문득 울먹이기도 할. K가 없는 런던은 자주 어지러웠다. 이전에는 쓸쓸함 때문에, 이후에는 울먹임 때문에 그를 잊을 수 없었다. 영국 평화팀의 활동계획을 접한 것이 그즈음이었다.

얼굴을 씻기 전에 거울을 보았다. 뒤에서 아흐마드가 촛불을 들고 있었다. 내게 촛불을 전해준 그가 가만히 욕실 문을 닫았다. 모래밭에 고꾸라진 몰골이 아니었다. 어깨와 팔에 흙먼지가 묻었을 뿐 옷이 해지거나 피부가 긁히지는 않은 것 같았다. 핫산은 어떨까. 손바닥에 물을 묻혀 얼굴을 훔쳤다.

욕실문을 열고 나오자 다시 음악소리가 들렸다. 여전히 음식냄새로 혼동되었다. 라 일라흐 일랄 라흐 무함마드 라쑬룰 라. 카심이 거실에 무릎을 꿇고 앉아 늦은 궤배를 올렸다. 고개를 좌우로 흔들었고 곧 이마를 바닥에 댔다.

푸짐한 음식들이 식탁에 가득했다. 세 가족의 저녁식사라기엔 지나치게 풍성했다. 빈한할 만큼 검소한 식탁만 봐왔던 나는 난감한 기분마저 들었다. 하지만 나를 위한 준비는 아니었다. 내가 카심의 집으로 들어오기 전에 이미 마련되어 있던 것이었다.

카심의 아내가 연보라색 웃옷을 들고 나타나 내 앞에서 펼쳐 보였다. 세로줄 엠보싱의 평범한 여성용 폴라니트였다. 분홍색이 약간 섞인. 그 싸이즈의 옷을 입을 만한 사람이라곤 나밖에 없었다. 때마침

준비된 풍성한 식탁과 폴라니트. 나는 여전히 뭔가 기묘한 기분으로부터 벗어날 수 없었다.

나는 폴라니트를 바라보기만 했다. 그의 아내는 약간 멋쩍은 미소를 보이며 슬며시 니트를 거두어들였다. 자, 앉읍시다,라고 카심이 말했다. 나는 목제의자에 안내되었다. 아흐마드가 두 개의 촛불을 식탁의 좌우에 세웠다. 촛불을 옮겨 세우자 식탁이 세상의 중심이 되었다. 아무래도 나는 불청객이 아니었다.

구이음식이 대부분이었다. 꼬치구이와 양구이가 보였다. 얇게 저며 담은 케밥 접시가 식탁 한중간에 놓였다. 노릇한 반점 박힌 둥글고 희고 얇은 빵, 게와 새우도 보였다. 검고 윤기나는 원두커피에선 가느다란 김이 피어올랐다.

비스밀라!

카심의 선창에 따라 가족이 따라 외웠다. 나도 작은 소리로 비스밀라, 라고 말했다. 붉은 새우 속살이 맛있었다. 점심을 언제 먹었는지 기억이 나지 않았다. 반시간 전에 내게 무슨 일이 일어났었는지도 기억나지 않았다.

내 손길을 조심스레 살피던 카심이 새우살 발라먹는 나를 보며 낮게 읊조렸다. 과연!이라고 말하는 것 같았다. 이들은 식사 때 왼손을 사용하지 않았다. 오른손잡이인 나를 보고 안도하는 거라고 여겼다. 그의 아내는 아예 감격하는 눈치였다. 여보! 카심이 넋나간 아내를 불렀다. 황망히 표정을 수습했으나 아내의 눈에는 놀라움의 빛이 가시지 않았다.

템즈강이 코앞에 내다보이는 '앵커'라는 펍에서 K와 기네스 맥주를 마셨다. 새우를 주문한 그가 정작 새우가 테이블에 오르자 포크를 내려놓았다. 종종 그는 입맛을 잃었다. 나는 주위를 두리번거렸다. 한국 소식을 전하는 BBC 앵커의 마지막 멘트가 맥주거품처럼 사라지고 있었다. 그가 입맛을 잃고 포크 따위를 내려놓을 때마다 나는 그가 어느 날 맥주거품처럼 사라질지도 모른다는 생각을 했다.

교정의 낡은 벤치에 앉아 졸고 있는 K를 두 번 보았다. 두 번 다 같은 자리였다. 그의 옆자리에는 벗은 신발과 배낭이 나란히 놓여 있었다. 조는 게 아니라 자는 거였다. 몸을 누이지는 않았으나 그의 입은 깊고 검게 열려 있었다. 그에 대해 아무것도 아는 게 없었으나 두 가지는 알 법했다. 한국인일 거라는 것, 그리고 내가 다니고 있는 학교의 학생이 아닐 거라는 것.

어떻게 알죠?

K가 물었다.

벌어진 입만 봐도 알죠.

그가 내게 처음 던진 말은 아무것도 먹지 못했다는 거였다. 언제부터 먹지 못했다는 말인지 알 수 없었으나 묻지 않았다. 교내 푸드코트에서 그는 호밀빵 쌘드위치를 세 개나 먹어치웠다.

먹는 모습만으로도 알 수 있죠. 어떤 모습으로도 알 수 있어요 그건.

아, 내셔널리티는 국제법적 개념이 아니라는 거죠? 눈썰미 개념인가?

능청을 떨면서도 K는 슬며시 입을 오므렸다. 나중에 나는 그에게 말했다. 그때 입술을 오므리지 않았다면 호밀빵 쌘드위치 세 개로 끝나고 말았을 거라고.

내게 서툰 첫 키스를 했을 때 그가 말했다. 입술을 오므리고 할 수는 없는 거잖아.

그는 학생도 뭣도 아니었다. 비자 연장을 위해 사설 칼리지에 다니며 파트타임 잡으로 너싱홈 같은 데서 고단한 일을 했다. 영국에 온 목적을 알 수 없었으나 묻지 않았다. 묻고 대답한다고 알게 될 성질의 것이 아닌 듯했다. 영국이란 나라에 있는 것도 아니었다. 몸은 런던이라는 특정지역에 있긴 했으나 나머지는 아니었다. 그의 내면은 일종의, 실종상태였다. 그 텅 빈 자리가 종종 내 눈에 발각됐다. 그의 영혼은 내가 모를 다른 어딘가를 헤맸다. 나는 그곳이 궁금했고, 궁금증은 연민으로 변했다. 대체 넌 어디에 있는 거야? 그가 내 몸 깊숙이 들어오던 날 나는 물었다. 그는 대답하지 못했지만 내 연민은 사랑으로 변하고 있었다. 그가 실종되어 헤매는 곳에 함께하고 싶다거나 그의 상실감이 곧 나의 상실감일지도 모른다는 생각이 들기도 전이었다. 지금도 나는 그를 왜 사랑했는지 알 수 없다. 이유가 없지는 않겠지만, 그것을 알기도 전에 사랑은 앞질러 간다는 건 알겠다. K가 나보다 열살이나 많다는 사실을 알고 조금 놀라긴 했지만 나는 여전히 종종, 넌 대체 어디에 있는 거야?라고 물었다. 그럴 때 그는 조금 웃었고, 한국 정세에 대한 보도를 접할 때 표정이 굳었다. 저 빨랫줄에 빨래처럼 널려 한 삼년 지나면 잘 마르고 빛깔도 깨끗이 바랠까. 그가 말하면 나는 대답했다. 그렇다면 영국을 잘못 택한 거지. 영국은 빨래가 잘 안 말라. K는 정확히 삼년 만에 돌아갔다. 공항에서 울먹이며. 그리고 나는 이 나라로 뛰어들었다. 햇빛과 모래의 나라. 이곳에선 빨래가 잘 마를까. 희고 눈부시게 잘 말라 나부끼는 그의 깃발 아래 나도 따라 펄럭이고 싶다.

그애가 세살 때였던가.

카심이 말했다.

동물원엘 갔었어요. 말 우리를 지나치려는데 아르마뜨가 말이다! 라고 외치는 거예요. 말이었으니까. 나는 말했죠. 기특하네. 우리 아르마뜨가 말을 알아맞혔네. 그러자 그애가 다시 말했죠. 저건 토끼다! 하지만 그건 토끼가 아니었어요. 캥거루였지요. 얘야 토끼는 아주 작단다. 애 엄마가 말했죠.

카심은 그윽한 눈길로 아내를 바라보았다. 그의 아내는 웃는 낯으로 고개를 까딱하곤 나를 바라보았다.

책에서 봤어요. 책에는 토끼가 말만했어요,라고 애가 말하는 거예요. 그럴 수밖에 없었겠지요. 유아용 책에는 토끼나 코끼리나 다 같은 크기로 그려져 있으니까요.

구운 양고기를 씹느라 그는 잠깐 침묵했다. 반나마 센 그의 탐스런 수염이 햄스터처럼 옴찔거렸다.

다섯살 땐가는 말예요. 그가 다시 말했다. 강아지가 멍, 하고 짖지 않는다고 심술을 부린 적도 있어요. 글을 막 깨우치고 난 뒤였으니까요. 아르마뜨가 강아지를 보고 그러는 거예요. 멍, 하고 짖어라. 개는 멍, 하고 짖는 거야. 따라해봐. 멍, 멍…… 하지만 강아지는 글자 그대로 멍, 하고 짖지 않았지요. 그럴 수가 없는 거잖아요. 월, 같기도 하고 컹, 같기도 하고 왕, 같기도 했죠. 아무리 귀를 기울여봐도 멍, 은 아니었던 거예요. 수십번을 들어봐도 강아지는 글자 그대로 짖지 않았죠.

조용조용 말했지만 카심은 무용담이라도 늘어놓는 것처럼 어느 정도는 신이 나 있었다. 그의 아내도 어느새 다시 상기되어 있었다. 딸에 대해서라면 얼마든지 할말이 있다는 듯. 자식에 대해 말할 때 부모들은 동서양을 막론하고 그러는 모양이라고 생각했다.

카심의 발음은 잘 알아들을 수 없었다. 의성어인 멍과 월과 왕을 알아들을 수 없어 대충 짐작했다. 그앤 그랬어요. 아흐마드가 끼여들었다. 그때 이미 글자와 세상은 다르다는 걸 알아버렸던 거겠죠. 그러자 카심의 아내가 그앤 아는 게 많았어요,라고 말했다. 그녀의 말은 카심이 통역했다. 그녀는 남편과 아들이 무슨 말을 하는지 다 알고 있었다.

아르마뜨라고 했나요?

새우는 거의 내가 다 먹어치웠다.

내 딸이에요, 아르마뜨.

그의 아내가 반색을 했다.

어디 먼 곳에 가 있나요?

내가 물었고 카심이 대답했다.

죽었어요.

대답이 너무도 심상해서 나는 카심 쪽으로 눈을 돌렸다. 여전히 탐스러운 수염을 옴찔거리며 양고기를 씹고 있었다. 그의 아내도 그의 아들도 식사에 열중했다. 죽다니. 잘못 들은 건 아니었으나 나는 그들의 식사를 방해하고 싶지 않아 입을 다물었다.

두 개의 촛불이 켜진 식탁. 풍성한 음식 위로 불빛이 떨어져내렸다. 어떤 것도 그 좋은 맛과 향기로 둘러싸인 식탁의 평화를 깰 수 없을 것 같았다. 나는 천천히 게살을 발라먹기 시작했다. 끝도 없이 먹을 수 있을 것 같았다. 데친 아스파라거스와 콜리플라워를 붉은 쏘스에 찍어 꼭꼭 씹어먹었다. 카심의 아내는 그런 나를 행복한 듯 바라보았다. 나는 입안의 음식을 음미하며 속으로 중얼거렸다. 토마토케첩, 핫쏘스, 다진 양파, 양겨자, 레몬즙을 섞고 소금과 후추를 넣어 간을 했을 거야. 분명 그럴 거야.

냅킨으로 입 주위를 꼭꼭 눌러 닦았다. 얼마든지 더 먹을 수 있을 것 같았다. 카심의 아내가 야채샐러드 접시를 내 앞으로 옮겨놓으려고 했다.

훌륭한 저녁이었어요. 감사합니다.

나는 정중하게 말했고, 진심으로 감사했다. 이미 식사를 마친 그들 앞에서 혼자 먹고 있는 자신이 각성되는 순간 손을 놓았다. 식탁으로부터 십 쎈티쯤 뒤로 몸을 물렸다. 그러자 비로소 배가 불렀다.

아흐마드가 주방으로 갔고, 곧 푸른 꽃무늬가 새겨진 네 개의 찻잔을 가져왔다. 중국풍의 백자 찻잔이었다. 나도 모르는 사이에 트림이 나와버렸다. 카심의 아내가 소리없이, 그러나 환호하듯 웃었다. 그의 가족들은 후루룩 소리를 내어 백자기에 든 차를 마셨다. 영국 사람들에게선 들을 수 없던 소리였다. 나도 소리를 내어 마셨다. 이번에는 카심이 활짝 웃었다.

한국에선 소리내어 차를 마시는 게 실례가 아니죠.

세 사람이 고개를 끄덕였다. 내가 한국인임을 처음 밝히는 셈이었으나 그들은 왠지 나의 내셔널리티에 대해선 관심이 없는 듯했다. 그래서였을까. 내 관심 또한 식탁과, 향기로운 차와, 카심의 가족 반경에서 멀어지지 않았다. 마침내 나는 이곳에 도착했던 것이다.

생박하잎을 띄운 홍차. 그 맛은 곧장 내 뼈를 적셨다. 나는 이 나라를 생박하잎 띄운 홍차로 기억할지도 모른다고 생각했다. 어쩌면 이 향기는 내게서 영원히 없어지지 않을지도 몰라.

금방 비어버린 내 찻잔을 아흐마드가 가득 채웠다. 나는 홀짝홀짝 소리내어 마셨다. 홍차 이외의 어떤 것도 내겐 없는 듯한 순간이 이어졌다. 언제까지고 그렇게 시간이 흐를 것 같았다.

팀에서 온 전화인 것 같아요.

아흐마드가 내게 수화기를 건넸다.

어떻게 된 거예요? 궁금하다기보단 왠지 화가 난 듯한 팀원의 목소리가 흘러나왔다. 그들은 늘 절박했다. 내 소재를 어떻게 알았느냐고 묻지 않았다. 날이 밝는 대로 돌아가겠노라 말하고 전화를 끊었다.

식탁 분위기가 약간 가라앉았다. 내 목소리가 퉁명스러웠던 걸까. 생각하는 사이 카심의 아내가 남편의 가슴 앞자락을 물수건으로 훔치며 뭐라고 중얼거렸다.

항상 조심하라고 하는데 자꾸 음식물이 옷에 묻어요. 아내가 나한테 뭐라는지 알아요? 애기 같대요.

그러면서 카심이 껄껄 소리내어 웃었다. 나는 생박하잎 띄운 홍차를 마셨다. 오랫동안 따뜻했다. 잠시 가라앉았던 분위기가 카심의 웃음소리로 다시 살아났다. 맛있는 음식과 촛불, 박하향의 웃음이 있었을 뿐 그곳에 전쟁은 없었다. 누군가의 말이 떠올랐다. '모든 전쟁은 말하지, 진정한 평화를 위해 이 전쟁은 시작되었다고.'

아르마뜨. 그애가 태어났을 때 나는 참으로 놀랐다오.

카심이 말했다.

너무 크고 오래 우는 거예요. 병원이 떠나갈 것 같았죠. 아흐마드는 그러지 않았거든요. 그래서 덜컥 겁이 났죠. 정말 걱정이 되어 의사한테 물었어요. 어디 이상이 있는 건 아닌가.

또 저 소리.

라고 그의 아내가 말하는 것 같았다. 카심의 제스처만 보고도 말의 내용을 다 알아챘다.

그랬더니 의사가 뭐랬는지 알아요?

나는 고개를 가로저으며 웃었다.

아흐마드를 병원으로 데려와보라는 거예요.

나는 홍차를 마셨다.

아흐마드가 이상했던 거래요. 애들은 다 그렇게 운다나.

아내와 아들의 싱겁다는 듯한 웃음에서 카심의 그 말이 얼마나 오래도록 반복돼온 건지를 짐작할 수 있었다.

이십육년 전, 바로 오늘이었죠.

카심이 말했다.

생일? 오늘이?

내가 물었다.

카심과 아내와 아들이 동시에 고개를 끄덕였다. 스물여섯살 죽은 딸의 생일. 그러나 처음부터 그랬듯이, 슬픔의 기미 따위는 보이지 않았다. 질병인 듯 웃고 있을 뿐.

나는 새삼 식탁 위의 성찬과, 두 개의 촛불과, 단정하게 차려입은 그들의 입성을 둘러보았다. 내가 앉아 있는 자리도. 홍차는 반쯤 남아 있었다. 마저 다 마시고 나는 할말이 없어 겨우 나도 이십육년 전에 태어났다고 작은 소리로 말했다.

알라 아을람!

카심이 자신의 오른손을 가슴에 대며 작게 탄성을 질렀다.

아내와 아들도 오른손을 가슴에 댔다. 놀란 것 같지는 않았다. 확신의 눈빛이었을 뿐.

아까 내가 어째서 과연!이라고 말했는지 알아요? 카심이 묻고 숨을 잠시 멈추었다가 말했다. 아르마뜨도 맨 먼저 새우부터 먹거든요.

한번 더 팀으로부터 전화가 왔다. 나로 인해 활동계획에 차질이 생겼다는 점을 상기시켰다. 나는 알겠다고만 대답했다. 차질은 언제나 있었다. 그들에겐 내가 차질이었고 나에게는 그들이 차질이었으며 서로가 서로에게 차질이었다. 전장이었으니까. 반전과 평화와 활동방법에 대해 각기 다른 생각들을 갖고 있었으니까. 전쟁에 반대하는 건 이 나라 학정의 장본인을 지켜주는 일 아닐까. 이 질문에 자신있게 대답하는 사람은 없었다. 각자의 시각이 있었을 뿐이었다. 나는 그것을 차질이라 생각했고, 그럴 수밖에 없다는 점을 인정했다. 시간이 지날수록, 그동안 잘 몰랐던 학정의 만행에 치를 떨었다. 이러다간 미국의 입장을 이해하게 될지도 모른다며 탄식하는 팀원도 있었다. 팀은 이 래저래 평화롭지 못했다. 이곳에서 묵고 가겠노라 말하고 전화를 끊었다.

내가 안내된 침실의 벽은 황갈색 시트지였다. 백자기 찻잔에서 보았던 푸른 꽃그림 문양이 어둔 벽에 희미하게 드러났다. 천장에 매달린 조명기구는 네 송이의 활짝 핀 백합 모양이었다.

가만히 스위치를 올려보았으나 역시 불은 들어오지 않았다. 카심의 아내가 건네준 촛대를 목제 콘솔 위에 내려놓았다. 둔탁한 느낌의 목제 콘솔에는 서랍이 네 개나 달려 있었다. 오랜 세월 정성스레 닦은 흔적이 윤기로 반짝였다.

저녁을 먹기 전에 보았던 연보라색 폴라니트가 콘솔 위에 펼쳐진 채 놓여 있었다. 새벽엔 아마 추울 거예요. 편히 자라는 인사 끝에 카심의 아내는 친절하게 말했다. 웃옷을 벗고, 세로줄 무늬 엠보씽 폴라니트로 갈아입었다. 잘 익은 자두색 빛깔의 침대가 어둠 한켠에서 주인을 기다리고 있었다.

누구의 방인지 한눈에 알 수 있었고, 프로방스풍의 창문만 봐도 방의 주인이 어떤 사람이었을지 금방 알아 챌 것 같았다. 백색의 원목 창틀, 시폰 소재의 밸런스. 짙은 월넛 색상의 무거움을 덜어내기 위해 방문 한가운데에 포인트를 준 화사한 가렌더. 창밖엔 완전한 어둠이 내려 있었다.

주인 없는 방 같지 않았다. 금방이라도 어디선가 웃으며 나타날 것 같았다. 일인용 소파 위에는 당월치 잡지들과 대학교재처럼 보이는 서적들이 놓여 있었다. 거의가 올해 새로 출판된 책들이었다. 꽃무늬 쿠션과 액자들도 최신품처럼 보였다. 빨간색 삼각형 페넌트에 새겨진 아라비아 숫자는 분명 며칠 전의 날짜였다. 그녀는 사년 전에 죽었다, 고 카심이 말하지 않았던가. 살아 있다면 필요했을 물건들을 그녀의 가족들은 지금도 때맞추어 장만해두는 것일까. 그녀가 살아 돌아올 거라곤 기대할 수 없었다. 일곱 발의 기관총탄이 그 아이의 몸을 뚫고 지나갔다,고 말한 게 카심이었으니까. 그렇다고 거듭 말한 게 그의 아내였고 아들이었으니까. 사위는 시골의 한밤중처럼 고요했다.

아르마뜨. 그녀의 시신은 프리틸라 그늘 아래서 발견되었다. 프리틸라는 흰 꽃이 무리지어 피는 여러해살이 관목이었다.

그녀는 수니도 시아도 아니었다. 수니라도 그를 옹호하지 않았을 거고, 시아라서 그를 반대한 것도 아니에요. 무슨 뜻인지 알겠냐고 카심이 물었을 때 나는 문득 K를 떠올렸다. 이념이 아니라 사람 편에 선다는 게 무얼까 고민했다는 K의 말을 들었을 때처럼 나는 고개를 끄덕였다. 카심이 말한 그란, 지금은 도망가고 없는 이 나라 학정의 장본인이었다.

소속 대학의 학생대표로 그녀가 남부 루메일라 지역의 시위에 참가했을 때도 그곳 시아들의 정치적 입장을 지지해서가 아니었다. 그녀는 대학생활 내내 민주화를 외쳤을 뿐이었다. 그러나 헬기의 기총은 정파를 구분하는 기구가 아니라 사람을 쏘아죽이는 병기였을 뿐이다. 공화국 수비대는 외세의 침략에 대항하는 군대가 아니라 자국민을 학살하는 친위대였다.

시위는 수많은 사상자를 내며 초토화되었다. 사흘이 지나도 그녀의 행방은 확인되지 않았다. 카심과 그의 가족들은 루메일라 지역을 샅샅이 뒤졌다. 노을이 떨어져내리는 루메일라 지역 작은 언덕을 지나다가 가족들은 걸음을 멈추었다. 흰 꽃이 만발한 프리틸라 숲이었다. 한다발의 꽃이 붉고 곱게 물들어 있었다. 노을 때문인가 싶었지만 다른 꽃들은 여전히 흰색이었다.

아르마뜨는 프리틸라 숲 그늘에 잠자듯 누워 있었다. 일곱 개의 총구멍에서 흘러내린 피가 한 그루의 프리틸라 밑둥을 적시고 있었다. 사흘 동안 그녀의 피는 프리틸라의 뿌리와 줄기를 타고 올라 꽃잎까지 번져 있었던 것이다. 인샬라. 카심은 꽃잎을 따 아르마뜨의 몸에 나 있는 총구멍을 하나하나 메웠다. 그녀의 몸을 자양 삼아 금방 피어난 듯, 꽃잎은 오래도록 선연했다.

목제 콘솔의 서랍은 좌우 양쪽에 큰 것 하나씩, 가운데는 위아래로 작은 걸로 나뉘어 있었다. 가운데 위쪽 서랍을 열었다. 하드커버의 다이어리와, 스위스 밀리터리사의 굵은 볼펜이 있었다. 손톱 손질에 필요한 도구들 몇개. 끝이 뭉툭한 붉은색 나무 색연필이 내 손끝의 성련을 따라 미세하게 떨었다.

왼쪽 큰 서랍을 열었다. 한번도 입지 않은 것 같은 깨끗한 속옷들이 불빛에 드러났다. 촛불이 너울거리는 대로 흰 꽃무늬의 레이스와 아이보리색 봉긋한 브래지어의 음영이 흔들렸다.

신의 뜻이라고 생각합니까.

저들의 숙명론이 팀원들에겐 언제나 낯설었다. 프리틸라 숲 그늘에 누워 있는 아르마뜨의 시신 앞에서 카심이 뱉은 첫마디도 인샬라였다. 사랑하는 딸의 죽음까지도 신의 뜻으로 보느냐는 내 질문이었다. 누가, 왜 죽었는지를 모를 그들이 아니었다. 죽은 딸의 생일에도 비통해하기는커녕 온화한 미소를 잃지 않다니. 스스로를 기만하는 건 아닐까. 무기력한 패배의식을 신에 대한 믿음으로 치부하려는 것은 아닐까. 내 질문에는 그들의 숙명론에 대한 야유가 실려 있었다.

신의 뜻이오.

후루룩. 홍차를 마시면서 카심이 말했다. 나는 딸을 잃었지만 그전에 아버지를 잃었고 형제를 잃었지요. 우리에게 죽음은 이미 두려움이 아니에요. 영국과 싸웠고 이란과 싸웠고 쿠웨이트와 싸웠고 미국과 싸웠어요. 그리고 정부가 국민을 살해했어요. 나의 아버지는 정부가 오천여 자국민 마을을 초토화시키고 사린가스로 십팔만 명을 학살할 때 돌아가셨지요. 지금 또 미국과 싸우고 있지요. 아무도 싸우거나 죽고 싶진 않았지만 끝없이 싸움에 동원되거나 정부군에 의해 살해당했어요. 이제는 시장에서 물건을 팔거나 집안 식탁에 앉아 있던 사람이 폭격으로 사라지죠.

그의 말은 진지하지도 비장하지도 않았다. 한 세기 전 사건에 대해 말하는 교사 같았다. 나는 화가 났다.

그게 어째서 신의 뜻입니까?

신의 뜻이 아니고는 살 수가 없어요. 살려면 죽음을 두려워해선 안 돼요. 죽음에 흥분하고 분노하여 맘의 평형을 잃으면 이 길고 긴 싸움에서 이길 수 없어요. 금방 체념하거나 절망하게 돼요. 우리는 가족과 이웃의 죽음을 잊지 않으려고 해요. 아르마뜨를 어떻게 잊겠어요. 그 아이의 죽음이 헛되지 않으려면 삶을 체념해선 안되죠. 슬프지만 눈물 흘리지 않아요. 끝까지 굴복하지 않으려면 신에게 의지해야 해요. 그래야 이길 수 있어요. 우리 안의 평화를 믿어야 흔들리지 않아요. 우리는 한시도 저들에게 굴복한 적이 없어요. 앞으로도 그럴 거예요. 신의 뜻이니까.

이렇게 한시도 평화롭지 못한데 내면의 평화라니요?

아흐마드는 곁에서 묵묵히 차를 따랐다. 카심이 말했다.

평화에 이르는 길은 없어요. 평화 자체가 길이니까요. 찾아나설 것도 없어요. 이미 내 안에 있으면 돼요. 누가 가져다주거나 누구로부터 빼앗아오는 게 아니잖아요. 내게서 흘러 모두를 적시면 되죠. 나 자신이 평화면 되는 거예요. 누구도 그걸 없앨 순 없어요. 죽음을 당해도 없어지지 않아요. 한 사람의 죽음은 살아 있는 열 사람을 적시니까. 앗쌀람 알라이 쿰.

K가 떠올랐다. 그에게 메일을 보낸 지도 오래라는 생각이 들었다. 그가 없는 런던은 자주 어지러웠다. 나는 어지러워 이곳엘 왔다. K의 울먹임은 그쳤을까.

오른쪽 큰 서랍을 열었다. 잘 개켜진 검은색 히자브 위에 앨범 한 권이 놓여 있었다.

아르마뜨의 사진들. 어디서나 웃고 있었다. 흰 머리띠를 하고 회전그네를 타는 예닐곱살의 그녀. 뒷배경으로 거대한 나선형의 흙탑이 보였다. 체크무늬 원피스를 입고 수돗물을 받는 열살 남짓의 그녀. 멀리 낙후된 유전의 녹슨 펌프가 보였다. 북을 치고 나발을 부는 남성들 주위를 빙 둘러선 아이와 아낙들. 아르마뜨는 빨간 바지에 검은 히자

브를 썼다. 역시 웃고 있었다. 그녀의 사진을 따라가다보니 나도 연신 웃음이 나왔다. 흰 블라우스에 검은 멜빵치마를 입은 여고생 아르마뜨. 뒤편으론 커다란 계란형 지붕의 모스크가 보이고, 그 모스크 앞을 당나귀가 끄는 엘피지가스통 달구지가 지나갔다. 그리고 알 파나 호텔 앞에 서 있는 대학생 아르마뜨. 내가 묵고 있는 호텔이었다. 내가 입고 있는 세로줄 엠보씽 연보라 폴라니트를 입고 있었다. 여전히 활짝 웃고 있었으나 나는 더이상 웃을 수 없었다.

앨범을 덮고, 서랍을 닫았다. 우두커니 서서 손끝에 닿는 니트웨어의 촉감을 느꼈다. 비로소 한꺼번에 피로가 밀려왔다. 촛불을 끄자 죽음 같은 어둠이 방을 뒤덮었다.

한번도 깨지 않고 깊은 잠을 잤다. 그렇게 숙면을 취한 것은 이 나라에 와서 처음이었다. 아침. 천장에 매달린 백합 모양의 조명등이 물끄러미 나를 내려다봤다.

커다란 창문으로 햇살이 들이비쳤다. 유리창은 깨끗했다. 묵고 있는 호텔 유리창은 접착테이프들로 어지러웠다. 각자 알아서 객실의 유리창에 테이프를 발랐다. 폭격에 유리가 박살나 파편화되는 걸 막기 위해서였다. 시내의 모든 호텔 창문이 그랬다.

노크소리가 들리고, 방문이 열렸다. 나는 창밖을 내다보고 있었다. 카심의 아내가 면수건을 들고 들어왔다. 나를 보자 방긋 웃었다. 옷 참 잘 어울려요. 그렇게 말하는 것 같았다. 나는 사진 속의 아르마뜨처럼, 웃어 보였다.

그녀가 창가로 다가왔다. 나는 손가락으로 창밖을 가리켰다. 아까부터 보고 있었어요. 정말 예뻐요. 창밖엔 한 무리의 꽃이 탐스럽게 피어 있었다. 그녀도 창밖으로 눈길을 돌렸다. 프리틸라. 그녀가 말했다. 프리틸라? 내가 되물었고 그녀는 말없이 고개를 끄덕였다. 줄기며 이파리며 꽃의 모양이 치자꽃이었는데 꽃송이는 동백꽃 크기만 했다.

그녀가 내 어깨에 손을 얹었다. 폴라니트의 질감을 확인하려는 듯 손바닥으로 쓰다듬었다. 얼굴에 어린 그녀의 미소가 창밖의 꽃처럼 밝았다.

저민 양고기와 야채를 커다란 밀전병에 말아 아침을 먹었다. 그리고 어제의 그 생박하잎 띄운 홍차를 마셨다. 카심이 창밖의 프리틸라에 대해 말했다. 그곳에서 캐올 때는 붉은빛이었지요. 지금은 다시 흰색이 되었지만.

밖이 시끄러웠다. 아흐마드가 문을 열고 들어오며 말했다. 핫산이 왔어요. 그러나 핫산의 모습은 보이지 않았다. 핫산은 집밖에서 어린 아이들과 축구를 하고 있었다. 먼지가 풀풀 날렸다. 핫산은 소리를 지르며 애들에게 공을 차주었다.

핫산은 나에게로 달려와 덥석 안겼다. 조금 전까지 소리를 지르며 공을 차던 그가 훌쩍거렸다. 카산, 괜찮은 거지? 정말 괜찮은 거지? 핫산의 눈물은 참으로 천진해서 응석으로 보였다. 작은 일에 과장된 어리광을 부리는 것 같아서 어제 있었던 사건이 나에게도 그저 작고 사소한 일로 느껴졌다. 날이 밝자 어제라는 시간은 그렇게 사라지고 없었다.

공이 날아와 핫산의 뒤통수를 맞혔다. 핫산은 소리를 지르며 다시 아이들에게로 달려갔다.

생박하잎 홍차. 정말 잊지 못할 거예요.

나는 카심과 그의 가족에게 허리 숙여 인사를 했다. 그의 집 지붕

위로 아침해가 떠올랐다. 카심과 아내와 아들이 손을 흔들었다. 나도 손을 흔들었다. 그들의 웃음이 아침햇살처럼 퍼졌다.

메이드 인 코리아.

핫산이 끌고 온 차가 또 한국산이라고 했다. 우리가 마을을 빠져나올 때까지 카심의 가족은 문밖에 서서 간간이 손을 흔들었다. 승합차는 평화로운 들판을 달렸다.

대사관에서도 사람이 오지 않았고 기자들도 오지 않았다. 그들은 이미 도시에 없는 것 같았다. 평화팀이 자체적으로 한국의 언론에게 어제의 사건을 보고한 게 전부였다. 외교관과 기자들마저 철수한 전장에서 평화가 무언지를 고민하는 소수의 평화팀원만이 당국에서 허가한 싸이트의 이메일에 매달리고 있었다. 나도 호텔방에 웅크리고 앉아 긴 편지를 썼고, 첨부파일로 K에게 보냈다.

하마터면 그는 나를 끌어안을 뻔했고, 나는 그의 품에 안길 뻔했다. 안될 건 없었다. 며칠 동안 나는 많은 사람들을 끌어안았다. 많은 사람들이 나를 끌어안았다. 이곳의 인사법이 그랬기 때문인지는 모르나, 아니라 해도 가벼운 포옹은 어디서나 가능했다……

그리고 폭격이 있었다. 군사시설이 아니라 이번엔 시장터였다. 사내아이가 양팔을 잃었고, 갓난아이는 도로에 죽어 있었다. 일가족이 탄 차가 파괴되었다. 희생자들을 운반하려던 병원의 수송차량도 폭격을 받았다. 이틀 뒤에 다시 미사일이 떨어졌다. 팀원들은 렌턴을 들고 지하의 방공호로 숨어들었다. 어둡고 습한 구석에 웅크리고 앉아 폭격이 지나가기만을 기다렸다. 두려움과 무기력감에 시달렸다. 누구도 활동계획에 대해 말하지 않았다. 기도를 하거나, 머리를 무릎 사이에 묻고 어둠을 견딜 뿐이었다. 따뜻한 생박하잎 홍차 한모금이 몹시도 간절했다. 다시 그것을 마실 수 있을까.

날이 밝자, 공습해제 싸이렌이 울리지 않았는데도 길 위에는 차들이 달렸다. 사람들이 오갔다. 통행을 자제하라는 라디오방송이 계속됐으나 민방공훈련 해제경보 뒤의 서울 시내 같았다.

첫 공격에 비해 미군의 공습은 섬세하지 못했다. 미·영연합국의 정치지도자들과 군 대변인들은 이 나라 정부가 군사시설물을 민간인 지역에 너무 가깝게 설치했다고 주장했다. 폭격의 범위가 도심 외곽으로 확대되면서 오폭의 피해가 커졌다. 팀원의 만류를 뿌리치고 나는 시내로 걸어나갔다.

시장사람들은 전날 밤의 폭격을 번개와 천둥쯤으로 여기고 있는 듯했다. 날이 밝았고 해가 떴으니 하던 일을 해야 한다는 식이었다.

생활쓰레기들로 어지러운 좁은 시장골목을 흰 두건을 쓴 사내들과 검은 사리를 걸친 아낙들이 분주히 오갔다. 천과 목제 합판 등을 잇댄 허술한 차양이 금방이라도 무너져내릴 것 같았다. 가위와 칼, 붉은 망을 덧댄 둥근 체, 움푹한 프라이팬들과 옷가지들이 기둥마다 매달려 있었다.

사고 팔려는 사람들로 북적거리는 시장통을 지나며 나는 공작용 가위와 색종이와 풀과 도화지를 샀다. 설명하는 데 오랜 시간이 걸렸으나 외국인에 대한 친절과 호기심 덕분에 필요한 것들을 구할 수 있었다. 내 전날의 긴장과 공포는 그들의 활기에 금방 휩쓸려버렸다.

호텔로 돌아와 홍차를 끓였다. 할 수 있는 한 모든 언어를 동원해 사온 홍차와 생박하잎이었다. 포트 하나 가득 끓여 팀원들에게 돌렸다. 카심의 것에 비하면 약간 묽었으나 비슷한 향기가 났다. 내가 주는 대로 팀원들은 묵묵히 받아 마셨다. 후루룩 소리를 내며 나는 나머지 편지를 썼다.

두 개의 촛불이 켜진 식탁. 풍성한 음식 위로 불빛이 떨어져내렸다. 어떤 것도 그 좋은 맛과 향기로 둘러싸인 식탁의 평화를 깰 수 없을 것 같았다. 나는 천천히 게살을 발라먹기 시작했다. 끝도 없이 먹을 수 있을 것 같았다. 데친 아스파라거스와 콜리플라워를 붉은 쏘스에 찍어 꼭꼭 씹어먹었다.

내가 고아원엘 가겠다고 나섰을 때 말리는 팀원은 아무도 없었다. 지난번 그 도로를 이용하지 않는 게 좋겠다는 말만 했다. 가라고 해도 이제 그 길은 안 가요. 핫산이 말했다. 공작용 가위와 색종이가 든 가방을 차에 실었다. 사탕과 과자도 실었다. 아이들 손끝에서 만들어지는 꽃들을 어서 보고 싶었다.
조심하시고, 오늘은 일찍 돌아오세요. 정수시설의 인간방패를 자청했던 팀원이 손을 흔들어주었다. 운전 자체를 좋아하는 핫산은 소풍이라도 가는 것처럼 들떠 있었다. 대학을 나온 핫산은 팀원의 가이드를 맡기 전까지 특별한 직업이 없었다.
아이들 앞에서 커다란 종이에 그림을 그렸다. 이 나라의 지도였다. 군데군데 호수도 그려넣었다. 티그리스강과 유프라테스강을 그려넣을 때까지도 아이들은 그게 무슨 그림인지 알지 못했다. 핫산은 자기가 사온 것인 양 아이들에게 한껏 생색을 내며 과자와 사탕을 나누어주었다.

이게 무슨 그림인지 알아요?

한 아이가 망설이지 않고 대답했다.

고구마요!

장난치지 말고 제대로 통역해요. 핫산에게 말했다. 핫산은 어깨를 으쓱하며 아이에게 무언가를 먹는 시늉을 했다. 아이가 웃으며 고개를 끄덕거렸다.

아이가 제대로 맞혔잖아요. 내 눈에도 고구마로 보이는걸.

핫산에게 눈을 흘겼다.

여러분은 세상에서 무엇이 가장 무서워요?

내가 물었고 아이들이 대답했다.

쥐. 지렁이. 거미.

핫산의 통역은 틀리지 않은 것 같았다.

난 왜 아이들에게 그렇게 불쑥 물었던 걸까. 내가 세상에서 가장 무서워하는 건 무엇이었을까.

색종이를 오리고 접어 붉은 꽃을 한개 만들었다.

세상에서 가장 아름다운 것은 뭘까요?

아이들은 싱겁다는 듯이 일제히 웃으며 대답했다.

꽃이요!

그렇죠? 여러분들도 나처럼 꽃을 만들어봐요. 만들어서 여기에 붙이는 거예요, 이렇게. 나는 고구마처럼 생긴 지도 위에나 꽃을 붙였다.

내 말이 떨어지자마자 아이들은 부리나케 색종이를 움켜쥐었다. 붉은 꽃과 흰 꽃, 보라색 꽃, 노란 꽃 들이 아이들의 서툰 손짓 끝에 피어나기 시작했다. 아이들은 사탕의 은박 포장지까지 꽃으로 만들었다. 지도 위에 빽빽하게 꽃이 피었다. 호수와 강이 묻혀버렸다.

이틀 뒤에 다시 오겠다고 아이들과 약속했다. 떨어지지 않으려는 아이들을 가까스로 달래놓고 일찌감치 고아원을 출발했다. 해가 지기 전에. 핫산이 속도를 내며 말했다. 나는 지평선에 가까워지는 해를 바라보았다. 그리고 핫산에게 말했다.

잠깐 세워봐요.

핫산이 속도를 줄였다. 어디서나 볼 수 있는 들판이 오른쪽으로 펼쳐져 있었다. 밭도 아니고 논도 아니고 유전도 아닌 불모지.

저 들판 가운데로 가봐요.

핫산이 멈칫거렸다.

맞죠? 지난번에 왔던 그곳이죠? 카심의 집이 있던 그곳이죠?

맞아요.

핫산의 대답이 너무 짧다는 생각이 들었다.

그런데 왜 아무것도 없는 거죠? 전에 있던 몇채의 집들은 다 어딜 간 거죠?

길도 다른 길이고 방향도 바뀌었는데 이곳을 용케도 알아보네요.

핫산은 다른 대답을 했다.

여기 있던 카심의 집이 어디로 가버린 거냐니까요?

핫산은 고개를 끄덕이지도 흔들지도 않았다. 나를 빤히 바라보고만 있었다. 멍청하게.

얼른 차에서 내렸다. 매캐한 냄새가 났다. 들판 한가운데로 뛰어나갔다. 건물의 잔해라기엔 너무도 초라한 시멘트 더미들이 여기저기 보였다. 자기 잘못이기라도 한 양 핫산이 시무룩하게 말했다.

쓸 만한 벽돌들은 사람들이 이미 주워다 판 거예요.

들판은 텅 비어 있었다. 어디다 눈길을 주어야 할지 알 수 없었다.

붉은 해가 점점 지평선에 가까워졌다.

죽은 짐승의 털처럼 헝클어진 잡풀들이 발목을 스쳤다. 하릴없이 배회하다 걸음을 멈추었다. 이파리는 찢겼으나 몇가닥의 가느다란 나뭇가지가 간신히 고개를 들고 있었다. 먼지 묻은 흰 꽃 두 송이. 프리틸라였다.

나는 더이상 움직일 수 없었다. 넓고 아득한 들판 위로 바람이 지나갔다. 아무 생각도 나지 않았다. 들판은 넓고 아득했다. 핫산은 땅바닥에 주저앉아 서쪽 들판 끝쪽으로 눈길을 주고 있었다. 잡풀 대궁을 질경질경 씹으며. 내 눈에는 아무것도 보이지 않았다. 집도 길도 차도 사람들도. 문명이 깨끗하게 청소된 황량한 지구의 표면 위에 나 홀로 서 있었다. 내 몸도 곧 무기물이 되어 바람에 풍화되어갔다. 아무것도 나는 무섭지 않았다.

* 앗쌀람 알라이 쿰: 평화가 당신에게.

—『현대문학』 2005년 9월호

이발소 거울

이발소가 없어졌다.

잠시 문을 닫은 건지도 몰랐다. 출입문이 잠겨 있을 뿐 며칠 전 모습 그대로였으니까.

그런데도 나는 어째서 없어진 거라고 생각했던 걸까. 사정이 있어 주인이 얼마 동안 쉬는 거라고 생각하지 못했던 걸까.

자물쇠가 잠겨진 문을 처음 보았기 때문인지도 몰랐다. 계단을 천천히 걸어올라가(그 이발소는 드물게 이층이었다) 잠긴 이발소 출입문 앞에 섰을 때, 검은 어둠이 유리문 안을 가득 채우고 있었다. 깊이도 넓이도 느껴지지 않는, 죽음 혹은 끝이라는 느낌만 들게 하는, 막장 같은 어둠이었다. 그래서였을 것이다. 나는 이발소가 없어진 거라고 생각했다.

이발소가 문을 닫은 적이 있었던가. 그럴 수도 있었겠지만, 적어도 내 기억엔 없었다. 한번도 헛걸음을 한 적이 없었다. 머리를 깎기 위해서가 아니더라도, 그 길을 지날 때면 언제나 원통형의 표지등이 돌아가고 있었다. 늦도록 창문 밖으로 불빛이 새어나왔다.

계단을 걸어내려와 길 위에 우두커니 서서 불꺼진 이발소를 올려다보았다. 멈춘 표지등은 이미 그런 모습으로 한 세기나 지난 듯 보였다. 불빛이 새어나오지 않는 창은, 뜬 채로 싸늘하게 식은 주검의 두 눈 같았다.

결혼과 함께 이곳으로 분가를 한 뒤부터, 이십년 동안 줄곧 다니던 이발소였다. 처음 들렀던 다른 이발소에는 젊은 여자 면도사가 있었다. 면도를 끝내고 안마를 하던 여자가 다짜고짜 내 음낭을 주무르기 시작했다. 고문을 당하는 기분이었으나 끝까지 시치미를 떼고 있다가 요금을 치르고 도망쳐나왔다.

늙은 부부가 운영하는 이층 이발소를 발견하고서야 시름을 놓았다. 이발사는 말없이 머리를 깎고 면도를 했다. 아주머니 역시 말없이 머리를 감겨주고 물기를 닦았다. 그 뒤로 나는 오로지 한 이발소만 다녔다.

그게 어언 이십년이 되었다는 사실을, 이발소의 어둠을 바라보면서야 깨닫게 되었다.

나는 결혼 후 줄곧 한 이발소를, 이십년 동안 다녔어. 길 위에 선 채 나는 혼자 중얼거렸다. 이십년 동안, 나는 한 이발소만 다녔던 거야……

그 이발소가 없어진 거였다.

십년도 못 탄 자동차를 폐차시킬 때도 나는 며칠을 망설였었다. 폐차를 시킨 뒤로도 한동안 차 없이 다녔다. 고려장을 치른 것처럼 오랫동안 죄의식에 시달렸다.

이발소를 내가 없앤 게 아니었다. 죄의식은 아니더라도, 허전함은 어찌할 수 없었다. 크게 부부싸움을 한 뒤에도 나는 그 이발소 의자에 앉아 있었고, 강제퇴직을 당한 다음날도 이발소 의자에 앉아 있었다. 그밖의 많은 순간들을 이발소 의자와 함께했다.

군데군데 칠이 벗겨진 의자는 등받이를 뒤로 젖힐 때마다 삐걱 하고 소리를 냈다. 그 구식 이발소 의자가, 거슬리기는커녕 정겨웠다. 만취해 의식이 없는 나를 회사 동료가 집까지 바래다준 다음날엔, 기어코 이발소 의자에 가 앉아야 간신히 참담한 기분에서 벗어날 수 있었다.

그곳은 내 고향 이발소와 크게 다르지 않았다. 공간의 크기며, 천장에 매달린 형광등의 밝기며 냄새 따위가 그랬다. 두 겹의 가죽띠가 이발소 벽 한켠에 매달려 있었다. 면도칼을 거친 가죽띠에 간 뒤, 약간은 부드러운 다른 가죽띠에 문질렀다. 면도칼을 가죽띠에 문지르는 이발사의 리드미컬한 손놀림이(사실은 그걸 따라 끄떡이는 고갯짓이 더) 향수와 신뢰와 평온을 가져다주었다.

가죽띠에는 셀 수 있을 만큼의 상처가 나 있었다. 스무 군데 정도. 내가 그 이발소에 처음 들렀을 때도 그곳엔 그 가죽띠가 걸려 있었다. 이발사는 일년에 한차례 정도 가죽띠에 상처를 낸 셈이었다. 일년에 한번 이발사의 맘이 흔들렸거나 심난했다고 볼 수 있을까.

그리스와 머리카락이 엉겨붙은 바리깡, 손때 버캐가 앉은 붓솔, 손잡이는 낡았어도 펼치면 시퍼런 날이 튀어나오는 면도칼은 고향 이발소에도 있던 것들이었다. 중간에 바리깡이 전기식으로 바뀐 것을 빼면 변한 게 없었다.

고향 이발소엔 커다란 바리깡이 있었다. 손잡이가 길어서 두 손으로 머리를 깎았다. 한쪽 손잡이를 왼손으로 쥐고 다른 쪽 손잡이를 오른손으로 놀려 깎았다. 예초기 수준이었다. 기계는 헐거웠고 날은 무뎠다. 깎이는 머리보다 뜯기는 머리가 더 많았다. 머리 깎는 것이 고역이었다. 이발사가 어찌나 무서웠던지 끽 소리도 못했다. 몸이라도 비틀면 당장에 불호령이 떨어졌다. 고향 이발사는 아버지의 친구였고 술고래였다. 항상 술에 취해 머리를 깎았다. 빡빡 깎는 머리라 특별한 기술이 필요없었다. 일년에 한번, 여름 보리바심이 끝나면 아버지는 이발사 친구 집 안마당에 겉보리 한 가마니를 툭 던져주는 것으로 이발요금을 치렀다. 이발사는 그걸 팔아 술을 먹었다. 머리를 다 깎고 나면 언제나 눈가가 짓물렀다. 창피하고 화가 나고 머리통이 화끈거려서 거울 따위는 보지 않고 도망쳤다. 고향 이발소의 가죽띠에는 수를 헤아릴 수 없을 만큼 많은 상처가 나 있었다.

그때 이발소 의자는 형틀이었다. 키가 작아 엉덩이 밑에 깔았던 것은 곡식을 되는 사각 나무 됫박이었다. 놀랍게도 그 나무 됫박은 이곳 이층 이발소에도 있었다.

그러나 나는 더이상 그 나무 됫박 위에 앉지 않아도 되었다. 바리깡도 잘 들었고, 의자도 편안했다. 귓가를 간지럽히는 가위질 소리를 듣다보면 어느새 잠에 빠져 있곤 했다. 눈을 뜨면 아주머니가 스펀지로 목덜미의 머리카락을 쓸었다. 의자 등받이를 젖히고, 뜨거운 물수건으로 얼굴을 가렸다. 면도날이 이마와 코끝과 턱과 목줄기를 따라 내려갔고, 나는 잠시 무념상태에 도달할 수 있었다. 한올 한올 터럭이 깎일 때마다 면도날은 낱낱이 투명한 소리를 튕겨냈다. 뜨거운 찜질과 면도가 끝나면 차가운 샴페인을 얼굴에 바른 것처럼 기분이 쇄락해졌다. 그러나 거울을 보지 않는 버릇만큼은 끝내 고치지 못했다. 이발 전이나 후나, 거울 속에 비친 내 모습은 낯설어서 싫었다.

사거리 전자대리점 주인도, 골목 안 식료품가게 주인도 이발사의 행방을 알지 못했다. 나는 평소 사람 알은척을 잘 안하던 위인이어서 일부러 이곳저곳을 찾아다니며 이발사와 이발소의 안부를 묻지는 않았다. 어쩌다 시장통에서 그의 사정을 알 만한 사람을 만나면 지나가는 말로 물었을 뿐이다. 이발소 문 닫은 거 맞나요? 왜 닫았답니까? 어디로 갔을까? 전자대리점 주인과 식료품가게 주인에게 물었던 것은 그들도 그 이발소의 고객이라는 사실을 알고 있었기 때문이다. 그들은 고개를 가로저었다. 별로 궁금하지 않다는 투였다. 마을 일에 아무런 관심도 없던 내가 그런 질문을 불쑥 던지는 게 그들은 외려 더 궁금한 모양이었다.

이발소 앞을 지날 때마다 고개를 쳐들고 멈춘 표지등을 한참 동안 바라보았다. 언젠가부터 표지등도 그런 나를 물끄러미 내려다보는 것 같았다. 사람들은 여전히 바쁜 걸음으로 이발소 간판 밑을 지났다. 갈수록 손님을 인근 미용실에 빼앗겼기 때문일까. 그럴지도 몰랐다. 그렇더라도 문은 닫지 말라고 이발사에게 말할 수는 없는 노릇이었다. 나만큼은 어떤 일이 있어도 이발소에서 깎고 싶었지만, 그것만으로는 이발소의 폐업을 막을 순 없는 거였다.

이발할 곳이 없어져서 허전했던 게 아니었다. 큰길을 건너면 아직도 이층 이발소와 흡사한 이발소가 있고, 칠천원이면 머리를 깎을 수 있는 미용실이 도처에 있었다. 음낭을 주무르는 곳이 아니라면 머리란 아무데서나 깎아도 되었다. 그러나 이십년을 드나든 이발소는 어디에도 없었다.

부부의 한결같던 표정, 여전한 형광등과 익숙한 냄새, 그 이발소의 한번도 교체하지 않은 의자 위에서 보낸 시간: 나를 짓눌렀을, 때론 참담하고 때론 한심했던 삼십대의 기억, 그리고 짧은 평온이 뒤섞인 사십대의 신산한 순간들이 일거에 사라진 거였다. 작은 조각들에 불과했으나 그때그때 내가 의지하고 기대며 지나온 시간들임엔 틀림없었다. 이발소가 없어짐으로써 문득, 보잘것없는 자식을 잃었기에 더욱 애틋해지는 상실감을 맛보았달까. 그런 시간의 편린들이 소중하지도 절실하지도 않은 거라면, 다른 무엇이 있어 내 생의 내용으로 삼겠는가.

어째 심상치 않다 했더니…… 방앗간 주인이 지나가며 중얼거렸다. 나는 여전히 표지등을 물끄러미 바라보고 있었다.

무슨 일이 있었습니까? 내가 물었다. 오십 중반의 방앗간 주인은 살이 없고 주름만 많아 열살이나 더 늙어 보였다. 한쪽 어깨에 찹쌀부대를 메고 있었다.

알 수가 있나? 원체 말이 없는 사람이라서…… 그리고 그는 말했다. 얼마 전부터 허구헌 날 창밖만 하염없이 바라보았지. 일이 손에 잡히지 않는 모양이었어. 넋이 좀 나간 것 같기도 하고. 하지만 내가 그 속을 알 수가 있나. 묻는다고 대답할 사람도 아니고. 그렇다고 한자리에서 삼십년 한 이발소를 아무 말 없이 그만둘 줄 알았나……

어깨에 멘 찹쌀부대가 너무 무거워 보여 나는 더 묻지 못했다. 물어도 뾰족한 대답을 들을 수 없을 것 같았다. 고향이 공주라던데, 거길 내려갔나…… 혼잣소리를 흘리며 방앗간 주인은 비칠비칠 언덕길을 걸어내려갔다.

언젠가, 고향이 공주라는 얘기를 얼핏 들은 것도 같았다. 내가 알고 있는 그에 대한 정보라는 것은 모두 불분명하고 단편적인 것들이었다. 한번도 그에 대해 제대로 물은 적이 없었고, 따라서 제대로 된 대답을 들은 적도 없었으니까. 길게 대화를 나누거나 그럴 사이도 아니었다. 오랜 세월 그에게 머리를 깎으면서 저절로 알게 된 것들이었다. 누군가와 주고받는 짧은 대화, 전화통화, 아내에게 하는 잔소리, 그저 스치던 서슬, 말끝에 드러나는 사투리, 박찬호나 박세리에 대한 관심 따위에서 조금씩 비치던 이런저런 느낌. 그런 것들의 종합이 그에 대한 내 앎이라면 앎이었고 인상이라면 인상이었다.

그렇게 해서 안 바로는 그가 올해 예순여덟이라는 거였다. 전쟁 직후 대전에서 통신병으로 군복무를 하다 전신주에서 떨어져 허리를 크게 다쳤고, 워낙 오랫동안 통합병원 신세를 지다보니 자기 팔에 자기가 주사를 놓게 되었다. 제대한 뒤로는 남의 집 농사를 대신 지어주었고, 틈틈이 마을의 부스럼 환자들에게 페니실린을 놔주며 연명했다. 지금의 아내를 만나 십여년 처가살이를 하다가 상경한 뒤로 줄곧 이발사로 사는 사람이었다. 삼십오년 동안 노루모를 먹었고, 자식들은 장성해 모두 분가를 했으며, 가오리찜을 특히 좋아했다.

꼭 일회용 라이터가 들어선 것처럼 그의 척추 허리부분은 툭 튀어나와 있었다. 어쩌다 그걸 본 뒤로, 이발하다 한참씩 의자에 앉는 그를 나는 이상하게 여기지 않았다.

내가 그에 대해 아는 것이란 그런 것들이었다. 그래서 나는 그를 안다고까지는 생각지 않았다.

내가 이발소에 들어서면 그는 말없이 의자 위의 방석을 한차례 툭툭 털어 앉으라는 시늉을 할 뿐이었다. 수건을 내 목에 감고, 때 전 나일론 보를 상체에 에둘렀다. 나는 거울에 비치는 내 모습이 싫어 눈을 감았다. 슬리퍼를 끌며 오가는 그의 기척을 편안하게 느꼈다. 스프레이 소리, 이따금씩 이발기구들끼리 부딪쳐 달그락거리는 소리, 이윽고 들려오는 가위질 소리는 오래 들어 형식을 완전히 외워버린 산조처럼 익숙하고 자연스러웠다.

아내에게 던지는 말이라든가 기침, 누구에게랄 것도 없이 벌써 산수유가 피었네,라고 중얼거리는 음성은 참으로 심상하고 낯익어서 침묵과 다를 게 없었다. 어떨 때는 그와 몇마디 주고받기도 했지만 대화를 나누었다는 느낌이 들지 않았다. 이발소 안에서는 내 오감이 작동하지 않는 것 같았다. 내 감각을 일깨울 만한 새롭거나 낯선 요소들이 그곳엔 없었다. 이발소 안의 것들은 모두 있던 자리에, 언제나 그 모습으로 있었다. 부부와 부부의 목소리, 움직임들까지.

지난봄까지는 이발을 하거나 면도를 하기 위해 들르던 곳이 이발소였다. 그러나 지난봄에 나는 처음으로 이발이 아닌 다른 이유로 이발소에 들렀다. 니퍼를 빌리기 위해서였다.

갑작스레 퇴직을 당한 나는 석달을 허송한 끝에 이발소 건너편 건물 일층에 매장을 냈다. 워낙 매장이 있던 곳이 아니었는데, 올 초 건물주가 벽을 터 작은 매장을 낸 것을 내가 임대한 거였다. 불법 개조인 걸 알면서도 임대료가 싸서 계약을 했다. 형광등이며 선반을 내가 달아야 했다. 니퍼가 없어서 이발소에서 빌려다 썼다. 니퍼를 장만한 뒤로도 나는 핸드드릴과 실리콘 압착기를 빌리러 이발소엘 들렀다. 이발소 공구함엔 없는 것이 없었다.

이발소에서 내려다보면 매장이 바로 코앞이었다. 그러나 매장은 일층이고 이발소는 이층이었기 때문에, 마주하고 있어도 일부러 고개를 빼고 쳐다보지 않는 한 매장에서 이발소를 본다는 건 쉽지 않았다. 이발소 표지등이 멈추고 불이 꺼졌는데도 얼른 알아차리지 못했던 것도 그 때문이었다.

건강보조식품을 파는 게 내 일이었다. 유리창에다 빨간 글씨로 생식, 선식, 홍삼, 알로에라고 써붙였다. 좁은 매장 안은 이슬차와 두충차 박스들도 어지러웠다. 체질개선법을 익히고, 음양오행에 따른 차별적 생식적용법을 배웠다. 인터넷 통신판매를 위해 신형 컴퓨터를 장만하고 상거래 등록을 마쳤다. 건강 마싸지는 온라인 동호회 활동을 통해 익혀나갔다. 장사는 생각했던 것만큼 잘되지 않았다. 시작한 지 두달도 안되어 때려치워야 할지도 모른다는 생각이 들었다.

대학을 졸업하고 오래도록 취직이 되지 않았다. 세무관계 법률집을 만드는 출판사에 겨우 들어갈 수 있었으나 이년 뒤 그만두었다. 그동안 한번도 월급이 오르지 않았고, 그나마 반년치는 받지도 못했다. 물류회사에서 음료수를 운반했다. 보수는 그럭저럭 괜찮았지만 하루 열두 시간, 많게는 열여섯 시간을 일해야 했다. 트럭이 전복되면서 전치 육주의 부상을 입었다. 내 잘못이 아니었는데도 사장은 나를 해고했다.

언제나 새로운 직종을 처음부터 시작해야 했다. 경험도 호봉도 쌓이지 않았다. 불만을 느낄 겨를도 없었다. 기적 같은 일이지만, 그 와중에 결혼을 하고 아이도 둘 낳았다. 아이들이 크는 걸 보면서, 삶이란 살다보면 살아지는 거라는 걸 알게 되었다. 만족스럽지도 불안하지도 않았다. 내 삶을 스스로 딱하게 여기지 않은 순간이 없었으나 포기할 수도 없었다. 가족은 언제나 큰 부담이면서 내 삶을 지탱하는 원인이기도 했다.

가족을 편주(片舟) 삼아 삶의 물줄기를 따라 흘렀다. 난 아무것도 체념하거나 초월하지 못했다. 바쁘고, 고달프고, 막막했다. 최근엔 가축사료 회사에서 부장 직함까지 얻었으나 광우병과 조류독감 파동 때 일순위로 잘렸다. 좌절하거나 허망할 겨를도 없이, 제2금융권에서 겨우 융자를 내 건강보조식품 매장을 냈다. 애당초 썩 잘될 거라는 생각은 없었다. 무슨 일이든 해야만 했다. 이왕 할 거라면 열심히 해보자는 다짐이 내 유일한 자산이었다. 두달이 지나자 그 자산마저 위태로워졌다. 그동안 변함없이 계속되어왔던 건 이발소에 들르는 일이었다. 삼백 번쯤 가지 않았을까.

본의 아니게 이발소는 띄엄띄엄 그런 내 심난한 삶의 도정을 봐온 거였다. 누구라도 그런 속내를 보여주고 싶지 않았을 것이다. 나도 그랬다. 이발사와 속을 터놓고 얘기하지 않았다. 힘들거나 속상한 일이 있으면 이발소 의자에 앉아 눈을 꾹 감았을 뿐이다. 이발사도 그의 아내도 내게 묻지 않았다. 그들은 말없이 내 머리를 깎았고, 감았다. 나는 돈을 지불하고 이발소를 나왔다. 그랬을 뿐인데, 이십년을 그랬던 것이다. 말을 하지 않아도 내 기분과 감정은 저절로 조금씩 새어 나와 이발소 안을 돌아다니거나 어느 한 귀퉁이에 쌓였을 것이다. 이발사 부부의 모습이 은연중 내 기억의 화소를 채웠듯, 그들 기억 속에도 나라는 사람의 인상이 앙금처럼 남았을 것이다. 이발소가 없어졌을 때 나는 깜짝 놀랐다. 이발소와 함께 없어진 것은 하찮고 보잘것없게만 여겼던 기분과 감정의 부스러기들뿐이었는데 나는 아주 많이 아쉬웠다. 내 삶의 총량 중에 적지 않은 부분을 상실한 듯했다. 내가 잠깐잠깐이나마 의존했던 시간과 공간, 나를 기억했던 사람들이 사라진다는 것은 곧 내가 사라지는 것과 같아 보였다. 나를 지탱한 것 하나가 이발소였다. 이발소는 정말 없어진 걸까. 그들은 어디로 간 것일까.

이발소가 이층이었던 까닭에, 바로 맞은편에 매장을 내고도 나는 이발소를 정면으로 바라볼 수 없었다. 매장을 오픈한 뒤로는 공구를 빌리러 가지도 않았다. 결국 언제나처럼 머리를 깎을 때나 들르게 되었다.

하지만 아주 가끔 이발소를 정면으로 볼 수 있었다. 점심을 먹은 뒤 바람도 쐬고 담배도 피울 겸 어쩌다 옥상에 올라갈 때였다. 매장이 들어선 건물은 원래가 다세대주택이었다. 그 옆구리를 튼 거였다. 매장 옆으로 이층과 옥상으로 오를 수 있는 철제 계단이 나 있었다. 발을 디딜 때마다 쿵쿵 소리가 나는 그것은 언제 봐도 위태로웠다.

옥상에는 낡은 빨랫줄이 길게 늘어져 있었다. 한쪽 귀퉁이엔 메마른 화초가 화분째 버려져 있었다. 그곳에서 맞은편 건물을 바라보며 담배를 피우고 쓴침을 뱉었다. 한숨을 쉬거나 공연히 기침을 했다.

옥상에 오르면 빙빙 돌아가는 이발소 표지등이 코앞에 보였다. '미성이발'이라고 씌어진 창문은 언제나 닫혀 있었다.

닫힌 유리창문 안으로 두 부부의 모습이 보였다. 한낮이어서 실내는 언제나 어둡게 느껴졌다. 이발사는 의자 주변을 어슬렁거리거나 거울 앞에서 제 머리를 빗곤 했다. 그의 머리는 숱이 적었다. 아주머니는 젖은 수건을 펴서 우산살 모양의 건조대에 널거나 자신의 손금을 하염없이 들여다보았다. 물론 이발 손님이 있을 때는 열심히 머리를 깎았고, 면도를 했고, 샴푸를 해주었다. 그들의 움직임은 내가 이발을 하고 있을 때와 조금도 다름이 없었다. 다만 그들의 슬리퍼 끄는 소리와 기침소리, 혼잣말인 듯 중얼거리는 소리, 전기 바리깡 소리와 가위질 소리가 들리지 않을 뿐이었다. 아주머니가 두 팔로 수건을 힘 있게 펴는 모습이 보일 뿐, 그럴 때마다 탁탁 경쾌하게 울려퍼지던 소리는 들리지 않았다.

음이 소거된 화면을 보는 것 같았다. 그래서일까, 그들의 동작이 다소 평면적으로 보였다. 좌우로 움직이는 모습은 비교적 제대로 보였으나, 내가 바라보는 시선과 연장선에 놓인 전후의 움직임은 잘 느껴지지 않았다. 소리와 전후 거리의 증발이 입체감을 떨어뜨렸다. 종이 위에서 그림이 움직이고 있는 것 같았다. 늘 보아오던 광경이었으나 이발소 안에서 느끼던 것과는 판이하게 달랐다. 낯설었다. 그래서 꽤나 오랜 시간 그들을 물끄러미 바라보게 되었다. 담배를 피우고, 헛기침을 하고, 침을 뱉고 한숨을 쉰 뒤에도 나는 옥상에 우두커니 서 있었다. 심지어 나는 나에게 물었다. 저들은 저기서 무얼 하는 걸까. 그들이 하고 있었던 것은 삼십년을 한결같이 해온 이발이었다. 그걸 모를 내가 아니었다. 그러나 나는 멍청하게 자꾸 물었다. 도대체 저들은 저기서, 무얼 하고 있는 걸까. 삼십년 동안을.

볼수록 한없이 낯설게만 느껴지는 그들의 모습, 그리고 내가 내게 던지는 엉뚱한 질문이 나를 옥상에 오르게 했다. 그들이 얼마나 또 낯설게 여겨질까. 과연 내 입에서 또 그런 질문이 튀어나올까. 이미 식후의 담배 때문에 옥상에 오르는 것이 아니었다.

그들은 때로 커다란 유리 수조(水槽) 안을 무심하게 떠도는 물고기 같았다. 누구에 의해, 언제부터, 왜 옮겨와 살게 된 수조인지도 모른 채 그저 헤엄만 치는, 원산지도 모를 커다란 관상어. 알 수도 없고, 알려고도 하지 않으며, 그곳에서 산 세월 따위도 가늠 못하는 통점 없는 이어류(鯉魚類).

십 미터쯤 간격을 두고 바라보는 소리없는 이발소의 모습은 전혀 다른 세계였다. 갇혔으면서도 갇힌 줄 모르는 봉함된 유리 상자 안의 고요하고 반복적인 삶이 공연히 담배만 빨게 만들었다. 이발사를 옥상에 데려와, 무성영화 같은 자신의 이발소 풍경을 건너다보게 하면 어떨까.

그러나 그건 상상으로 그칠 일이었다. 오히려 그가 우연히라도 다세대건물 옥상에 올라오는 사태를 막아야 할 일이었다. 나는 언젠가부터 점심을 먹은 뒤로도 선뜻 옥상엘 오르지 못했다. 어쩌다 아주 조심스럽게, 염탐꾼이라도 된 기분으로 은밀히 올라가 그들을 얼른 훔쳐보고 도둑고양이처럼 계단을 내려오곤 했다.

벚꽃과 목련이 피었다 졌다. 멀리서 아카시아향이 바람을 타고 왔다.

초여름 비가 연이어 이틀을 내린 다음날 옥상엘 올랐다. 옥상은 빗물에 펑 하니 젖어 있었다. 말라죽은 화초는 더욱 후줄근해 보였다. 담배를 입에 물었으나 끝내 불을 붙이지 못했다. 이발소 표지등이 멈춰 있었다. 창문 안이 어두웠다. 왠지 다시는 그들의 모습을 볼 수 없을 것 같은 예감이 들었다. 예감의 근거는 없었다.

매장 앞을 지나는 방앗간 주인에게 한번 더 물었다. 이발사 소식을 들은 게 있느냐고. 그는 고개를 가로저으며 이발소를 한차례 쳐다보았을 뿐 말이 없었다. 더이상 그에게 물을 수 없었다. 사거리 전자대리점 주인에게도 골목 안 식료품가게 주인에게도 다시 묻지 못했다. 그들은 내가 이발사의 행방을 궁금해하고 있다는 사실을 알고 있었다. 묻지 않아도 뭔가 이발사에 관한 새로운 소식이 있으면 누구보다 내게 먼저 그 기별을 전할 사람들이었다. 시장통에서 그들을 몇차례 마주쳤으나 아무 말이 없었다.

그들이 문득 야속해질 때도 있었다. 그들은 어쩌면 나보다 더 오랜 세월 그 이발소에서 이발을 한 사람들일지도 몰랐다. 나보다 더 많은 시간을 이발소 의자 위에서 보냈을지도 몰랐다. 그런데도 그들은 아무것도 잃은 것이 없다는 투였다. 야속한 게 아니라 그들이 무더 보였고, 그래서 싫었다. 날은 하루가 다르게 무더워지고 있었다.

어느날 검은 가방을 든 사내 하나가 매장을 기웃거렸다. 도숙붙은 머리가 답답해 보이는 오십 중반의 남자였다. 무슨 일이냐고 묻자, 그는 대답은 않고 불쑥 매장 안으로 들어섰다. 유니폼처럼 보이는 조끼 가슴에 정수기 회사 마크가 붙어 있었다.

정수기라면 살 맘이 없습니다.

내가 말했으나 그는 아랑곳 않고 매장 안을 흘끗 둘러본 뒤 물었다.

이발소가 언제 문을 닫았습니까?

낯선 이의 입에서 불쑥 튀어나온 이발소라는 말이 그처럼 생경할 수가 없었다. 나는 놀랐으면서도 한편으론 반가웠다. 나말고 이발소에 대해 궁금해하는 사람이 또 있다니.

일, 주일쯤 됐습니다. 근데 이 동네 분…… 같지가 않군요.

그는 가방을 든 채 서서 매장 안을 기웃거렸다.

아, 난 정수기를 팔러 돌아다니는 사람이에요. 우연히 이곳에서 이발소를 하는 동향 선배를 만났지요. 그동안 두어 번 머리를 깎았습니다.

그의 머리는 이발을 해야 할 만큼 자라 있었다. 나는 고개를 끄덕였다.

아주 그만둔 건가요?

그가 물었다. 나도 모르겠다고 대답했다. 아무 말 없이 어느날 갑자기 문을 닫아버렸다고.

그랬군요.

그러면서 그는 방앗간 주인과 비슷한 말을 했다.

하긴, 지난번에 들렀을 때 조금 이상하다 싶긴 했어요. 머리를 깎아 달라고 했더니 머리 깎을 생각은 않고 팔짱을 낀 채 우두커니 창문 밖만 내다보고 있더라구요. 이십분 넘게. 생식, 선식, 홍삼, 알로에라고 씌어진 이 매장을 말예요. 버릇인 것 같았어요. 넋이 좀 나간 것 같기도 했고.

그러면서 그는 연신 매장 안을 두리번거렸다.

필요한 게 있으세요?

내가 물었다.

아뇨, 뭐, 그런 게 아니라…… 그가 말했다. 그날 선배가 날더러 저길 보라고 하면서 이 매장을 턱으로 가리키더라구요. 매장 안엔 지금처럼 한 사람뿐이었지요. 박스를 들고 왔다갔다하는. 그뿐이었어요. 뭘 보라는 건지 모르겠더라구요…… 혹시 여기 무슨 영사기 같은 게 있나요?

영사기요?

나는 영문을 몰라 그를 물끄러미 바라보았다. 그가 말했다.

선배가 문득, 무성영화 같지 않아?라고 말했었거든요.

나는 여전히 영문을 알 수 없었으나 어느 순간 내 몸이 서서히 굳어가는 것을 느꼈다.

나는 사내가 언제 매장을 나갔는지 알지 못했다. 나는 오랫동안 석상처럼 서 있었다.

몸의 기운이 순식간에 모조리 증발해버린 것 같았다.

이틀 동안 그랬다. 일이 손에 잡히지 않았다. 매장 안의 나를 물끄러미 내려다보는 이발사의 모습이 머릿속을 떠나지 않았다. 옥상에 오를 엄두를 못 냈다. 이쪽 선반의 상자들을 공연히 저쪽 선반으로 옮겼다. 움직이고는 있었으나 아무 생각도 없었다. 머릿속에는 오로지 매장 유리문 안의 나를 내려다보는 이발사의 모습뿐이었다. 그리고 질문 한가지. 그는 무얼 보고 있었던 걸까. 그 응시가 그의 증발과 무슨 연관이라도 있는 건 아닐까.

정수기 사내가 다녀간 사흘 뒤에, 이발소 외벽에 붙어 있던 표지등이 철거되었다. 표지등 하나를 떼어낸 것뿐인데 건물의 인상이 전체적으로 확 바뀌었다. 쓸쓸하고 황량했다.

유리창도 떼냈다. 실내 그늘 속에서 누군가 움직이는 게 느껴졌다. 인부들이었다. 그들은 계단 아래로 의자와 거울과 수납장들을 끌어내렸다. 그것들은 좁은 인도 한켠에 차곡차곡 쌓였다. 강렬한 한낮의 땡볕 때문에 낡은 가구들은 더 초라해 보였다.

얼마 뒤 인도에 쌓여 있던 가구들이 흔적도 없이 사라졌다. 누가 치웠는지 알 수 없었지만 어쨌거나 그것들은 버려질 것들이었다. 삼십년 동안 이발소의 얼굴이었던 것들이 그렇게 한순간에 사라져버렸다. 사라진 것들 중에는 내 지친 몸을 묻었던 의자도 섞여 있었다.

함부로 뜯겨지고 버려지는 것들을 바라보면서 잠깐 치를 떨었던가. 이발사의 증발도 증발이지만 오래된 물건들이 너무도 짧은 순간에 증발해버리는 게 끔찍했다. 이발사의 옷이 함부로 벗겨지고, 마침내는 살갗과 사지마저 찢겨 파멸하는 착각을 일으켰다.

삶의 흔적들이 저토록 쉽게 무너지고 소거되다니. 나는 쓰레기가 쌓이고 사라지는 것을 매장 유리문 밖으로 우두커니 내다보았다.

며칠 뒤면 새로 단장한 매장이 건물 이층에 들어서겠지. 인테리어 기술이 워낙 뛰어나 닷새면 모든 걸 뜯어고친다지. 무슨 매장이 들어

설까? 비디오숍, 옷가게, 과외교습소, 피아노, 아니면 미용실? 어떤 게 들어서든 이제 그곳에선 이발소의 흔적이나 냄새 따위는 찾을 수 없으리라. 무덤 위에 지은 집처럼 감쪽같으리라. 이발소를 기억하는 사람들은 점점 줄어들겠지. 나는 그곳 가까이에 가지 않았다. 무슨 매장이 들어서는지 묻지 않았다. 정든 이발소에 대한 최소한의 예의를 나는 그런 식으로 차리고 있었다. 새로 들어서는 매장에 대해 궁금해하지 않는 것.

새 각목과 도료들이 좁은 계단으로 올라갔다. 커다란 합판은 줄에 매달아 인도에서 창문으로 직접 올렸다. 그런 것들을 일 삼아 보지 않으려고 했다. 나는 바삐 전화를 받고 물건을 옮기고 인터넷 주문을 확인했다. 사실 바쁜 건 없었다.

실내공사가 다 끝났는지 어쨌는지 알 수 없었다. 하지만 나는 어느 날 그곳으로 무작정 달려가지 않을 수 없었다.

단골 고객에게 동충하초를 배달하고 돌아왔을 때 나는 내 눈을 의심했다. 건물 이층 외벽에 크고 미끈하고 번쩍거리는 새 이발소 표지등이 붙어 있었다. 적, 백, 청 삼색띠가 빙글빙글 돌았다.

좁은 계단을 걸어올라갔다. 공사는 막바지 작업중이었다. 우중충했던 벽이 희고 반짝거렸다. 천장에는 커다랗고 둥근 조명등이 매달려 있었다. 세 명의 인부가 먼지를 뒤집어쓴 채 말없이 작업에 열중했다. 원판형의 기계톱이 아크릴 패널을 자르며 요란한 소리를 냈다. 비닐에 싸인 두 개의 새 이발 의자가 제자리에 놓일 차례를 기다리고 있었다.

오픈을 하려면 사나흘은 더 기다려야 할 것 같았다. 그런데도 이발사는 금방 이발을 시작할 것처럼 흰 가운을 입고 있었다.

새 분위기에 맞추려고 가운도 새로 장만해봤는데 괜찮소?

그가 웃으며 물었다. 평소에 잘 웃지 않던 그였다. 넥타이도 잘 매지 않던 그였다. 그런 그가 가운 안에 청회색 넥타이를 매고 있었다. 약사거나 무슨 연구소의 연구원이라고 해야 어울릴 복장이었다.

전 아주 이발소를 그만두는 줄 알았어요.

나는 그의 웃음에 웃음으로 답할 수 없었다. 그때까지도 나는 그의 출현을 실감하지 못했다.

그랬지. 정말 그만두려고 했었소. 다른 일을 해보려고 고향의 땅도 알아보았었지.

그랬던 거죠? 예감이 그랬거든요. 이발소는 이제 없어지는 거다…… 제 추측이 틀리지 않았어요.

그런데 그는 어째서 다시 돌아온 것일까. 그보다 먼저 그는 어째서 삼십년 넘게 해온 이발소 일을 갑자기 그만두려 했던 걸까.

살면서 그토록 암담해지기는 처음이었소.

묻지도 않았는데 그가 말했다.

내가 지금 무얼 하고 있는 걸까. 나는 왜 이렇게 살고 있는 걸까. 이게 사는 게 맞나…… 하지만 더욱 참담했던 것은 지난 육십팔년 동안 나 자신에게 그런 질문을 단 한차례도 묻지 않았다는 사실을 깨달았을 때였소. 내 삶이, 내 생활이 그토록 갑자기 낯설 수가 없었소. 끔찍하더이다. 난 대체 무엇을 살고 있었단 말일까.

그의 말투가 낯설었다. 평소 그의 어투가 아니었다. 잠적했던 며칠 동안 그는 확실히 달라져 있었다. 이전에는 없던 품위 같은 게 느껴졌다. 그만큼 성찰이 절박하고 맹렬했었다는 얘길까.

그가 갑작스럽게 암담한 지경을 느껴야만 했던 이유를, 나는 묻지 않았다. 역시 그랬다. 내 짐작이 틀리지 않았다. 그 이유를 짐작했기에 나는 며칠 동안 넋이 나가 있지 않았던가.

내가 그에게서 수조를 보고 있을 동안, 그는 나에게서 거울을 보고 있었던 거였다.

그 사실을 깨달은 나는 열패감에 사로잡힐 수밖에 없었다.

끝내 궁금했던 것은 그가 어째서 그 자리, 그 일로 다시 돌아왔느냐는 거였다. 묻는다면 그는 무어라고 대답할까.

새로 건 이발소 거울은 이전 것보다 두 배나 컸다. 경면이 매끄럽고 밝았다. 이발사가 거울 앞으로 가 섰다. 나는 거울이라면 무조건 싫었다. 그러나 거울 앞에 말없이 서 있는 그의 모습이 거절할 수 없는 기운으로 나를 부르고 있었다.

거울이 크니까…… 실내가 훨씬 훤하네요.

내가 한 말이었다. 여전히 거울을 외면한 채.

그는 오랫동안 거울 속의 자신을 바라보았다. 놀랍게도 나도 어느새 거울 속의 내 모습을 바라보고 있었다. 거울 속에서 그와 나의 눈이 마주쳤다.

부정하지 않기로 했지. 부정할 수 없었어. 부정되지도 않는 거니까. 인정하면 낯설 것도 고통스러울 것도 없고, 외려 정겨워질 수 있을 거라 생각했소. 내 가운이 어울리지 않소?

나는 대답하지 못했다. 그의 말이 귀에 잘 들리지도 않았다. 나는 거울 속에 비친 내 낯선 모습과 대면하느라 온몸에 잔뜩 힘을 주고 있었다. 그는 어느새 거울 속에서 모습을 감추었고, 텅 빈 거울 안에는 나 혼자였다.

나는 창가로 가 길 건너편 매장을 내려다보았다. 생식, 선식, 홍삼,

알로에.

내일부터라도 다시 옥상에 오르리라 맘먹었다. 담배를 피우고 한숨을 쉬고 여전히 침도 뱉겠지. 그리고 이발소를 건너다보겠지. 환하게 불밝힌 이발소 안에서 경쾌하게 가위질을 하는 멋진 가운의 이발사를 종종 바라보겠지. 거울처럼 바라보며 살 수 있겠지.

지금 짬 있으면 요 앞 파라솔에서 맥주나 한 캔 합시다.

등뒤에서 이발사가 말했다. 고마워서 그래. 어서 내려와요.

나는 돌아서며 말했다.

제가 사야지요. 고마운 건 전데……

—『한국문학』2004년 여름호

호숫가 이야기

사흘 전부터 바람이 불기 시작했다.

그녀의 플레어스커트가 그 바람결을 처음 느꼈을 때, 바람은 아무 때나 부는 것이다,라고 그녀는 무시하듯 중얼거렸다.

지난해의 바람이 생각났기 때문이다. 큰 바람이었다. 이웃집 카산드라 할머니네 지붕이 홀랑 날아가버렸다. 호수에 떠 있던 요트 두 대가 선착장 방파제를 넘어 거꾸로 처박혔다. 그녀가 묵고 있는 펜트하우스 유리 광정(光井)도 박살나 한밤중에 부리나케 대피해야 했다. 이곳에 도착한 지 일주일도 채 못 되어서였다. 철지난 쓸쓸한 휴양지를 아주 잠깐 휩쓴 바람치고는 끔찍했다. 아침이 되자 바람은 거짓말처럼 잔잔해졌다. 마을 여기저기 쌓여 있던 쓰레기들마저 어디론가 휩쓸고 가, 거꾸로 처박힌 요트와 대머리가 되어버린 카산드라네만 아니라면 그럭저럭 쾌청한 아침이라고도 할 수 있었다. 그녀에겐 그때 그 낯선 광경이 너무도 겁났었다.

바람은 드넓은 호수면을 핥듯이, 천천히 오갔다. 괜찮다, 괜찮다라고 속삭이는 것 같았다. 그런 바람의 속삭임에 대답하듯 그녀는 그래, 뭐 바람은 아무 때나 부는 것이지,라고 아무렇지도 않은 듯 중얼거리며 들고 있던 빗자루를 탁탁 털었다.

하지만 그녀는 알고 있었다. 그 바람은 그녀가 이곳에 도착한 지 꼭 육일 만에 닥쳤으며, 호스텔 앞 잭 프루트 나무에 주먹만한 열매가 누렇게 익어가고 있었다는 것을. 그리고 그녀가 이곳에 도착한 지 만 일년하고도 하루가 지났으며, 그때처럼 호스텔 앞 잭 프루트 나무에 주먹만한 열매가 축 늘어져 매달려 있다는 것을.

그때도 바람은 미풍에 지나지 않았다. 펜트하우스의 유리 광정을 산산조각내던 날 저녁까지만 해도 바람은 한없이 부드러웠다. 그렇게 며칠 사람들을 안심시켜놓고 야음을 틈타 순간풍속 사십 킬로미터로 느닷없이 들이닥치던 바람엔 마성이 있었다. 은밀한 계획과 철저한 보복으로 드러나는 원한 같은.

그 바람이 다시 오는 것일까. 유례가 없던 것이어서 이곳 엠블싸이드 사람들은 그 바람을 알 수 없는, 과거의 일로만 기억하고 있었다. 그럴지도 몰랐다. 설령 다시 온다고 해도 그녀로선 어쩔 수 없는 일이기도 했다. 또다시 광정이 박살난다면 그때처럼 침대시트를 부둥켜안고 로비로 도망쳐 내려올 수밖에.

그녀는 생각을 멈추고, 들고 있던 빗자루를 다시 탁탁 털었다. 그녀가 할 일이란 유스호스텔의 실외 쓰레기통 주변을 말끔히 치우는 것이었다. 쓸데 있는 것이든 없는 것이든, 어떤 상념에 사로잡히기만 하면 하던 일에 더욱 맹렬히 달겨들거나, 생각을 정지하는 것. 그것이 그동안 그녀가 이곳에서 터득한, 혼미한 시간들을 견디는 방법이라면 방법이었다. 어째서 이곳 낯선 나라 낯선 시골구석의 호스텔에서 일 년 가까이 밀대를 밀고 식판이나 닦으며 살게 되었는지, 코번트리로 가버린 커츠라는 인간은 어째서 자기의 여자친구라는 사람에게조차 한달 동안 아무 소식도 전하지 않는 건지, 그런 일들이 종내 궁금하고 이상해서 머리가 복잡해지면 그녀는 생각을 딱 멈추거나 하던 일에 무섭게 열중했던 것이다. 눈에 들어오는 사물들을 무작정 뚫어지게 바라보는 것도 한 방법이었다. 그래서 그녀는 알 수 있었다. 호스텔 벽면에 새겨진 여섯 군데의 낙서가 모두 한 사람의 필체며 낙서의 장본인은 무척 집요하면서도 무언가가 많이 결핍된 성격의 소유자일 거라는 것, 현관 문설주에 걸어놓은 꽃바구니가 동부 인도쯤에서 수입한 야자열매의 표피로 만들어졌으며 줄기 하나에 세 개씩 피워내는 남보라색 꽃잎은 사위가 깊은 어둠에 잠길 때만 바람개비처럼 맴돌며 떨어져내린다는 것, 그리고 현관을 오르는 계단에 L자 두 개로 시작하는 중세 웨일스어들이 무슨 암호처럼 숨겨져 있다는 것, 호스텔 뒤편 편마암으로 쌓은 농장의 돌담 틈들은 모두 양의 분뇨로 메워져 있다는 것.

그것들은 모두 그녀가 어떤 상념이나 망상 따위를 끊기 위해 두어 번 머리를 흔들고 눈길을 돌렸을 때 망막에 들어와 박힌 것들이었다. 그것들은 그녀를 번민의 공간으로부터 할일 많은 현실의 공간으로 데려왔다. 하늘이 보이고, 나무가 보이고, 마침내 그녀가 들어가 바삐 침대시트를 갈아야 할 객실들이 우르르 눈에 비치면 마무리하듯 "쉬트!"라고 내뱉었다. "쉬트!" 그러고 나면 어지러운 상념은 끝. 그럭저럭 견딜 수 있었다.

실외 쓰레기통 주변을 깨끗이 쓸었다. 바닥에 눌어붙은 비닐봉지와 나뭇잎들을 빗자루 손잡이 끝으로 몇번이고 이겨서 떼어냈다. 영국 쓰레기 냄새는 영국인들의 겨드랑이에서 나는 알싸한 체취와 크게 다르지 않았다. 검불과 먼지까지 꼼꼼히 제거했다. 열심히 일하는 게 아니라 뭔가를 열심히 외면하는 거였다. 그녀와 함께 일하는 사람들은 그런 그녀를 성실하게 평가했다. 어떤 복잡한 문제든 아주 열심히, 때로는 간단명료하게 해결할 줄 아는 사람으로 여겼다.

빗자루를 주차장 옆 빗자루통 속에 넣고, 발런티어룸에서 오래오래 손을 씻었다. 주방에 들어가 티를 끓여 우유를 듬뿍 넣었다. 햇볕에서 허리를 굽히고 제법 오래 일을 했는데도 등에 땀이 배지 않았다. 가을이 온 것이다. 여름내 북적대던 호숫가가 문득 한적해졌다. 물위로 오리와 거위떼들이 지나가고 지나왔다. 여전히 음산한 바람이 불었다. 갈볕이 공동식당의 넓은 통유리에 반쯤 걸려 있었다. 텅 빈 식당엔 그녀 혼자뿐이었다. 이따금씩 먼 곳에서 망치소리가 들려왔다. 여름과 함께 중단되었던 석축 철거작업이 다시 시작된 모양이었다. 엠블싸이드에서의 일년이 그렇게 지나가고 있었다. 밍근한 티를 한모금 마셨다. 그리고 습관처럼, 눈에 보이는 것들을 뚫어지게 바라보기 시작했다. 물속에 드리워진 건너편 산그림자의 빛깔이 일년 전처럼 짙어졌다. 시간이 흐르든, 경치가 변하든, 그 어떤 것에도 동요되고 싶지 않았다. 그곳에 그녀 혼자이는, 돌을 쏘아내는 망치소리가 귀에 기슬리든. 밍근한 티를 한모금 더 마셨다. 뜨겁지 않은 차를 마시는 것도 이제는 그럭저럭 취향처럼 돼가고 있었다.

"수, 좀 도와줄 수 있겠어?"

꼰셉시온이 식당입구에서 그녀를 불렀다. 그녀는 이곳에서 '수'라고 불렸다. '수' 앞의 '혜'를 발음하기 힘들다는 게 이유였다. 칠레에서 온 꼰셉시온도, 부르기는 마찬가지로 어려운 이름을 갖고 있었다. 그러나 스페인이라면 공연히 호감을 갖는 이곳 웨일스인들은 꼰셉시온을 정확히 꼰셉시온이라고 발음했다. 하여튼 그녀는 수인 것이다.

꼰셉시온을 바라보며 한모금 더 차를 마셨다. 꼰셉시온은 어깨를 들썩 양팔을 활짝 고개를 절레절레 흔들었다. 뭔지는 모르지만 그녀는 또 저들의 해결사로 호출된 것이었다.

"말이 통하질 않아."

꼰셉시온이 그녀에게 말했다.

스테이션 쪽을 바라보고 나서야 그녀는 꼰셉시온이 자신을 부른 이유를 알아차렸다. 스테이션에는 중년의 아시안 사내가 서 있었다.

아시안. 결코 낯선 말은 아니었지만 적어도 이곳 엠블싸이드에서는 실제적이지 않은 말이었다. 지난 한해 동안 단 한명의 아시안도 구경할 수 없었으니까. 아시안이라는 말만 존재할 뿐 아시안은 전혀 보이지 않는 곳이 엠블싸이드였다.

영국 중부의 이곳 호수지역은 영국인들도 맘먹고 와야 올 수 있는 곳이었다. 런던에서도 카디프에서도 에든버러에서도 먼 곳이었다. 눈 밝고 발빠른 아시안이라면 모를 리 없겠지만, 그들이 다녀간다 해도 그건 이곳으로부터 남쪽으로 육 킬로미터쯤 떨어진 윈드미어였다. 그곳엔 유람선을 타는 선착장도 있고 기념품판매점도 있고 투어버스도 있고 호텔도 많으며 중국식당도 두 개나 있었다. 엠블싸이드엔 작은 까페 하나와 두 개의 식당이 있을 뿐이었다. 엠블싸이드 유스호스텔에 묵는 사람들은 지나치달 만큼 검소하고 여행정보에 밝은 요트족이거나 한적한 물가를 좋아하는 축들이었다. 아시안이라면 겨우 근처까지 오거나, 케즈위크로 가는 길에 한번쯤 눈길을 던졌을까, 엠블싸이드에 묵진 않았다. 엠블싸이드에선, 말하자면 그녀가 아시안의 무슨 대표처럼 보일 수도 있었다. 스테이션에 서 있는 중년의 사내도 꼰셉시온에게는 차이니즈도 재패니즈도 코리안도 아닌 그저 아시안이었을 것이다. 아시아에 수십개도 넘는 나라가 있다는 사실을 꼰셉시온으로선 굳이 알 필요가 없었겠지. 어쨌든 나로선 말이 통하지 않는 아시안이니까,라는 게 꼰셉시온이 어깨를 움츠리고 고개를 내두른 이유의 전부였을 것이다.

"무얼 도와드릴까요?"

사내에게 다가가 영어로 천천히 물었다.

"베이컨."

묻자마자 그의 입에서 튀어나온 대답이었다. 그 대답은 그녀를 놀라게 했다. 소통의 가망이 거의 없는 답변을 하면서 일말의 망설임도 없다니. 당당하다고 할 것까진 없었지만 쭈뼛거리거나 어색해하지 않은 건 사실이었다. 그의 태도가 참으로 심상해서 오히려 그녀가 자신의 영어실력을 의심해야 할 지경이었다.

"음식을 말하는 건가요?"

다시 영어로 물었다. 그러자 그가 왜 자꾸만 되묻느냐는 식으로 대답했다.

"예스, 베이컨."

첫 아시안 방문객은 다짜고짜 베이컨을 요구하고 있었다. 느닷없는 상황 앞에서 그녀는 침묵할 수밖에 없었다. 다시 무어라 묻는단 말인가. 식당 입구에 서 있던 꼰셉시온은 그녀와 눈이 마주치자 다시 어깨를 으쓱거렸다.

니혼진? 중궈런? 하고 묻다가 한국인이십니까?라고 그녀가 물었다. 한국인이냐고 마지막에 물은 까닭은 아무래도 그가 한국인인 것만 같아서였다. 걸음걸이, 주머니에 손을 넣고 빼는 동작, 이마에 난작은 주름살까지도 타국에서는 거의 분명한 내셔널리티로 작용했다.

"한국 아가씨였구만."

그는 전혀 놀라지 않았다. 자신이 엠블싸이드를 방문한 첫 아시안이라는 사실을 그가 알 턱이 없었다. 놀란다면 그녀가 놀랄 일이었다. 그러나 그의 입에서 튀어나온 아가씨라는 말의 거부감(어째서인진 모르겠으나) 때문에, 그녀는 동국적인이라면 으레 드러낼 법한 친밀감 같은 걸 표시하지 않았다. 일년 만에 처음 보는 한국인인데도.

그는 뻣뻣한 질감의 짙은 쑥색 외투를 입고 있었다. 칼라에 덮인 거친 뒷머리는 반쯤 세어 있었다. 검은 안면 피부를 뚫고 나온 짧은 수염들은 방금 예초기가 지나간 가을풀 같았다. 건축공사장에서 하루의 고된 노동을 마치고 막 귀가한 늙은 가장처럼 보였다.

"혹시 국제 유스호스텔 회원증 가지고 계십니까?"

그녀는 매우 사무적으로 물었다. 그에게선 대답이 없었다. 눈을 들어보니 그가 고개를 가로젓고 있었다. 국제 유스호스텔 회원에 한해서만 방을 빌려줄 수 있다고 말했지만 그는 아무 말도 못 들은 사람처럼 그녀를 빤히 바라보기만 했다. 결국 그녀는 그에게서 십 파운드를 받고 국제 유스호스텔 신규회원증을 끊어주었다. 침묵으로 그는 모든 문제를 해결한 셈이었다. 그녀는 그에게 일반적인 투숙객 이상의 친절을 베풀지 않았다. 아시안이라거나 한국인이라는 이유로 호감을 드러내지 않기는 그도 마찬가지였다. 일년 만에 처음 본 한국인 손님은 그렇게 투숙했다.

그가 나무 계단을 올라 위층으로 사라지고 나서야 그녀는 그가 말한 베이컨이 베이컨트(vacant)라는 걸 알고 혼자 웃었다. 꼰셉시온이 다가와 왜 웃느냐고 물었다.

"베이컨."

"수, 너한테도 베이컨이라고 말했어?"

그녀는 고개를 끄덕였다.

"그런데 그게 어째서 우습지?"

"우리가 못 알아들은 거야. 베이컨트, 베이컨. 맞잖아."

"그런 뜻이었어? 어어, 정말! 그런데 우리가 왜 그 말을 못 알아들었던 거지?"

그녀는 고개를 가로저었다. 꼰셉시온이 말했다.

"어쨌든, 베이컨이야."

"뭐가?"

"그 남자. 미스터 베이컨."

"그래, 미스터 베이컨이야."

"그런데 수, 미스터 베이컨 말이야, 한국사람인 거야?"

그녀는 식당 쪽으로 걸음을 옮기며 말했다.

"아마도."

지난해 10월 그녀는 한국을 떠나 엠블싸이드로 왔다. 와서 아직까지 호수지방을 떠나본 적이 없었다. 12개월 동안 그녀가 가본 곳이라고는 남쪽으론 윈드미어, 북쪽으론 케즈위크가 전부였다. 총연장 사십 킬로미터쯤 될까.

중부도시 뉴캐슬 공항을 통해 곧장 왔기 때문에 버스로 일곱 시간쯤 걸린다는 런던은 구경도 하지 못했다. 돈이 있었다면 런던의 어느 칼리지에 적을 두고 친구와 함께 홀리데이를 즐기러나 올 곳이 엠블싸이드였다. 그러나 그녀는 그럴 수 없었다.

그녀는 돈 없이 영국에 오래 머물 수 있는 방법을 찾아야 했다. 숙식문제와 장기체류 비자문제를 한꺼번에 해결하려면 국제 봉사요원 자격을 얻어야 했다. 약간의 어려움은 겪었지만 모교의 재단에서 후원하는 선교회의 도움으로 결국 엠블싸이드나마 올 수 있었다.

잉글리시와 브리티시를 제외하곤 그녀와 함께 일하고 있는 두 명의 폴리시와 각각 한명의 헝가리언 칠리언도 그녀와 같은 국제 봉사요원 자격으로 엠블싸이드에 머무르고 있었다. 봉사요원이라고는 하지만 그들은 모두 영어를 배우기 위해 영국을 택한 사람들이었다. 보수 없이 고달프게 이어지는 하루하루가 그들과 그녀에겐 여간 회의스러운 일이 아니었다. 물에 젖은 손이 허옇게 부르터 껍질이 벗겨졌다. 천근만근 무거워진 몸을 침대에 누일 때마다 저마다 나는, 왜, 이곳에 와 있는가 되물었다. 영어라는 목적과 봉사라는 수단이 서로 배치되는 까닭이었다. 그래도 그들은 이따금씩 자기도 모르는 사이에 향상된 언어능력에 놀라고 안도하면서 힘든 생활을 견디고 있었다.

그러나 그녀는 아니었다. 영어를 배우러 온 것도 아니었고 봉사를 하러 온 것은 더욱 아니었다. 그녀는 커츠를 사랑했고, 그래서 커츠의 나라로 온 것일 뿐이었다. 이 나라의 시민이 될 수 있다면 그녀는 한국으로부터 영원히 떠날 수도 있었다. 한국에 대해 특별한 반감이 있었던 것은 아니었으나, 아버지로부터 떠나기 위해서는 어쨌거나 한국을 떠날 수밖에 없다고 생각했다.

그녀가 영국에 머무르는 유일한 이유는 커츠였던 것이다. 그런 커츠가 자신의 고향인 코번트리로 떠났고, 한달이 넘도록 아무런 연락이 없었다. 향상된 언어능력 따위에 자위할 처지가 아니었기 때문에, 그녀는 미친 듯 일에 매달리거나, 시도때도없이 솟구치는 어지러운 상념을 끊어버리기 위해 생각을 정지하거나, 사물들을 무작정 뚫어지게 바라보는 수밖에 없었다. 커츠가 없는 지금 내가, 왜, 이곳에 와 있는지를 자문한다는 것은 회생이 불가능한 자멸을 초래하는 일일 뿐이었다.

동갑내기 커츠는 성실한 반면 소심하고 감성적인 사람이었다. 생활이 매우 규칙적이었으며 영국인답지 않게 속맘을 그때그때 털어놓지 않았다. 한국에 체류할 때도 한국인보다 더 한국인답다는 말을 자주 들었다. 외국어학원의 강사들 외에 다른 사람들과는 잘 어울릴 줄 몰랐던 그가 한국에 머물던 일년 반 동안 사귄 사람은 오로지 그녀 하나뿐이었다. 그녀에겐 다정했고 충실했다. 무엇보다 약속을 잘 지켰고, 그녀와 단둘만이라면 사랑표현이 한껏 풍부해졌다.

영국에 와서도 그는 별로 달라지지 않았다. 그가 코번트리로 떠나기 전까지 그들은 함께 엠블싸이드 호스텔에서 일했다. 그는 봉사요원이 아니었기 때문에 주급을 받을 수 있었고, 그것으로 그들은 가끔씩 칠 파운드 정도 하는 와인과 중국음식을 사먹을 수 있었다. 그렇게 11개월이 지났다.

그날이 지난달 8일이었다는 걸 그녀는 기억하고 있다. 그가 머리를 처박고 있던 베이커리 오븐 위의 디지털 캘린더가 9월 8일을 가리키고 있었다. 그는 허리를 잔뜩 굽힌 채 아침에 구워낸 호밀빵의 여유분을 비디커터에 옮겨 밀어넣고 있었다.

그녀가 가까이 다가가도 그는 알아차리지 못했다. 그의 이름을 불렀으나 일에 열중한 나머지 그는 알아듣지 못했다. 커츠! 그녀는 그의 이름을 부드럽게 불렀다. 커츠! 재차 불렀으나 뒤돌아보지 않았다. 허리를 굽히고 일에 열중하는 그의 뒷모습이 갑자기 하마의 엉덩이처럼 느껴졌다. 커츠! 오븐에 들어가 바베큐라도 되겠다는 거야? 목소리를 높였을 때에야 그는 허리를 펴고 뒤돌아보았다. 얼굴에 땀이 흥건했다. 그녀를 보고 웃었지만 그는 그때까지 어두운 오븐의 세계에서 얼른 벗어나지 못한 몽롱한 표정이었다.

점심을 먹고 난 뒤 그와 함께 객실의 시트를 정리하다가 쎅스를 했다. 발런티어룸을 잠깐 이용하거나 빈 객실에 들어가 쎅스를 하는 것은 늘 있어왔던 일이다. 사물함의 잔여물을 확인하고 베개피를 벗기는 그녀 뒤에서 그가 들어왔다. 갑작스럽긴 했으나 그런 행위가 이상하거나 어색할 건 없었다. 그녀는 베개 위에 얼굴을 묻으며 고꾸라졌다.

언제나 그랬던 것처럼 그의 동작은 신중하고 부드러웠으며 집요했다. 그의 규칙적인 움직임이 그녀의 등뒤로 느껴졌다. 강약과 높낮이가 별로 없는 대신 그의 몸동작은 쉽게 지치지 않았다.

베개에 묻었던 얼굴을 간신히 들고 그녀는 유리창 너머 농장의 양떼들을 바라보았다. 그가 움직일 때마다 그녀의 턱이 베개에 부딪쳤다. 편마암으로 쌓은 농장의 돌담 틈새들은 양의 분뇨로 메워져 있었다. 한 마리의 암양이 그 돌담 아래를 지나갔다. 끔찍하게 부어오른 나리꽃 색깔의 생식기가 암양의 엉덩이에 커다랗게 붙어 있었다. 그 빛깔이 거리를 무시한 채 그녀의 눈으로 날아와 선명하게 박혔다. 커츠의 몸놀림은 수억년을 지속해온 파도처럼 절도있게 그녀의 몸에 부딪쳐왔다. 끔찍하게 부어오른 암양의 생식기. 그녀는 비명을 지르며 앞쪽으로 튕겨져나갔다. 그러곤 화장실로 뛰어가 변기를 붙안고 오래오래 토악질을 했다.

"나한테 얘기해줄 수 있겠어? 내가 뭘 잘못한 것 같은데."

저녁을 거른 그녀에게 커츠가 다가와 말했다. 그의 말은 지난 11개월 동안 백 번도 넘게 들은 것처럼 느껴졌다.

"좀 다르게 묻거나 말할 수 없어? 당신은 어째서 매번 질문법이 같은 거지?"

커츠는 바보처럼 눈을 껌벅였다.

"내가 뭘 잘못한 게 확실하군."

"그 말도 똑같잖아."

커츠는 아무 말도 못했다.

넌 쎅스도 그래. 버터를 바르기 전에 망고잼을 먼저 바르는 식사법을 한번도 어긴 적이 없지. 잠자기 전에 팔십 번씩 앉았다 일어서는 그 단순한 운동을 하루도 거른 적이 없어. 겨울이 지나고 봄이 가고 여름도 지나 또 가을이야. 이제 곧 이민국에서 날 내쫓을 텐데, 넌 처음처럼 아직도 팔십 번씩이잖아. 일년이라는 시간이 지났으면 적어도 구십 번쯤으로 변해 있어야 하는 거 아냐? 뭔가 달라져야 하는 것 아니냐구?

그녀는 그 말을 하지 않았다. 그의 귀에 들린 그녀의 말은 '그 말도 똑같잖아'가 끝이었다. 그녀는 한껏 격앙돼 있었고, 자기도 모르게 눈물을 흘려버렸다. 그리고 그 격앙과 눈물의 결과로서 그녀는 혼자가 되었다. 그는 황급히 부모가 사는 코번트리로 갔고 곧 연락을 주겠다고 했다. 그가 남기고 간 전화번호는 그러나 결번이었다. 그 뒤로 그녀에겐 현실감이란 게 없어졌다. 태어나 자라고, 아버지와 싸우고, 커츠를 만나 엠블싸이드까지 오게 된 일들이 모두 꿈속의 일인 양 불분명했다. 현실의 어떤 것과도 연결돼 있지 않은 것 같았으며, 그 현실이라고 믿고 있던 것들마저 현실이 아닌 것 같았다. 망각의 늪을 자맥질하는 치매환자들처럼 그녀는 눈에 띄는 것들이면 무엇이든 완강하게 부여잡으려고 했다. 꽃, 바람, 햇빛, 기둥, 벽, 낙서, 계단, 돌담, 그리고 그녀에게 주어진 많은 잡무들.

망치소리가 들렸다. 휴게실 입식 서가에 꽂혀 있는 팸플릿들을 정리하다 말고 그녀는 망치소리에 귀를 기울였다.

휴게실 창밖으론 그다지 강렬하다곤 할 수 없는 갈볕이 떨어져내렸다. 두꺼운 나무판자를 잇대어 만든 간이 선창 끝에, 그녀와 꼰셉시온이 베이컨이라 이름한 사내가, 호수 쪽으로 몸을 돌린 채 정물처럼 서 있었다.

엠블싸이드는 작은 마을이었다. 유스호스텔 휴게실이 마을 관광안내소를 겸하고 있었다. 아주 작은 마을이지만 관광안내 팸플릿의 종류는 전체 주민수보다 훨씬 많았다. 쏟아져들어오는 팸플릿 무더기들을 정리하고 진열하고 폐기하는 것도 그녀의 차지였다. 계절이 바뀔 때마다 새로 인쇄된 것들로 신속하게 대체됐다. 지독할 만큼 변화를 싫어하는 이곳 사람들의 생태에 비하면 이례적인 현상이랄 수 있었다.

망치소리는 지난봄부터 나던 거였다. 여름 성수기에 잠깐 멈추었다가 향락객의 발길이 뜸해지는 가을로 접어들면서 다시 들려오기 시작했다. 마을의 보호수인 케이 파인트리의 전망을 해치고 그 나무의 생장을 방해한다는 이유로 나무 곁에 솟아 있는 커다란 석축을 철거하는 소리였다.

길 위 공회당 옆 한구석에 서 있는 나무였다. 수령은 육백년쯤. 파인트리라곤 하지만 잎부터가 침엽은 아니었다. 사람의 손바닥 모양을 한, 커다란 단풍잎이래야 마땅할 이파리들이 사시사철 무성했다. 횟가루를 발라놓은 듯 희끗희끗한 줄기는 뱀처럼 뒤틀려 있었다. 그것이 어째서 케이 파인트리인지 그녀는 알 수 없었다. 파인트리 앞에 붙은 케이라는 이니셜이 그 나무의 정체를 풀 수 있는 단서처럼 여겨졌으나, 그녀는 누구에게도 그 나무의 이름이나 수종에 대해 묻지 않았다. 별로 알고 싶지 않았던 것이다. 다만 용처럼 뒤틀린 굵은 줄기며 가지가 주민들의 보호본능을 자극하기에 충분한 서기를 품고 있다고 생각했다. 그것의 전망을 해치고 생장을 방해하는(실제로 동쪽으로 난 가지 하나가 더이상 뻗어나가지 못하고 막혀 있었다) 흉물스런 석축이라면 아무래도 없어져야 마땅할 것 같았다.

그런데 그 석축 철거작업이란 게 더디기가 이를 데 없었다. 한국 사람들이라면 이틀 만에 후딱 넘어뜨리고 말 공사를 두 계절을 이어 벌이고 있었다. 얼기설기 세워올린 작업대 위에는 언제나 한 사람 정도만 매달려 있었고, 작업도구란 것도 망치와 정이 전부였다.

하기야 그들은 늘 그랬다. 가옥의 창문 하나를 달아도 도무지 백년하청이었다. 작업대며 공구들을 너절하게 늘어놓을 뿐 사람의 모습이 좀처럼 보이지 않는 게 저들의 작업모습이었다. 잊을 만할 때쯤 마침내 가옥에 새로운 창문이 하나 덩그마니 달려 있게 마련인데, 날짜를 따져보면 두달 혹은 석달이 지나 있었다. 그런 식이었다. 게으름인지 뭔지 저들은 그토록 집이나 여타 건물들을 잘 수리하지 않았다. 엠블싸이드만 하더라도 1800년대에 지어진 집들이 많았고, 가장 최근 것이라야 6, 70년 전의 집들이었다. 몽땅 부수고 새로 짓는 법이 없었다. 고색창연할 수밖에 없는데, 그런 집 현관 설주에다 꽃바구니 하나 아무렇게 걸면 그대로 양수리쯤의 멋진 까페처럼 되었다. 그런 구식 건물들을 보러 돈들여 찾아오는 사람들도 있었고, 그런 사람들을 위한 안내팸플릿을 그녀가 관리하고 있는 거였다. 그러면서 그녀는 한없이 느리고 원시적인 망치소리를 듣고 있는 거였다. 어쩌면 팸플릿이 몇번 더 바뀔 때까지 망치소리는 이어질지도 몰랐다. 나쁠 건 없었다. 어차피 그녀는 그런 소리에라도 집중하지 않으면 안되는 거였으니까.

요트족들을 위해 가설해놓은 간이 선착장은 길이가 길고 폭이 좁았다. 사내는 어느새 그 끝에 앉아 수면에 발을 담그고 있었다. 맨발이었다. 오리와 거위떼들이 오갔다. 다리라면 교각에 해당할 선착장의 지지대들은 물에 젖어 검은 빛깔을 띠고 있었다. 사내의 종아리도 그것들만큼이나 검게 빛났다.

거대한 은박지처럼 번쩍이던 수면은 바람이 불 때마다 잘디잔 은결로 부서지곤 했다. 사내는 손바닥으로 물의 표면을 떠 올렸다. 물방울이 그의 손가락 사이로 구슬처럼 떨어져내렸다.

사내는 물을 쓰다듬기도 하고 떠 올리기도 하고 주무르기도 했다. 손길은 느리고 신중했다. 고급 섬유원단을 검사하는 것으로 일평생을 산 사람의 습관적인 신중함 같은 것이었다. 그가 쓰다듬는 수표면에선 바람이 느껴졌다. 호수 밑바닥에 깊게깊게 가라앉은 바람의 몸뚱어리를 슬쩍슬쩍 건드리는 것 같았다. 그가 손바닥으로 물비늘을 떠 올릴 때마다 그녀의 플레어스커트가 가볍게 흔들렸다.

그녀가 가까이 다가와 있다는 사실을 알면서도 그는 말없이 물의 살갗을 쓰다듬었다. 아쉬운 듯 안타까운 듯 천천히 물을 어루만지던 그가 고개를 들어 먼 곳으로 시선을 던졌다.

"망치소린가요?"

그가 물었다.

그렇다,고 그녀는 대답했다.

"이곳 나무들은 모두 빵처럼 둥그렇군요. 풀밭도 양떼들도 호수도 평온하기만 하고. 그래선지 망치소리조차 평화롭게 들려요."

"그렇습니까?"

그는 고개를 끄덕이고 나서 말했다.

"다행입니다."

"다행이라니요?"

그는 대답하지 않았다. 듣지 못했는지도 몰랐다. 그윽한 눈길로 호수를 한바퀴 둘러보았을 뿐이다.

"석축을 쪼아내고 있어요."

그녀가 말했다.

"석축?"

그가 되물었다.

"사실은 석탑이지요. 탑을 축대형식으로 쌓은 것뿐이에요. 하지만 축대형식만도 아닌가봐요. 석축 속에 거대한 자연석이 있다니까. 첨엔 그걸 아무도 몰랐대요."

그가 케이 파인트리가 서 있는 공회당 쪽을 바라보았다. 그녀가 말했다.

"그 자연석에 해리스 스튜어트라는 이름이 새겨져 있다는 사실도 공사를 시작하고 나서야 알게 되었대요. 잉글랜드가 웨일스를 병합하는 걸 반대해 자살한 이곳의 한 주민의 이름이라는 건 더 나중에 밝혀지게 되었고요. 그러니까 기념탑이었던 모양인데 나중에 어떤 사람들이 그 이름을 지우느라 석축을 덧쌓았나봐요. 누가 왜 덧쌓았는지는 밝혀지지 않았어요. 밝히려고도 하지 않았고요. 어차피 철거될 거라서 그랬겠지요. 하여튼 지금으로선 다들 그 석탑보다 케이 파인트리를 더 소중하게 여기니까요. 필요없는 걸 허무는 것뿐이죠."

그에게 뭔가를 열심히 설명하는 자신이 그녀는 갑자기 낯설게 느껴졌다. 결코 짧지 않은 간이 선창을 그녀 스스로 걸어나와 그와 대화를 나누고 있다는 사실이.

고개를 들어 주위를 한바퀴 빠르게 둘러보았다. 자신이, 지금, 어디에 있는가를 가늠하려는 듯. 북쪽 하늘에 드리운 어두운 구름 때문에 세상이 약간 기운 것처럼 느껴졌다.

"아가씬 이곳에 온 지 얼마나 됐소?"

아가씨란 말에 정신이 번쩍 들었다.

"일년 하고…… 이틀째죠."

"그럼 아가씬 잘 모르겠구면."

그녀는 아가씨란 말에 점점 쫓기고 있었다.

"식사시간 때 부탁할 거 있으면 저한테 말하세요."

아침식사 옵션을 잘못 이해한 그가 호밀빵 두 개와 보리 씨리얼을 들고 쩔쩔매는 걸 도와주었다. 그 말을 남기고 그녀는 호스텔로 돌아왔다.

그 말을 하기 위해 선창 끝까지 갔었나 싶자 갑자기 다리에 힘이 빠졌다. 선창 위에서 그와 나눈 대화의 맥락을 짚어보았다. 쉬트! 엉망이었잖아! 그녀는 자신도 모르게 중얼거렸다.

　도착한 지 이틀째 되던 날도 그는 간이 선창에 나가 있었다. 물끄러미 어딘가를 보며 서 있거나 선창 끝에 엉덩이를 붙이고 앉아 있거나 했다. 수면은 하늘빛을 반사하여 밝게 분사했다. 그 눈부신 수면을 배경으로 앉거나 서 있었기 때문에 그의 모습은 언제나 검었고, 자코메티의 조각처럼 길고 가늘었다. 엠블싸이드에 머무는 동안 그는 대부분의 시간을 선창에서 어슬렁거리는 것으로 보냈다. 늙은 한국인 배낭여행객이 머나먼 영국 땅, 그것도 아무나 쉽게 찾을 수 없는 윈드미어 호수까지 혼자 와서, 기껏 좁다란 선창만을 배회하다니.

　하루종일 그녀는 스무 번도 넘게 호수를 바라보았고, 그럴 때마다 그가 눈에 띄었다. 게으르지만 규칙적으로 들려오는 망치소리와 선창을 느리게 어슬렁거리는 그의 모습은, 그녀가 이곳에 도착하기 훨씬 이전부터 형성돼 있던 나른한 풍경처럼 여겨졌다.

　땅거미가 호수를 완전히 뒤덮고 난 뒤에도 사내는 선창을 떠나지 않고 있었다. 하루의 일과를 모두 마치고 조금 한가해졌대서 선창엘 나간 것은 아니었다. 그가 그곳에 있었기 때문이다. 전날 그에게 대화를 시도했던 까닭, 그러나 결국 아무런 맥락도 짚어지지 않았던 까닭이 궁금해서도 아니었다. 아무리 생각해도 그녀가 어두운 선창으로 천천히 걸어나갔던 데는, 그가 그곳에 있었기 때문이라는 것말고는 별다른 이유가 없는 것 같았다. 어떤 다른 이유가 있더라도 그것은 나중에, 어쩌다가라면 모를까 당장은 알 수 없을 것 같았다.

　그는 여전히 손바닥으로 물을 뜨고 있었다. 검고 미끌거리는 물이 그의 손에서 오래도록 머물다 사라졌다. 그가 떠 올리는 물은 왠지 잘

쑤어진 도토리묵 같아서, 천천히 떠 올리는데도 그의 손바닥 안에서 소복한 상태로 오랫동안 머물다 사라지곤 했다.

"호수 전체의 물을 그렇게 한번씩 떠볼 작정이신가요?"

그가 돌아보았다.

"그럴 수만 있다면……"

그가 어둠속에서 대답했다.

"실키라는 말이 있어요. 실크를 만질 때 느껴지는 감촉을 뜻하죠. 어쩐지 오랫동안 실크를 매만진 사람 같다는 생각이 들어요."

"실키……" 그가 말했다. "비단을 만져본 적은 없소만, 이 물은 아닌게아니라 비단결 같기도 하군. 아가씬 비단을 만져보았소?"

"제 이름은 혜수예요. 신혜수."

그녀는 약간 항의하는 듯한 투로, 즉각 말했다.

"아가씬 이곳에 온 지가 일년밖에 안되었다고 했지?"

대답하지 않았다. 굳이 이름까지 밝힌 의도를 아랑곳하지 않는 그. 자기방식밖에 모르는 사람. 갑자기 가슴이 답답했다. 단순한 답답함이 아니었다. 그것은 그동안 그녀 안에 잠자고 있던 어떤 것들을 슬슬 일깨우고 있었다.

"그렇다면 이년 전에 이곳에서 있었던 사고에 대해 아는 게 없겠군."

"사고요?"

사고라는 말에 그녀의 입이 절로 터졌다.

"한 한국인 처녀가 이 호수에 빠져죽었지."

금시초문이었다. 어째서 누구도 한국인의 사망사고에 대해 말해주지 않았던 걸까. 지난해의 폭풍을 까맣게 잊은 것처럼 저들은 지지난해의 사고를 잊었던 걸까.

"은밀히 몸을 던진, 뭐 그런 유의 사고였나요?"

사내는 고개를 흔들었다.

"물은 이 물이지만, 장소는 저 아래 인……"

"윈드미어."

"그렇소. 윈드미어에서였지. 수완인지 스완인지 하는 유람선에서 발을 헛디뎠댔소. 아마 깃발을 달았던 줄에 발목이 감겼었나봐. 붉은 삼각깃발과 함께 떨어져내리는 걸 본 사람이 있다니까. 자살이나 실수가 아니라 안전사고였다는 얘기요."

한해를 보낸 그녀보다 이틀 전에 도착한 사내가 이곳 일에 대해 더 잘 알고 있는 것 같았다.

"줄만 아니었다면 살 수 있었단 말인가요?"

그는 고개를 천천히 흔들었다.

"글쎄, 그건 나도 알 수 없지. 줄은 깃발과 함께 곧장 건질 수 있었다니까, 끝까지 몸을 결박하고 있었던 것 같지는 않고……"

"줄은 깃발과 함께 곧장 건질 수 있었다는 말이군요."

그가 고개를 끄덕였다. 시신은 끝내 발견하지 못했다는 말입니까, 라고 그녀는 묻지 않았다. 대신 굉장히 외람된 질문을 해도 되겠느냐고 조심스럽게 물었다.

그는 대답하지 않았다. 그녀를 등진 채 어두운 호수 수면을 바라보았다.

"사고를 당한 분이 가족 아닙니까?"

그의 몸이 몇초 동안 청동처럼 굳었다. 좀더 시간이 흐른다면 정말로 그의 몸이 동상이 돼버릴 것 같았다. 마침내 참았던 숨을 크게 토해내면서 그의 한쪽 어깨가 기우뚱 흔들렸다.

"그저께 스완호라는 배를 봤지." 그가 말했다. "듣던 대로 붉은 깃발 따위는 없습디다. 백사십년 동안이나 배의 얼굴처럼 달았다던 깃발을. 이젠 재수가 없다고 안 단다는 모양이오."

처녀인 그의 가족. 호수에 잠긴 것은 그의 딸일 거라고 그녀는 생각했다. 이태 전의 사고에 대해 누구보다 잘 알 수밖에 없는 일이었다. 그렇다면 그는 어째서 지금에서야 이곳을 찾아와 물을 쓰다듬고 있는 것일까.

"이번엔 묻는 게 아니고…… 제가 뭘 좀 맞혀봐도 될까요?"

그가 그녀를 물끄러미 바라보았다.

"하나, 하나뿐이에요. 그쵸?"

그의 눈에선 아무런 반응도 일지 않았다. 무슨 뜻이냐고 되묻지도 않았다. 마네킹의 눈빛으로 그녀를 바라볼 뿐이었다. 이미 그녀의 말 뜻을 간파하고 있는 것 같았고, 어두운 눈빛보다 더 깊은 곳에서 그는 그녀의 무렴한 추측과 단정을 시인하고 있었다. 놀란 것은 그녀였다. 자신의 단정이 추측이 아니라 확신에서 비롯되고 있다는 사실이 더욱 놀라웠다. 뭔가가 분명해지는 것 같았다. 그에게서 느껴지던, 너무도 익숙해서 반사적인 거부감마저 들었던 답답함. 그리고 그녀 스스로 선창으로 걸어나와 그에게 대화를 시도했던 까닭들.

한세월 함께 방을 썼던 수인(囚人)이거나 사지에서 함께 살아돌아온 전우 사이라면 그럴까. 그녀의 추측과 단정이 거두절미한 채 몇계단을 비약한 것이었듯이, 그의 입에서 흘러나오는 말들에도 앞뒤의 사정이란 게 없었다. 그는 무턱대고 말을 하고 있었다. 호수를 감싸고 있는 어둠이 더 짙어졌다. 바람은 괜찮다, 괜찮다라고 속삭였다. 호스텔 창문 불빛들이 물위로 떨어져내리며 어룽거렸다.

하나뿐인 딸. 그 딸에게 병적으로 집착하는 아버지. 그런 아버지를 또한 집요하게 거부하는 딸의 이야기였다. 때론 원망과 푸념, 실의와 비통이 앞뒤없이 지루하게만 이어지다가도, 어떨 땐 매우 구체적인 기억과 그에 관련된 사람과 사물이 사실적인 정황으로 등장하곤 했다. 그의 말 속에는 자신과 딸의 입장이 균형있게 배분되어 있지 않았다. 야속한 딸에 대한 지탄과 원망이 대부분이었으며, 낯선 땅 깊은 호수에 흔적없이 잠들어 있는 딸의 부재가 각성될 때라야 문득 말끝을 흐리곤 했다.

딸에게 그는 작고 못생기고 무식한데다 고집만 센 아버지였다. 자기 아버지가 아니었으면 좋겠다는 게 딸이 하늘에 빌었던 유일한 기도였다. 학교에도 못 오게 했고, 함께 길을 걷지도 않았으며, 남들이 물으면 고아라고 대답했다. 지나친 관심과 보호에 대한 거부감이 욕설과 구타와 감금보다 더하게 느껴졌다. 혹독한 참견과 통제를 사랑으로 착각한다는 게 무엇보다 견딜 수 없는 비극이었다. 참견과 통제를 완력과 권위라는 형식으로 드러냈다면 차라리 복종의 고통쯤으로 여겨 견디기가 훨씬 쉬웠을 것이다. 그러나 아버지는 자신은 헐벗으면서도 딸을 위해 예쁜 에나멜 구두를 샀고, 하루종일 굶었으면서도 딸을 위해 치즈케이크를 사다 슬그머니 내밀었다. 그걸 얼른 먹지 않는다고 방 한구석에 웅크리고 앉아 말없이 시위를 벌이는 아버지의 모습은 궁상맞으면서도 곰처럼 미련하고 슬프고 고집스러웠다. 딸은 그런 아버지를 이해할 수 없었을뿐더러 넌덜머리를 냈다. 딸은 날마다 아버지가 새로 빨아 말린 옷을 입고 학교엘 다녔고 피아노를 배웠고 영어과외를 했다. 나이를 먹으면서도 딸이 끝내 아버지를 받아들일 수 없었던 것은, 아버지가 스스로 사랑이라 믿고 있던 것의 비굴함 때문이었다. 그것만은 참을 수 없었다. 왜 당당할 수 없었던 걸가. 대학에 입학하면서부터는 아버지 스스로 딸의 주변에서 몸을 피해주었으며, 너 하날 위해서라면 난 아무래도 괜찮다는 식이 극단에 이르고 있었다. 누군가의 일방적 희생에 의한 수혜 당사자가 전혀 행복을 느낄 수 없다면 그건 희생도 사랑도 아니라고 딸은 생각했다. 아버지 스스로 용납한 일이 아니고는 딸의 그 어떤 요구도 받아들이지 않았다면 그건 다만 질병일 뿐이라고 생각했다. 너 하날 위해서라면 아무래도 괜찮다는 식도 결국은 아버지만의 엉터리 어법이었다. 감사는커녕 연민조차 가질 수 없게 했던 아버지라는 존재의 매우 특이한 성격과 화해할 수 없었다.

서글픈 일이었으나, 그 서글픈 공존조차 더이상 지속될 수 없었다. 마침내 딸에게 남자가 생겼고, 아버지는 딸의 남자를 받아들이지 못했던 것이다. 아버지는 딸의 인생을 가로막는 바위이고 벽인 게 분명해졌다. 부성도 뭣도 아니었다. 아버지와 사랑하는 남자 사이에서 딸은 선택하고 말고 할 것도 없다고 생각했다. 사태는 이미 딸이 고등학생이었을 때 예견됐던 것이다. 비오는 날 교회 선배가 집까지 우산을 씌워준 것이 아버지를 미쳐버리게 했다. 그 뒤로 남자친구조차 사귈 수 없었으나 딸은 스물넷에 사랑에 빠졌다.

상대가 누구며 어떤 사람인지는 당초부터 아버지의 관심사가 아니었다. 다만 남자라는 것만이 문제인 듯했다. 어쩔 수 없었다. 아버지의 존재를 무시하지 않고는, 아버지로부터 벗어나지 않고는 스물넷 이후의 미래는 도무지 없을 것 같았다.

그녀는 문득 정신을 차리고 사내를 바라보았다. 사내는 초라한 등을 구부리고 앉아 검게 번들거리는 물을 조용히 쓰다듬고 있었다. 그의 말은 이미 오래전에 그친 것 같았다. 그녀는 어디서 들려오는 음성을 듣고 있었던 걸까. 그의 손에서 떨어지던 물방울 소리가 멈추었다.

"그래서 어머닌 여섯살이던 나를 혼자 남겨두고 떠나버릴 수밖에 없었던 거요."

그가 말했다. 어머니라니. 그는 내내 다른 이야길 하고 있었단 말일까.

"그랬군요. 여섯살에"라고 말하고 그녀는 조심스럽게 물었다. "자기 아버지가 아니었으면 좋겠다는 게 따님이 하늘에 빌었던 유일한 기도라고 했던가요, 아까?"

"그랬소."

그가 말했다.

"자신은 헐벗으면서도 딸을 위해 예쁜 에나멜 구두를 사주었다는 말도?"

그녀는 안간힘을 쓰며 묻고 있었다.

"그랬소." 그가 대답했다. "그런데 뭐 거기에 대해 더 물을 말이라도?"

"아니요."

그녀는 간신히 대답하며 그 자리에 앉았다. 정신을 차리려고 했지만 무너지다시피 주저앉고 말았다.

"어머니가 떠난 뒤 나는 줄곧 혼자였소." 그가 말했다. "시설에 몇 번 들락거리는 사이에 나이를 먹었지만, 평택 도금공장에서 한 누나를 만나기 전까지는 내가 열아홉 청년의 몸이라는 걸 깨닫지 못하고 있었소. 그 누나에게 연정을 느끼기 전에는 말이오. 뺨이 복숭아처럼 붉고 눈빛이 푸르렀던 그 누나는 나로 하여금 시나브로 어머니라는 존재를 잊게 했지. 그녀를 곁에서 볼 수만 있다면 혼자 살아가는 것도 그럭저럭 견딜 수 있을 것 같았소. 그 누나가 있어야 남자가 되고 어른도 되고 결국 어머니와 어린날의 기억들에서 벗어날 것 같았으니까. 아니, 난 그 누나와 아주 살고 싶었던 거야."

"처음 듣는 얘기예요."

그녀가 말하자 그가 즉각 대답했다.

"아가씨로선 모든 게 처음 듣는 얘기일밖에."

"그렇네요." 그녀는 얼버무렸다. "그럴 수밖에 없겠네요."

아가씨란 말이 처음처럼 거부감이 들지 않았다. 왠지 다행스럽다는 생각이 불쑥 들면서 혼란스러워졌다.

"하지만 그 누나도 결국엔 떠나고 말았어." 그가 말했다. "이태리계 미군 남자와 사귄다는 소문이 돌더니 공장을 그만뒀지. 남자와 함께 미국으로 건너가버렸나 싶었는데 일년 뒤에 다시 나타났소. 푸른 눈가가 늪처럼 꺼져 있습디다. 말없이 겨울을 보내고 난 뒤 그 누나는 주인집 셋방에 핏덩이 아이를 남겨놓고 자취를 감추었어. 그 아이가 이 먼 땅 이 깊은 물속에 갇히게 될 줄 누가 알았겠소."

처음 듣는 얘기네요,라는 말이 다시금 그녀 안에서 욕지기처럼 솟구쳤다. 그녀는 가슴을 쓸어내리며, 수면을 쓰다듬고 있는 그의 뒷모습을 바라보았다.

"그런 아이였소. 그 아이만큼은 내 곁을 떠나지 않을 줄 알았지. 떠나보내고 싶지 않았어요, 어디든. 내 모든 걸 바쳐 키우면 내 것이 되리라 믿었지. 내 곁에 있어주리라고. 내가 내 것이라고 믿기 전에 그애가 자기는 아버지의 것이라고 믿어주길 바랐던 거요. 그렇게만 믿어준다면 나는 아무래도 좋았고, 내 삶 따위는 어찌돼도 상관없다고 생각했지. 실제로 난 그렇게 살았소. 그러나 그게 오히려 그 아이에겐 참을 수 없었던 모양이야. 그래요, 난 나를 위해서만 산 거야. 그 아이를 키운 것도 보잘것없는 내 신세가 견디기 힘들어서였는지도 몰라. 난 그 아이가 내 아픈 것들을 덮어줄 수 있을 거라고만 생각했던 거겠지. 다시 내 곁에서 누군가가 떠난다는 게 견딜 수 없이 무서웠던 거겠지."

그는 손바닥으로 수면을 토닥토닥 두드렸다. 그의 입에서 미안해, 미안해라는 말이 흘러나오는 것 같았다.

"친아버지가 아니란 건 몰랐어요."

그녀는 그의 등에 대고 간신히 말했다.

"그랬겠지." 그가 말했다. "그애한테 말한 적이 없으니까. 마지막 전화통화에서도 말하지 못했소. 애가 왠지 낌새를 차린 것 같았지만 우린 그것에 대해 끝내 말하지 않았던 거야. 영국에서 온 첫 전화였어. 어떻게 지내세요,라고 묻더군. 그날따라 아이의 목소리가 부드러웠소. 하지만 나는 그때까지도 화가 덜 풀려 있었지. 그게 마지막 음성일 줄 몰랐으니까."

그녀는 무어라 대꾸하지 못했다. 숨을 쉬는 것조차 힘들게 느껴졌다. 선창 위에 주저앉아 힘겹게 숨만 몰아쉬고 있는 사신이 무슨 괼태충처럼 여겨졌다.

그는 말없이 어두운 물을 떠 올리거나 쓰다듬었다. 바람이 그녀의 앞머리카락을 흔들고 지나갔다.

"그러면." 그녀는 겨우 입을 열었다. "아저씬 아직……"

늙은 그가 뒤돌아보았다.

"총각이시겠네요."

그가 어둠속에서 웃는 것도 같았다.

"별수가 없었지."

침묵.

총각…… 그녀는 앉은 채로 몸을 이끌어 그에게 좀더 다가갔다.

"따님의 응답을 듣고 싶으세요?"

"무슨 응답?"

그가 물었다.

"하여튼…… 호숫가를 떠나지 못하고, 못내 물을 쓰다듬고, 후회하는 아버지에 대한 따님의 응답."

"어떤 응답?"

"글쎄요, 아버지에 대한 원망, 분노, 푸념, 질타, 후회, 연민, 사과, 뭐 그런 거겠죠."

"그애가 과연 그럴까?"

"그럴 수도 있겠죠. 이미 천리를 떠도는 영혼이 되어 있을 테니까요. 영혼은 뭐든 다 알고 있을 테니까."

"어떻게 응답한다는 거지?"

"바람."

"바람?"

"호수에 가라앉은 따님이 마침내 뒤채며 바람을 일으키는 거지요. 원망과 분노와 푸념과 질타와 후회와 연민과 사과를 한꺼번에 드러내려면 바람만한 게 없겠지요. 바람일 수밖에 없는 거고요."

"그럴 수 있을까?"

"응답을 바란다면 그럴 수도 있겠지요."

"그럴 수만 있다면……"

"물을 쓰다듬으며 염원해보세요."

"이미 그렇게 하고 있었소."

"그랬군요."

그녀는 발런티어룸으로 돌아와 샤워를 했다. 머리끝에서 발끝까지 꼼꼼히 씻었다. 물에 젖은 몸에 비누를 칠하고 오랫동안 천천히 문질렀다. 커츠와 함께 윈드미어에서 산 오일비누는 거의 닳아 비스킷만큼밖에 남아 있지 않았다. 뜨거운 물 아래 서서 귓불과 어깨와 가슴과 옆구리를 가만히 만지고 쓰다듬었다.

남의 몸을 만지는 것처럼 감촉이 낯설었다. 만지고 쓰다듬지 않으면 몸은 금방이라도 뜨거운 물에 용해되어 욕조구멍 속으로 도망쳐버릴 것 같았다. 몸을 더듬는 손길이 안타깝게 느껴졌다. 유두와 배꼽과 거웃을 문지를 때마다 정체 모를 설움 같은 것이 북받쳤다. 내 손이 남의 몸을 만지거나, 남의 손이 내 몸을 만지는 것 같았다. 손길만 간절할 뿐 몸속을 흐르는 혈액과, 몸이 간직한 기억들은 돌처럼 굳어 움직이지 않았다. 차갑고 어두운 물속 깊이 가라앉아 있었다. 뜨거운 샤워부스 속에 언제까지고 서 있었다. 살갗이 빨갛게 부풀수록 존재감 따위는 어디론가 날아가버리고 몸은 텅 빈 풍선처럼 가벼워졌다. 부력을 못 이겨 비틀거렸다.

머리의 물기를 닦으며 그녀는 멕시코 산 콘칩을 씹었다. 라디오를 틀고 BBC 뉴스를 들었다. 온몸에 작은 소름들이 돋기 시작했다. 팔을 뻗어 광정의 유리문을 닫고 손톱을 깎았다. 사타구니 사이로 찬 기운이 벌레처럼 기어갔다. 커츠에 의해 빈번히 열리던 몸은 오래된 상처처럼 아물어 있었다. 호스텔 공용 핀넘버를 찾아 커츠의 전화번호를 눌렀다. 건조한 여자의 음성이 언제나처럼 결번을 알렸다.

타월을 옷걸이에 걸고 그녀는 사물함에서 코르덴 바지를 꺼내 입었다. 맨몸에 두툼한 양모 셔츠를 걸쳤다. 세면대로 가 수돗물로 가글을 하고 수화기를 다시 들었다. 수화기를 내려놓고 셔츠를 벗었다. 브래지어를 걸치고, 후크를 맨 끝까지 걸어 단단히 여미고, 다시 셔츠를 입었다. 핀넘버를 합쳐 도합 서른여섯 개의 번호를 차례로 눌렀다.

긴 신호음이 여섯 차례 울리고, 낯선 듯 낯익은 듯한 목소리가 전화선을 통해 들려왔다. 그녀는 한동안 말없이 서 있었다. 누구냐,고 저쪽에서 물었다. 호스텔의 공용 핀카드 통화품질은 언제나 좋지 않았다. 노이즈와 함께 전달되는 음성은 훨씬 늙어 보였다. 뭔가를 물으려다 말고 그녀는 말했다.

"어떻게 지내세요?"

얼마간 아무 응답 없이, 잡음만 바람처럼 흘렀다. 생전 처음일 그녀의 부드러운 음성에 아버지는 놀라고 있는 것 같았다. 그러나 곧 아버지 특유의 식식거리는 숨소리가 잡음을 뚫고 생생하게 전해져오기 시작했다. 아버지의 말은 쉬지 않고 이분간이나 지속됐다.

결국 제 분을 못 이기고 아버지는 기침을 쏟아내기 시작했다. 영국이란 나라는 그래 이제서야 전화를 발명했다니?라는 말이 기침에 토막토막 잘려나갔다.

그녀는 가만히 수화기를 내려놓았다. 그런 상태론 아버지와 통화할 수 없을 것 같았다.

시트 위에 몸을 던지고 그녀는 오랫동안 전화기를 바라보았다. 아버지가 사주었던 에나멜 구두 빛깔이었다. 잠인 듯 꿈인 듯, 생시인 듯 죽음인 듯, 그녀는 중음천을 헤매는 영혼처럼 침대 위를 헤젓다가 벌떡 일어났다.

바람이었다.

갈퀴 같은 바람이 유리 광정을 사납게 할퀴며 흔들어대고 있었다.

광정이 파열돼 쏟아져내리기 전에 그녀는 베개와 시트를 둘둘 말아 안고 일층 로비로 뛰어내려갔다.

로비와 휴게실은 이미 투숙객과 스태프들로 꽉차 있었다. 사람들은 창문을 보호하기 위해 유리에다 카펫을 덧대고 식탁의 평면을 밀어붙이고 있었다. 이따금씩 정전이 될 때마다 세상은 암흑천지가 되었다. 바람만 칠흑의 하늘을 휩쓸고 지나가며 무섭게 으르렁거렸다. 스태프들은 지난해의 악몽을 떠올리며 몸서리를 쳤다. 베이컨 사내의 모습은 보이지 않았다.

베이크드 레드 페퍼. 병의 뚜껑을 열고 그녀는 난도스 쏘스를 한 스푼 덜어냈다. 매콤한 고추냄새가 정겨웠다. 영국에 도착해서 몇주 동안 그녀는 심한 거식증을 앓았다. 위와 식도가 온통 시큼한 위액으로 가득 찬 느낌이었다. 새우젓이나 고추장이라면 항아리째 퍼먹을 수 있을 것 같았다. 덧난 소화기관은 좀처럼 가라앉지 않았다. 그토록 순대와 떡볶이가 그리웠던 적이 없었다. 뱃속 가득 김치나 고추장을 처넣어야 위가 진정될 것 같았다. 그때 그녀를 살려주었던 것이 인디언 레드의 베이크드 레드 페퍼, 난도스 쏘스였다.

멕시코 산 고추를 볶은데다 칠리 쏘스까지 섞여 있어 고추장만큼 강렬하지는 않았지만 그녀는 한 병을 송두리째 퍼먹고 나서야 비로소

긴 트림을 할 수 있었다. 식도와 위벽도 내셔널리티를 갖고 있었다. 토스트든 베이컨이든 가끔씩 난도스 쏘스에 찍어먹지 않으면 오래지 않아 신트림이 올라왔다. 그 옛날 감자와 담배와 함께 대서양을 건너 왔을 인디언의 식품이 그녀의 덧난 내셔널리티를 진정시켜주었던 것이다.

병뚜껑을 열자마자 사방 수 미터 반경에 연막탄처럼 퍼지는 냄새가 정겨웠다. 작은 접시에 덜어낸 쏘스를 그녀는 쏘시지 쟁반 곁에 놔두었다. 그녀가 먹을 게 아니었다.

뜬눈으로 지샌 투숙객들이 하나둘 식당으로 모여들기 시작했다. 놀란 눈빛이 채 진정되지 않은 상태였다. 접시에 아침식사를 옮겨담으면서 그들은 연신 가슴을 쓸어내렸다.

그들을 비웃듯 하늘의 구름은 빠르게 걷혀갔고 얼마 지나지 않아 투명한 햇빛이 호수 수면 위로 떨어져내리기 시작했다. 지난해에도 그랬던 것처럼 광풍이 지나간 엠블싸이드의 아침은 얄미울 만큼 평온했다. 식당에서 아침을 먹던 사람들이 창밖의 광경을 보고 못 믿겠다는 듯 혀를 내둘렀다.

투숙객들이 식사를 마치고 자리를 뜨면서 빈 식탁이 하나둘 늘어났다. 난도스 쏘스는 쏘시지 쟁반 곁에 그대로 놓여 있었다. 그때까지도 사내는 나타나지 않았다.

식당에 아무도 남지 않게 되었을 때 스테이션에서 꼰셉시온이 그녀를 불렀다. 그녀는 에이프런과 키친캡을 벗어놓고 스테이션으로 갔다. 꼰셉시온이 종이에 싼 물건을 그녀에게 건넸다.

"뭐지?"

그녀가 물었다.

"모르겠어. 전해주라고 해서 전해주는 것뿐이야."

"누가?"

그녀가 다시 물었다.

"미스터 베이컨."

꼰셉시온은 뭔가가 재밌다는 표정을 짓고 있었다.

물건은 객실에 비치된 스킨 티슈에 싸여 있었다. 손에 꼭 쥐었던 듯한 그것은 작은 만두 모양을 하고 있었다.

그녀의 손에 옮겨진 그것을 한참 동안 내려다보았다. 무게가 거의 느껴지지 않았다.

물건을 싼 스킨 티슈는 석 장이었다. 삶은 계란의 유막을 벗겨내듯 조심스럽게 펼쳤다. 석 장 중 한 장의 티슈에 검은 글자들이 씌어 있었다. 꼰셉시온에게 물었다.

"이 사람, 떠난 거야?"

꼰셉시온이 고개를 끄덕였다.

"언제?"

"정확히 일곱시 반에 체크아웃."

그녀는 글자를 마저 읽어내려갔다. 난도스 쏘스가 소용없게 되었다는 걸 알았다.

"수한테 알리는 건데 그랬나?"

꼰셉시온이 말했나. 그녀는 고개를 지었다. 꼰셉시온이 주방으로 건너간 뒤 스테이션에 그녀 혼자 남게 되었을 때까지도 그녀는 고개를 젓고 있었다.

'이걸 맡깁니다'라고 적혀 있었다. '언젠가 그 아이에게 주려던 것인데 아무래도 아가씨가 전해주는 게 좋을 것 같습니다. 아가씨에겐 놀라운 염력이 있는 것 같으니까요. 아가씨의 염력에 이 아비의 염원을 한번 더 실어 호수에 던져주십시오. 아이의 엄마가 아이의 품안에 넣어두었던 것입니다. 여러가지로 고마웠습니다' 라고.

티슈 안에는 순금 쌍가락지가 들어 있었다. 이십오년 이상 된.

호스텔 앞 잭 프루트 나무에는 열매가 하나도 남아 있지 않았다. 주먹만한 누런 열매들이 잔디밭에 나뒹굴고 있었다. 그것 또한 그녀가 치워야 할 것들이었다. 어지럽게 흩어져 있는 잭 프루트들과 잔잔한 호수면이 묘한 대조를 이루고 있었다.

호수는 거대한 거울로 시치미를 떼고 있었다. 그 많던 잭 프루트들을 몽땅 떨어뜨린 얼굴이 아니었다. 태평해 보이는 그 모습 한복판으로 나가보고 싶었다. 그 호수를 바라만 보았을 뿐 한번도 배를 타고 나가보지 못했다는 사실이 새삼 이상스럽게 여겨졌다. 가까이에서 호수의 중심과 대면하고 싶었다. 그녀는 코르덴 바지 주머니 속 쌍가락지를 손끝으로 만지작거렸다.

방파제에 거꾸로 처박힌 요트 따위는 없었다. 호수를 면한 까페의 비닐 차양이 날아가버린 것을 제외하면 지난밤 폭풍의 흔적은 거의 없는 거나 마찬가지였다. 지난해 새로 올린 카산드라 할머니네 지붕도 안전했다.

호숫가를 일주하는 투어버스를 타기 위해 공회당 쪽으로 발걸음을 옮겼다.

송곳 끝같이 따가운 햇살이 지표면 위로 내리꽂혔다. 웃통을 벗어젖힌 중년의 웨일스인 남자가 한손을 들어 정류장 표지판 기둥을 붙잡고 있었다. 어깨와 등이 빨갛게 부풀어올라 있었다. 나이를 잘 가늠

할 수 없는 두 명의 아낙이 남자 곁에서 무슨 말인가를 조용히 주고받았다. 얼굴에 잔뜩 수줍음을 머금고 있는 걸로 봐서 적어도 이차대전 이전 태생들인 것만은 분명한 듯했다. 둘은 똑같이 겨울에나 입을 두꺼운 양모 스웨터를 걸치고 있었다.

"작업을 아주 중단한대나봐."

한 여자가 말했고, 다른 여자가 말없이 고개를 끄덕이며 공회당 쪽을 바라보았다.

아닌게아니라 망치소리는 멈춰 있었다. 예전의 케이 파인트리가 아니었다. 나무를 보면서 그녀는 걷기에 지친 늙은 남자가 길가의 가드레일에 잠시 몸을 기대고 서 있는 모습을 연상했다. 파인트리는 십오도쯤 기울어져 있었다. 들뜨고 갈라진 지표면 위로 비어져나온 굵은 뿌리가 왠지 거대한 육서(陸棲)동물의 슬픈 생식기 같았다. 치명적인 기울기는 아니더라도 제 힘으로는 본래의 모습을 회복하기 힘들 것처럼 보였다. 동쪽으로 뻗은 가지가 석축 끝에 간신히 얹혀 있었다. 좀더 빨리 석축 철거작업이 진행되었다면 회복할 수 없는 각도로 기울어 나무는 마침내 땅 위에 쓰러지고 말았을 것이다. 사방을 둘러보았으나 지난밤 폭풍이 남긴 심각한 흔적이라곤 그것밖에 없는 듯했다.

"그래야겠지."

말없이 고개만 끄덕이던 여자가 혼잣말인 듯 중얼거렸다.

석벽은 케이 파인트리의 자유로운 생장을 방해하면서도 한편으론 그것을 지탱해주고 있었던 걸까. 버스가 다가와 파인트리의 모습을 가려버렸다. 남자가 먼저 버스에 올랐고, 두 여자가 올랐고, 마지막으로 그녀가 올랐다. 버스는 윈드미어를 향해 출발했다.

목재 광택제 두 통을 사고, 휴게실에서 정리해온 지난 계절분 팸플릿들을 윈드미어 여행자안내소에다 반납했다. 선착장에 들러 유람선 입출항 시각을 확인하고 승선권을 예매했다. 바지 주머니에 손을 넣어 쌍가락지를 확인했다.

여름 내내 차들로 빈틈이 없던 프리파킹 존은 한산했다. 플라타너스 이파리가 떨어져 주차 구분선을 모두 지워버렸다. 여행자안내소 담벼락을 돌아 산책로를 걸었다.

가족인 듯 보이는 사람들이 넓은 잔디밭 위를 삼삼오오 한가롭게 오갔다. 그들 손엔 두어 개의 아이언과 퍼터가 들려 있었다. 듬성듬성 노란 깃발이 펄럭였다. 주변의 잔디밭들은 언제라도 간이 골프장으로 변했다. 굳이 골프장을 조성할 필요가 없을 만큼 잉글랜드와 웨일스의 들판은 평평했으며 고운 풀이 자랐다. 아무데나 구멍을 뚫고 공을 쳐 넣으면 골프가 될 것 같았다.

산책로를 중심으로 오른편은 넓은 간이 골프장이었고 왼쪽 둔덕은 마을의 공동묘지였다. 마른 이끼가 버짐처럼 낀 묘석들이 파장의 마작이나 도미노처럼 흩어져 있었다. 그러나 잔디만큼은 역시 곱고 윤택해서 조금도 음산하게 보이지 않았다. 내리쬐는 햇볕 때문에 군데군데 피어 있는 생화 꽃잎들이 불을 켠 듯 빛났다. 생존하는 윈드미어와 엠블싸이드 주민보다 그 숫자가 훨씬 많은 묘석으로 보아 처음 마을이 형성될 때부터 그곳이 공동묘지였음을 짐작케 했다.

그녀는 목재 광택제를 스타디움 점퍼 주머니에 찔러넣고 묘역 안으로 들어섰다. 낯설기만 한 알파벳들 사이를 천천히 걸었다. 번쩍이는 호수가 한눈에 내려다보였다.

바람이 불어 호숫가의 버드나무와 협죽도 가지를 흔들었으나 어제의 바람은 분명 아니었다. 비교적 깨끗한 묘석 위에 누군가가 놓아둔 담배가 시나브로 꺼져가고 있었다. 공동묘지에 묻힌 사람들은 윈드미어나 엠블싸이드에서 한평생을 보낸 사람들일 것이었다. 아시아의 동쪽 끝 작은 반도에서 날아온 처녀가 이곳 사람이 아닌 다른 누군가로선 최초로 묻힐 뻔했으나 처녀는 웨일스인들의 무덤 곁에 묻히지 못했다. 주머니에 손을 넣고 손끝으로 반지를 만지며 그녀는 오랫동안 호수 한가운데를 바라보았다.

11시 50분. 묘역을 나와 천천히 산책로로 들어섰다. 간이 골프장에서 어린아이의 환호성이 터져나왔다. 그녀는 시멘트 방주를 걸어 선착장으로 향했다.

배가 들어올 때까지 피시 앤 칩스 스토어에서 카푸치노를 마셨다.

마침내 흰 유람선이 멀리서 모습을 드러냈다. 머리의 노란 혹이 유난히 강조된 백조 그림이 이물칸 측면에 그려져 있었다. 알파벳 SWAN의 N자 끝이 청설모처럼 잔뜩 뻗쳐 있었다.

남아 있던 카푸치노를 마저 마시고 종이컵을 쓰레기통에 우겨넣었다.

바람이 앞머리를 간지럽히는 걸 느꼈다.

그리고 그녀는 유람선의 용두와 고물을 잇는 모리줄, 그 중간쯤에 달려 있는 삼각깃발을 보았다.

인디언 레드의 그 붉은 깃발은 백사십년 동안 한번도 내려진 적이 없다는 듯 유유히 바람에 펄럭이고 있었다.

그녀는 어지러워하며 신음하듯 내뱉었다.

"쉬트!"

—『문학수첩』 2003년 겨울호

스프링클러의 사랑 2

사무실 안이 술렁거리기 시작한다. 그녀가 보이지 않는다.

투명 출입문엔 에듀컴이라는 상호가 붙어 있다. 굳게 잠겨 있어도 유리문이어서 잠긴 것처럼 보이지 않는다. 사무실 안에서 복도를 오가는 사람들을 다 볼 수 있고, 복도를 오가는 사람들도 사무실 안을 훤히 들여다볼 수 있다. 그러나 투명 현관은 언제나 잠겨 있다. 직원 카드를 들이대야 전자자물통은 바코드를 인식하고 스르륵 입을 벌린다.

복도에서 사무실 안을 들여다볼 수는 있지만, 정작 사람들이 그 안에서 무슨 일을 하는지는 알기 어렵다. 사무실 내부는 개인부스로 칸칸이 나누어져 있다. 제자리에 앉으면 다른 사람들의 동태를 파악할 수 없다. 일어서야 다른 직원들의 머리통이 보인다.

유심히 살피지 않으면 사무실 안이 술렁거리기 시작했다는 사실을 눈치챌 수 없다. 직원들은 여전히 자기 부스 안에 앉아 있다. 움직임도 별로 없다. 남자 직원이 열하나, 여자 직원이 일곱이다. 그녀가 없으니 이제 여섯이다.

나는 천장에 붙어 있으므로 모든 직원들의 동태를 한눈에 알아볼수 있다. 콧구멍을 쑤시는 김부장. 걸핏하면 손톱을 손질하는 디자인부 노처녀 박과장. 자금운용부의 최기호 대리는 요즘 부쩍 사타구니에 손을 넣고 긁는다. 요가와 수영에 빠져 있는 고객관리팀의 미스 유는 종일 책상서랍 속에서 과자를 꺼내 먹는다.

여느날과 다름없는 모습들이지만 분명 사무실 공기는 다르다. 그녀의 증발이 문제다.

그녀가 모습을 감춘 것은 사흘 전이었다. 아무 연락 없이 사무실에 나타나지 않았다.

그녀의 자리는 몇개의 서류파일이 펼쳐져 있는 상태 그대로다. 즐겨듣던 쏘니 씨디플레이어도 책상 위에 놓여 있다. 먹다 남은 사과에는 그녀의 고른 치아 자국이 선명하다. 금방이라도 그녀가 화장실에서 돌아와 앉을 것만 같다.

그녀에 대한 믿을 수 없는 소문이 사무실 안을 떠돌 때도 그녀는 언제나 그랬듯 오전 여덟시 삼십분에 출근하여 오후 여섯시 십분에 퇴근을 했다. 직원들은 그녀에게 직접 묻지 못했다. 본인에게 물어 확인할 내용이 아니었다. 말도 안되는 소문이었다.

마침내 사무실 안이 눈에 띄게 술렁인다. 한사람이 등장했기 때문이다. 향숙이. 키가 작고 볼품없게 생긴 사십 초반의 사내다. 직원들은 그 늙은 총각을 향숙이라고 부른다. 그에게는 바코드가 없지만 직원들이 드나드는 사이 유리문 현관을 통과한다. 지하식당 한켠에서 구두를 닦는 일행 중 하나다. 그의 역할은 찍새다. 한손에 슬리퍼를 움켜쥐고 건물 안의 여러 사무실을 누빈다. 다짜고짜 사람들의 구두를 벗기고 슬리퍼를 건넨다. 턱없이 모자라는 외모와 지능이 사람들로 하여금 그의 막무가내를 용납하게 한다.

그의 별명은 찍새였다. 「살인의 추억」이라는 영화가 나오고부터 향숙이로 바뀌었다. 사람들은 그 배우의 이름도 배역의 이름도 다 까먹고 다만 그가 인상적으로 내뱉었던 대사, 향숙이?만을 기억하고 있는 것이다. 찍새는 그 배우, 그 배역을 고스란히 닮았다.

그의 등장과 함께 사무실이 눈에 띄게 술렁이기 시작했던 건 그가 바로 그녀와 관계된 소문의 장본인이기 때문이다. 그녀, 즉 카피담당 송지우가 향숙이와 잤다는 게 소문의 내용.

그 소문이 처음 사무실 안에 퍼졌을 때 직원들은 설마,라고조차 말하지 못했다. 에이,라고도 말하지 못했다. 그것도 소문이라고 전하는 사람을 한심한 작자로 여길 뿐이었다. 소문이 있은 뒤로도 그래서 그녀는 아무 일 없이 출근할 수 있었고 향숙이 역시 슬리퍼를 휘두르며 사무실을 누빌 수 있었다.

그러나 누군가는 집요하게 궁금했던 모양이다. 아니, 결국 그것이 사실로 드러났으므로, 집요하게 궁금해하지 않아도 시나브로 밝혀질 문제였는지도 모른다.

나는 그 사실을 진작부터 알고 있었지만 인간들은 나중에서야 확인할 수 있었다.

화재발생시 작동하게 돼 있는 이 건물의 급수체계는 옆 건물과 그 배관을 공유하고 있다. 건물의 관리책임자가 아니라면 잘 모르는 사실이다. 두 건물의 스프링클러들은 정보도 공유할 수밖에 없다. 옆 건물 사층 화장실 탕비실에서 가끔 개구리를 삶아먹는 중년여인이 있다는 것도 스프링클러들만 아는 비밀이다. 도심에 자리한 이 빌딩 안에서는 하루 사이 너무도 많은 일들이 벌어진다. 대개는 인간들도 아는 일이지만 스프링클러들만 아는 사실도 많다.

그녀에 관한 진실도 처음엔 스프링클러들만 알고 있던 거였다. 송지우, 그녀가 그 볼품없는 사내 향숙이와 함께 옆 건물——옆 건물은 모텔이다——의 한 객실로 과감하게 들어가 옷을 벗고 사내를 끌어안았던 건 분명하다. 그 방의 스프링클러에 따르면, 그다지 시원스럽거나 에로틱한 정사는 아니었다. 에듀컴이 속한 빌딩의 스프링클러들은 향숙이를 너무도 잘 알고 있었으므로, 시원스럽지도 에로틱하지도 않았다는 그들의 정사 소식을 들었을 때 오죽했을까,라고 생각했다.

그녀와 향숙이가 잤다는 소문이 에듀컴 직원들 사이에 퍼지게 한 것은 몰카였다. 누군가 성인싸이트 몰카코너에서 우연히 그 두 사람의 정사 동영상을 봤다는 거였다. 하도 희한한 소문이어서 급속히 번져나가긴 했지만 누가 봤다는 건지, 그걸 다시 볼 수 있다는 건지 어쩐지는 끝내 확인되지 않았다. 그래서 결국, 변태적 상상이나 즐기는 한심하고 졸렬한 작자의 악의적인 소행으로 치부해버리고 말았다.

그랬던 것인데 바로 어제, 옆 건물에서 객실 청소 하는 아줌마 하나가 발설을 했다는 소식이 날아들었다. 그녀와 향숙이가 객실로 들어가는 걸 분명히 봤다는. 가장 흥분했던 사람은 자금운용부의 최기호 대리였다. 그녀에게 프러포즈할 기회만 엿보며 어지간히 공을 들이던 그였으므로, 쓸데없는 소문을 퍼뜨리는 놈을 잡기만 잡으면 그 자리에서 죽여버리겠다고 별러오던 참이었다.

슬리퍼 차림인 채 옆 건물로 달려간 최대리는 상대가 나이 많은 여자라는 사실도 아랑곳 않고 멱살부터 틀어쥐었다. 이유도 묻지 않고 죽여버릴 것처럼 흥분했다. 너무도 놀란 아줌마는 정말 죽을 것 같았는지 외려 사력을 다해 최대리에게 대들었다. 내 두 눈으로 똑똑히 봤다. 두 사람이 607호실로 들어가는 걸 봤다. 어쩔래? 해볼 테면 해봐!

주변에서 뜯어말리던 사람들도 다 들었다. 최대리가 그 자리에서 오금을 꺾으며 주저앉더라는 소문은 반시간도 안되어 사무실에 전해졌다. 외근 때문에 어제 밖에서 퇴근해야 했던 직원들은 아침이 되어서야 그 사실을 알았다. 사무실이 술렁였던 건 그 때문이었다. 그러던 차에 아무것도 모르는 듯한 향숙이가 여전히 슬리퍼를 휘두르며 에듀컴 사무실에 나타난 거였다.

"어이, 이리 좀 와봐."

열살은 족히 더 먹었을 향숙이에게, 최대리는 반말이다. 그걸 이상하게 여길 직원은 없다. 반말이 어울릴 인간이나 외모란 건 있을 수 없겠으나 향숙이에게만큼은 그게 어울린다고 생각하는 걸까. 몇몇 여직원을 빼고는 거의 모든 에듀컴 직원들이 그에게 반말이다.

긴장이 감도는 순간, 그러나 직원들은 일부러 모른 척한다. 앉은 자리에서 꼼짝도 하지 않는다. 아무도 부스 위로 고개를 내밀지 않는다. 저마다 접시처럼 귀를 늘이고 엿들을 뿐이다.

"구두 닦으려고? 생전 먼저 안 부르던 사람이 어쩐 일이야? 선이라도 보나?"

멋도 모르고 향숙이는 해해낙락 최대리에게로 간다. 최대리가 향숙이의 목덜미를 와락 움켜잡는다.

기겁을 한 향숙이는 눈만 동그랗게 뜨고 할말을 잃어버린다. 영락

없는 그 영화의 그 배우의 그 배역이다. 잡은 목덜미를 들어올리면 향숙이의 몸이 공중에 대롱대롱 매달릴 것만 같다. 그토록 작고 왜소한 게 향숙이라는 사내다.

내가 찬물이라도 뿌린 듯 사무실 안은 급격히 얼어붙으며 조용해진다. 모든 사람들의 관심이 그만큼 그 둘에게 집중돼 있다는 사실을 모를 최대리가 아니다. 향숙이를 끌고 사무실을 나간다. 평소에는 들리지도 않던 문 닫히는 소리가 사무실의 공기를 한바탕 요란하게 휘저어놓는다.

죽여버릴 것처럼 향숙이를 복도 끝 벽에다 밀어붙인다. 공포에 질려 동그랗게 벌어진 향숙이의 눈과 입은 닫힐 줄을 모른다. 불쌍하기 짝이 없다. 한동안 향숙이를 노려보던 최대리가 휴우, 하고 한숨을 토해낸다. 향숙이의 멱살에서 손을 푼다. 모자라고 못난 상대에게 무슨 말을 할 것이며, 무슨 짓을 할 것인가. 내가 생각해도 별 대책이 없다.

최대리와 향숙이를 지켜보는 사람이 있다. 언제 나왔는지 민과장이 그들 뒤에 서 있다. S그룹의 텔레비전 광고 담당인 민과장은 에듀컴에서 베스트 드레서로 이름나 있다. 까다롭기로 유명한 S그룹 광고 관리 업무를 십년째 담당하고 있을 만큼 명민하고 유능하다. 그와 눈이 마주치자 최대리가 침을 뱉듯 돌아선다. 그녀에 관한 한 최대리는 민과장을 숙적으로 여긴다. 민과장은 그를 경쟁상대로 여겨본 적이 없다.

최대리가 사라진 복도는 평소의 평온을 유지한다. 사나운 손아귀에서 놓여난 향숙이는 민과장을 생명의 은인쯤으로 여긴다.

"왜, 왜 그런대 최대리는? 내가 뭘 잘못했나?"

향숙이 울먹인다. 그러나 민과장의 눈빛은 은인이라고 하기엔 너무나 차갑다. 이유를 향숙이가 알 턱이 없다.

"정말 왜 그러는지 이해할 수 없어……"

향숙이가 신음처럼 내뱉는다. 민과장이 향숙이의 얼굴에 코끝을 바싹 들이댄다. 최대리보다 더하면 더했지 결코 덜한 눈빛이 아니다. 향숙이는 다시 겁에 질린다. 낮고 작은 목소리로 민과장이 비웃듯 말한다.

"당신 같은 사람이, 어떻게 이핼 하겠어?"

그러곤 돌아선다.

향숙이는 복도에 버려진 휴지 같다. 긴장했던 향숙이의 눈빛이 풀리며 촛점을 잃는다. 더도 덜도 아닌 백치의 모습이다.

향숙이도 자신이 뇌수장애로 지능이 떨어진다는 사실을 모르지는 않는다. 정신과 신체의 발달이 저지된 불행한 인간이라는 사실도 알고 있다. 그래도 살 수밖에 없으니 그따위 기정사실이야 잊어버려야 하지 않겠느냐는 게 향숙이의 철학이다. 모멸과 업신여김을 자양으로 실실 웃으며 고된 삶의 복판을 관통한다. 이 건물 안에서 그보다 더 건강하고 완성된 인간이 적어도 내 눈에는 보이지 않는다.

누구보다 자신을 잘 앎으로써 더이상 불행해지지 않는 법까지 알고 있는 향숙이. 그러나 그도 가끔은 공황과 실의에 빠진다. 지금처럼 누군가가 자신의 저능과 추모를 코앞에서 환기시킬 때다. 그래, 난 그래,라고 중얼거리면서도 향숙이는 기면증환자처럼 굳어버린다. 금방 툭툭 털고 말기는 하지만.

얼마 전에도 향숙이는 민과장으로부터 똑같은 말을 들었다. 한나라당 몇몇 의원들이 중국에서 탈북자 관련 기자회견을 가지려고 했을 때 중국정부가 물리력으로 막았다. 그 일을 두고 직원들 사이에 말들이 오갔다. 기자회견까지 정부의 허락을 받아야 하는 나라가 몇이나 될까. 아직도 그 나라는 공개처형을 하더라. 사회주의도 아닌 것이 사회주의인 척하고 있다……

—축구시합 하면 걔들 맨날 우리한테 깨지는데 우리 정부는 왜 중국 눈치나 보고 그런대?

향숙이가 불쑥 대화에 끼여들었다. 최대리는 얼씨구? 하는 표정이었다. 곁에 있던 디자인부 박과장도 어이가 없다는 얼굴이었다. 가만히 있던 민과장이 말했다.

—당신 같은 사람이, 어떻게 이해 하겠어?

향숙이가 아닌 다른 사람이 그런 말을 했다면 민과장이 과연 그런 식으로 반응했을까. 향숙이의 말은 얼마든지 진지한 논점을 제공할 만한 발언이었다. 결코 쉽게 대답할 수만은 없는 사안이지 않은가. 향숙이의 발언이었다는 이유만으로 그들은 그의 말을 묵살했던 것이다. 내가 보기에 그들의 오만한 태도는 잘못된 전제에서 비롯된 것이었다. 언제든, 무슨 일에서든, 쟤는 항상 헛소리만 한다. 나는 정상이고 쟤는 비정상이다……

그날도 잠깐 공황에 빠졌던 향숙이는 정신을 차리고 그들의 대화에서 물러났다. 그러곤 슬리퍼를 휘두르며 옆 사무실로 향했다.

온전치 못한 향숙이가 온전치 못한 그 누군가와 연애를 하고 결혼을 했다면, 아마 에듀검 직원들도 축하하고 격려했을 것이다. 그런데 송지우라니. 그녀가 향숙이를 안다니. 거의 확실한 사실로 밝혀진 뒤로도 직원들은 믿지 못했다. 다른 거라면 모를까, 연애 혹은 정사로 향숙이와 그녀를 연결하기엔 두 사람의 사이가 지구와 명왕성만큼이나 멀어 보였던 것이다.

그녀가 어떤 사람이었던가. 예쁘기로 말하자면 샘 많고 성질 고약한 디자인부 노처녀 박과장마저 음, 걔 이쁘지, 하고 두말없이 인정하던 바가 아니었던가. 그녀를 좋아하던 최대리의 찬미는 좀더 각별한 데가 있었다. 스스로 '태론'이라 부르는 그의 논변은 그럴듯했다. 얼굴이 예쁘고 몸이 잘 빠졌다는 것으로 한 사람의 미모를 평할 수 없는 거라고 했다. 기본적인 외모가 있어야겠지만 한 사람의 미모를 결정짓는 데는 태라는 개념을 빼놓을 수 없다. 태라는 것은 태가 있다, 태가 좋다,라고 말할 때의 태로서, 아무리 외모가 출중하다 하더라도 이 태가 없으면 그냥 이쁘고 마는 거다. 태는 겉으로 드러난 외모와 내면의 심성이 상호조화를 이루어 그 사람의 전체적인 미모와 인격을 결정짓는 아주 중요한 요소다. 이쁘다고 다 훌륭한 배우가 되는 것이 아니다. 아름다운 배우들을 봐라. 스크린이나 텔레비전말고 직접 봐라. 어딘가 보통사람들과는 다른 매혹의 요소를 품고 있다. 그것은 카메라라는 기계적 착상을 통과하면서도 사라지지 않는, 신비하고 상서로운 기운 같은 것이며 그것이 바로 태다. 그래서 한눈에 확 빨려드는 것이다. 그것은 교양으로 만들어지는 것이 아니며 연습으로 습득되는 것이 아니다. 전생의 아주 특별한 계급에 속했던 사람에게만 드러나는 서기(瑞氣)라고 해야 할 만큼, 현대의 미학이론으론 도무지 분석되지 않는 부분이다. 봐라. 그녀의 움직임은 천상의 리듬에 따른다. 우리도 한때 천상에 살았던 존재들이므로 그녀의 외모와 움직임, 즉 그녀의 태는 전생에 대한 우리의 아련한 향수와 그리움을 자극한다……

그녀에 대한 최대리의 찬미엔 지나치게 과장된 점이 없지 않으나, 그녀의 웃음과 눈빛, 표정과 움직임에 드러나는 기운들은 어딘지 모르게 다른 세계의 감정프로그램에 의해 작동되고 있다는 느낌을 주었다. 모든 직원들이 비슷하게 느끼는 바였다.

그래서 민과장도 선뜻 그녀에게 프러포즈를 못했다. 여러 객관적인 조건으로만 따진다면 민과장 쪽이 훨씬 유리했다. 학벌이 그랬고 집안이 그랬고 직장 내에서의 명망과 성공적인 미래가 그랬다. 그녀는 줄곧 가난한 홀어머니와 살았다. 아르바이트를 하며 홀어머니가 살고 있는 지방의 대학을 다녔지만 다 마치진 못했다. 방학 때 아르바이트를 하러 서울에 올라와 지금의 에듀컴에 아주 눌러앉게 되었다. 그녀의 어머니는 아직도 퇴락한 고향집에 혼자 살고 있다.

민과장이 그녀에게 선뜻 다가가지 못했던 것은 그녀의 출중한 미모와, 최대리가 말하는 예사롭지 않은 태, 아무래도 그런 것들 때문이었다. 섣불리 접근했다가 거절당하기에는 민과장의 자의식도 만만치 않았다. 민과장 같은 사람이 머뭇거리고 주저할 만큼 그녀는 정말이지 아름다웠다. 그런 그녀였으므로, 자신의 조건 따위는 아무것도 아닐 거라고까지 민과장은 믿게 되었고, 그래서 늘 노심초사할 뿐이었다.

그런데 그러한 그녀의 인상이 막 무너져내리기 시작한 것이다. 그녀가 향숙이를 안다니.

복도에다 향숙이를 내팽개치고 들어온 최대리는 자기 자리에 앉아 천장을 바라보고 있다. 나와 눈이 마주친다. 그의 눈엔 촛점이 없다. 혼자 중얼거린다. 이해할 수 없어. 혼란해. 그 아줌만지 뭔지는 자기가 얼마나 엄청난 짓을 저질렀는지도 모르고 있어. 그걸 그냥 확 명예훼손으로 처넣어? 하지만 제삼자가 명예훼손으로 걸 수도 있는 건가? 만일 그녀가 향숙이와 그곳에 투숙한 게 사실이라면? 끔찍해……

민과장도 자리에 돌아와 앉는다. 겉으론 아무런 표정변화가 없다. 하지만 그도 그녀의 신화적인 이미지가 형편없이 깨져나가는 것에 혼란을 느낄 것이다. 사실을 믿지 못하겠으면서도, 머릿속에선 그녀라는 존재가 뉴욕의 무역쎈터처럼 굉음을 내며 무너져내리고 있을지도 모른다. 후우— 몹시 절제된, 그러나 이미 단내가 나는 한숨을 내뱉는다. 최대리보다 그의 모습이 내게는 더 안쓰럽다. 그따위 말을 못하도록 애당초 조져놨어야 하는 걸까…… 중얼거리며 그는 질끈 눈을 감는다. 그따위 말이란, 평소 향숙이가 그녀를 향해 했던 말이다.

—미스 송. 나랑 살자.

그녀와 단둘이 마주칠 때마다 향숙이는 말했다. 음성과 눈빛이 간절했다. 복도를 오갈 때거나 화장실에서 나올 때, 어디선가 미스 송, 하고 부르면 그녀는 매번 처음처럼 놀라며 주위를 두리번거렸다. 그녀를 아직 미스 송이라고 부르는 사람은 향숙이밖에 없었다. 직원들은 그녀를 지우씨, 혹은 송카피,라고 불렀다. 미스 송은 그녀가 정식 직원으로 채용되기 이전의 호칭이었다. 미스 송이라고 부를 사람이 향숙이밖에 없다는 사실을 잘 알고 있었으나 은밀하면서도 도저한 호소력 때문이었는지 그녀는 매번 움찔 발걸음을 멈추었다. 그러곤 뒤돌아보았다. 그곳에는 언제나 향숙이가 서 있었다. 오래전부터 그곳에 피어 있던 꽃처럼 그는 활짝 웃었다. 파아, 소리가 날 듯 그의 입이 벌어졌다. 그녀를 만나기 위해 그곳에서 천년을 기다린 식물의 간절함이 느껴졌다. 농담과 장난으로 지나치고 말기엔 그의 표정이 참으로 진지했다.

그녀는 그런 향숙이 곁을 말없이, 쑥스러운 웃음을 흘리며 스쳐지날 뿐이었다. 따라오며 귀찮게 굴지는 않았다. 서 있는 자리에서 꼼짝도 하지 않았다. 그녀가 문을 열고 사무실 안으로 사라질 때까지 고개만 천천히 해바라기처럼 따라 움직였을 뿐이다.

—미스 송.

텅 빈 복도, 사장실을 오르내리는 비상계단, 생수통이 놓여 있는 화장실 모퉁이를 지날 때 향숙이의 낮고도 빠른 음성이 기습적으로 날아들었다. 돌아보면 저만치에, 향숙이가 참으로 천진한 모습으로 서 있었다. 그 천진하고 간절한 표정 때문인 듯 그녀는 놀란 사실을 금방 잊는 것 같았다. 그녀와 눈이 마주치면 향숙이는 때를 놓칠세라 얼른 말을 이었다.

—나랑 살자.

마지막 음성 '자'에서 그는 사진 찍을 때 치즈 혹은 김치 하듯이 입을 한껏 늘이면서 웃었다. 그리고 들고 있던 슬리퍼를 양손에 얼른 나누어 쥐고 꽃받침처럼 자신의 얼굴을 받쳤다. 일그러지고 익살스런 꽃이 피는 것이다. 그녀로선 웃어주는 수밖에 달리 도리가 없었을 것이다.

미스 송. 나랑 살자. 향숙이의 말은 대개 그걸로 끝이었다. 향숙이와 그녀 사이에는 언제나 열 걸음 정도의 거리가 있었기 때문이다. 향숙이는 그 거리를 늘 지켰다. 어쩌다 말이 길어진다는 것이 '응'을 덧붙이는 정도였다. 미스 송, 나랑 살자, 응?

물론 요즘 들어 '많이도 말고 열흘만' 혹은 '그것도 안된다면 딱 하루만이라도'라며 검지손가락 하나를 재빠르게 펴 보이곤 했지만 대개의 경우는 미스 송, 나랑 살자,였다. 거리가 멀어 긴 이야기를 나눌 수도 없었겠지만, 누가 볼세라 향숙이는 얼른 그 말을 던지고, 방긋 웃고, 침묵하는 것 같았다.

그러나 직원들은 다 알고 있었다. 회식자리에서 최대리가 술에 취해 미스 송, 나랑 살자,고 했다가 총각 사원들에 의해 최대리의 별명이 한때 향숙이투(II)로 불렸던 적이 있었다. 그때만 해도 향숙이의 존재는 덜떨어진 가엾은 사내였고, 그녀에게 짓궂게 구는 점에 대해서도 귀여운 또라이짓으로 여겼을 뿐이다. 평생이 됐든 열흘이 됐든 단 하루가 됐든, 그녀가 향숙이와 사는 게 현실이 될 줄은 꿈에도 생각 못했던 일이다. 나는 그들보다 훨씬 자주 향숙이의 간절한 구애를 목격했다. 결코 짓궂고 바보스러워 보이지 않았다. 농담과 장난처럼 보였던 건 타고난 외모와 저능에 대한 편견 때문이었을 뿐, 그의 사랑엔 그의 존재가 온전히 실려 있었다.

점심을 끝낸 직원들이 하나둘 엘리베이터를 타고 올라온다. 한 무리는 복도 커피자동판매기 앞으로, 다른 한 무리는 흡연실로 들어간다. 여직원들은 사무실 안 휴게실 소파에 앉아 입술라인을 새로 고친다. 최대리의 자리는 비어 있다. 민과장은 제자리에 홀로 앉아 있다. 점심을 먹으러 나가지 않았다.

점심을 먹으며 조심스럽게 꺼냈을 그녀에 대한 소문과 궁금증은, 점심을 끝내면서 공공연한 논란거리로 확산되었음을 알 수 있다. 커피자판기 앞, 흡연실, 사무실 안 휴게소, 모두 그녀와 향숙이 얘기뿐이다. 여전히 조심스러워하면서도 조심스럽지 않다. 말하지 않으려고 하면서도 저마다 말하고 싶어한다.

"그거 말이야, 개구리 왕자 아닐까?"

디자인부 노처녀 박과장이 말한다.

"개구리 왕자라뇨?"

입에 칫솔을 문 여직원이 묻는다.

"있잖아 왜. 그림 형제 동화, 개구리 왕자. 공주가 황금공을 우물에 빠뜨렸는데 개구리가 건져주었잖아. 그 댓가로 공주는 개구리와 함께 내키지 않는 식사를 하고 개구리와 함께 자야 하잖아. 징그러워서 벽에 내던졌는데 개구리가 왕자로 변했다나 어쨌다나. 그래서 둘이 행복하게 잘 먹고 잘 살았다는……"

"그 얘기가 이번 일과 무슨 관계가 있다는 건데요?"

다른 여직원이 묻는다. 잘난 척할 때 늘 그러듯 박과장은 턱을 뾰족하게 치켜든다.

"그것 몰라? 사실은 말이야, 그게 그렇대. 공주의 성적 욕망을 드러내는 얘기라는 거야. 애든 어른이든 그 이야기가 인상에 남는 것은 사람의 성적 호기심을 자극하기 때문이라는 거지. 징그러운 것도 그렇고 크기도 그렇고 꼬물거리는 것도 그렇고, 그걸 공주의 은밀한 침전까지 끌어들이잖아. 징그러운 걸 품는 행위가 뭐겠어. 욕구를 감추고 은폐하기 위해 슬쩍 왕자로 변신시켜놓긴 하지만 어쨌거나 개구리는 개구리 아니겠어? 공주는 개구리를 받아들인 거라구. 성욕이란 징그럽고 끔찍한 것도 아랑곳하지 않을뿐더러 외려 요구하고 즐기는 변태적 측면이 있잖아."

여직원들의 표정이 일그러진다. 박과장의 과격한 해석 때문만은 아닌 것 같다. 저마다 상상 속에서 개구리와 향숙이를 동일시하고 있는 게 분명하다. 그럴 만도 하다. 작고 못생기고 징그럽다. 그렇담 송지우는 공주다. 그럴 만도 하다. 예쁘고 태가 나고 매혹적이지 않은가.

개구리를 자신의 몸 안으로 집어넣는 공주를 상상하거나 향숙이를 알몸으로 받아들이는 그녀를 떠올렸던 걸까. 어느 순간 여직원들은 치를 떤다. 그리고 박과장의 말이 들리지 않을 곳으로 슬며시 도망친다. 박과장의 말에 반박하는 사람은 아무도 없다. 끔찍한 비유지만 너무도 그럴듯하다고 여긴 걸까. 내가 보기에 그녀들은 오늘 모두 싸디스트다. 송지우의 뛰어난 미모에 대해 모종의 보복심리를 작동시키는 것 같다.

여직원들은 민과장의 자리를 흘끔거리며 자신들의 자리로 가 앉는다. 앉으며 들으라는 듯 한마디씩 한다. 모르겠어. 모르겠어. 개구리 왕자 애길 꺼냈던 박과장마저 혼자 중얼거리며 고개를 절레절레 흔든다. 도무지 참 뭐가 뭔지……

민과장은 책상 위의 텅 빈 워드프로쎄서 창을 뚫어지게 바라볼 뿐 그들의 말을 못 들은 척한다.

복도 커피자판기 앞에 모여선 남자 직원들 사이에선 다소 그녀를 옹호하는 듯한 발언까지 튀어나오고 있다.

"반지의 제왕을 보면 말이야……"

머리에 무스를 잔뜩 바른 황차장이다.

"자신의 생명을 사랑과 바꾸는 사람, 아니 요정이 나오지. 요정의 세상으로 돌아가 생명을 충전시키지 않으면 죽게 돼 있는데도 그 뭐냐, 아……"

"아르웬."

종이 커피잔을 앞니로 물고 있던 한 직원이 여전히 커피잔을 입에 문 채 끼여든다.

"그래, 그 아르웬은 사랑을 택해. 아라곤이란 사내를 사랑할 수만 있다면 요정의 세계로 돌아가지 않겠다는 거지. 돌아가지 않으면 생명이 방전돼서 죽는데도 말이야. 목숨까지 거는 게 사랑인데 까짓 거 미모 따위가 문제겠어?"

"그럼 송카피가 향숙이를 사랑했다는 말입니까? 참, 차장님도."

다른 직원이 끼여든다.

"아니 뭐…… 꼭 그렇다기보단, 내 말은 말이야, 목숨이나 미모나 뭐 그런 따위 것들은 사람 사이의 관계에 있어, 에 또 뭐냐 그, 절대적 조건이나 기준이 될 수 없다 뭐 그, 그런 말이지."

그러면서 황차장은 갑자기 발끈한다.

"사랑하지 말란 법 있어? 그게 꼭 영화 속에서만 가능한 얘기는 아니다 이거야. 흔치는 않아도 전혀 없으란 법은 없는 거 아니겠나?"

"차장님 말씀은 충분히 이해하겠습니다만."

커피잔을 물고 있던 직원이 커피잔을 손으로 옮기며 조용히 말한다.

"반지의 제왕을 말씀하시니까 혼란스럽잖아요. 요정 아르웬이 사랑한 상대가 누굽니까. 말씀하셨다시피 아라곤이란 사내 아닙니까. 아라곤은 그 영화에서 멋있는 사람으로 나와요. 요정 아르웬이 골룸을 사랑한 게 아니라구요."

누군가가 킥 소리가 나게 웃는다. 황차장의 논리가 형편없었음이 드러나는 순간, 어색한 분위기를 바꾸기 위해 다른 누군가가 얼른 말을 꺼낸다.

"사랑에는 조건과 기준과 전제 따위가 무력해진다는 차장님의 말씀이 틀리지 않아요. 그런데 죄송하지만 제가 보기에도 아르웬의 사랑에는 아라곤의 외모가 분명 한몫을 하더군요. 배역설정을 그렇게 해놨잖아요. 하지만 추모(醜貌)나 저능이 사랑의 절대적 방해요소일 순 없다는 게 제 생각이기도 합니다. 송카피가 향숙이를 안았다는 게 궁금하고 이상스럽긴 해도 절대 있을 수 없는 일이라고 단정할 수는 없다는 거지요."

"글쎄, 내 말이 그 말이라구."

송카피가 향숙이를 사랑했다는 말입니까,라고 했던 직원의 목소리다.

"사랑했다면야 더 말해서 뭐 하냐고. 아라곤이든 골룸이든 사랑했다는데 우리가 뭐 더 할 말이 있겠어. 다만 지금 문제가 되는 것은 과연 송카피가 향숙이를 사랑할 수 있었을까 하는 거고, 그럴 수 있었다면 어째서 그랬겠느냐는 게 궁금한 거잖아."

복도 끝 흡연실에서도 마찬가지로들 궁금해하고 있다. 좁은 흡연실은 일찌감치 담배연기로 가득 차서 안에 있는 사람들의 얼굴을 분간하기조차 힘들다.

그녀와 향숙이. 그냥 나란히 놓고 보아도 아무런 접점이 없어 보이는 두 존재. 그들 사이에 발생한 상상 밖의 사건은 평소보다 몇배나 진지하고 조심스런 추론을 직원들에게 요구하고 있다.

인사담당 직원이 포함돼 있어선지 흡연실에서는 제법 오랫동안 그녀의 개인 신상에 대한 얘기가 오가고 있다. 고향에서 대학을 다녔다고는 하지만 그에 관한 증빙자료는 애당초 없었다고 한다.

그녀는 일개 아르바이트생이었다. 우연한 기회에 문장실력을 인정받아 정식 직원이 되었다. 그해 여름 '새로 태어난 스물네 시간' 텔레비전 광고 문안이 크게 히트했는데, 전임자의 카피가 아니라 송지우의 작품이었다는 것이 나중에 밝혀지게 되면서 그녀의 존재가 눈에 띄기 시작했다. '새로 태어난 스물네 시간' 씨리즈가 그 뒤로도 연속 성공을 거두면서 결국 전임자가 물러나고 그녀가 그 자리에 앉게 되었다. 끊임없이 대박을 터뜨린 건 아니었지만 적어도 카피 때문에 광고제작에 문제가 생기진 않았다. 그가 대학을 다녔는지 안 다녔는지는 아무런 문제도 되지 않았다. 시골의 가난한 홀어머니 슬하에서 성장했다는 것도 아무런 관심거리가 되지 못했다. 거대한 소비도시의 한복판에서 소비에 절다시피 하며 성장한 사람들도 그녀의 기발한 도시적 감수성을 따라잡지 못했다. 요컨대 향숙이와의 그 일만 아니었다면 사람들은 그녀의 개인 신상에 대해 여전히 특별한 관심을 두지 않았을 거라는 얘기다.

추측에 불과한 것들이긴 하지만 그녀에 대한 뒤늦은 관심이 흡연실 안의 담배연기만큼이나 자욱하다. 그녀의 탁월한 미모는 부모에게서 물려받은 것일 터, 그녀의 어머니도 만만찮은 미모의 소유자일 거라는 짐작은 마침내 그녀 어머니에 대한 의혹으로 발전한다. 무슨 일을 하며 홀로 딸아이를 키웠을까. 어떤 환경이었길래 시골에서 자랐으면서도 도시적이고도 이국적인 감수성을 지니게 되었을까. 누군가는 그녀의 고향에서 가까운 미군 주둔지에 대해 언급한다. 다른 누군가는 그녀의 피부가 유난히 희며 콧등이 살아 있지 않느냐고 반문한다.

그러나 아무리 보아도 혼혈은 아닌 것 같다는 의견에 거의 모두 고개를 끄덕인다. 대신, 그만한 외모라면 어려서부터 많은 남성들의 표적이 되고도 남았을 거라는 주장에 비상한 관심을 보인다. 싸디즘과 마조히즘의 그럴듯해 뵈는 상관관계를 누군가가 덧붙였기 때문이다. 아픔과 상처와 충격으로부터 벗어나는 길은 그것으로부터 도망치는 일과 그것 한가운데로 들어가버리는 방법이 있다는 것. 주장한 사람은 다소 유치해 뵈는 비유를 든다. 예방주사의 두려움으로부터 벗어나는 길은 멀리 도망쳐버리거나 먼저 맞는 것.

흡연실의 흡연자들은 고개를 끄덕인다. 여직원들이 그랬던 것처럼 이들도 오늘은 모두 싸디스트인 것 같다. 그녀에게 도망칠 수 없는 상처와 충격을 주었던 건 성욕을 주체할 수 없었던 저능과 추모의 남자가 되는 셈이다. 그래야 그녀와 향숙이 사이에 있었던 알 수 없는 사건의 해석이 가능해진다.

조심스레 한발 더 나아간다. 그와 같은 위협에 지속적으로 노출됨으로써 그녀는 어느 순간부터 적극성까지 띠게 되었다는 것. 말하자면 마침내 미추와는 상관없이 그녀의 적극성은 무작위 불특정한 상대에게로 확대되어 색광의 면모를 지니기에 이르렀다는 것. 이 정도면 디자인부 박과장의 과격한 해석을 능가한다.

줄곧 한자리를 지키며 연신 담배를 빨아대던 배불뚝이 직원이 갑자기 벌떡 일어서며 말한다.

"우리가 지금 무슨 얘길 하고 있는 거지?"

다들 꿈에서 깨어나듯 그를 따라 일어선다.

"젠장, 일이나 하자구."

엉뚱한 얘기에 속절없이 빠져들었던 자신들의 한심함을 탓하며 흡연실을 나선다. 마지막으로 흡연실을 나서던 직원이 말한다.

"일어날 수 없는 일이 일어났으니 고얀 억측이 난무할 수밖에."

모두들 도무지 이상하고, 그래서 모르겠고, 이해할 수 없다는 표정이다.

민과장도 마찬가지다. 턱을 쓰다듬으며 가끔 고개를 갸웃거린다. 텅 비어 있던 그의 문서작성창에 어느새 깨알 같은 글자가 박혀 있다. 일이든 생각이든, 복잡한 것은 문서로 작성하며 정리하는 게 그의 오래된 버릇이다.

'내 기억 속의 송지우가 무너져내린다. 분해되어 파편으로 흩어진다. 그녀는 알까. 사람들의 기억 속에서 자신의 존재가 하루아침에 처참하게 무너지고 분해되고 있다는 사실을. 무얼까. 그녀가 자신의 모든 것을 그토록 헌신짝처럼 버려야만 했던 이유가. 그녀는 어떤 고통을 안고 살았던 걸까.'

민과장은 자신이 써놓은 문장을 뚫어지게 바라보다 한숨을 내쉰다.

'니체가 떠오른다. 그는 프로이트와 릴케의 연인이었던 루 쌀로메를 몹시도 사랑하여 두 차례나 청혼을 했으나 거절당했다. 니체는 매춘부에게 자신의 몸을 던져 매독에 감염되고, 여생을 지독한 두통과 위경련과 정신질환에 시달리다 바이마르의 정신병원에서 숨을 거두었다. 서서히 죽어갔지만 스스로 목숨을 끊은 것이다. 그가 참을 수 없었던 것은 육신의 고통이 아니라 좌절된 사랑의 아픔이었을 것이다. 그걸 견딜 수 없어 육신의 고통을 불러들였을지도 모른다. 아니, 좌절된 사랑의 아픔보다, 육신의 고통보다, 그에겐 더 큰 절망이 있었을지도 모른다. 그는 여자에 대해 말하기를, 여자란 최고의 경우에도 한마리 암소에 불과하다고 말할 만큼 극단적인 여성경시주의자였다. 그런 그가 사랑에 빠져 두 차례나 한 여성에게 청혼을 하고 거절을 당했다. 좌절된 사랑의 단순한 아픔 정도가 아니다. 자신이 일생 동안 이룩해놓은 오만한 사유체계를 스스로 무너뜨리는 사건이었던 것이다. 일생 동안 자신이 구축한 세계를 자신이 무너뜨린다는 것은 자신을 부정하고 파괴하는 행위와 다르지 않았을 것이다. 천재답게도 그는 매독이라는 더러운 병에 걸림으로써 대내외적으로 철저히 자신을 무너뜨리고 분해하는 비장한 길을 택했다. 송지우. 그녀 또한 매독이랄 수밖에 없는 향숙이에게 자신을 던져버렸다. 그럴 수밖에 없었던 그녀의 절망은 무엇이었을까. 안팎으로 철저히 자신의 존재를 붕괴시켜야만 했던 사정은 무엇이었을까. 그토록 커다란 고통을 안고 살았

으면서도 어째서 그녀는 늘 밝고 명랑하며 우아하게 웃을 수 있었을까……'

그곳에서 커서는 멈춰 있다. 키보드 위에서 망설이던 두 손을 끌어 당겨 자신의 겨드랑이에 찌른다. 민과장은 천천히 고개를 흔들며 중얼거린다. 흠, 이해할 수 없어.

"당신 같은 사람이, 어떻게 이핼 하겠어?"

민과장은 소스라치게 놀란다. 향숙이가 그의 코앞에 서 있다. 동그랗게 뜬 향숙이의 두 눈동자가 안쪽으로 쏠려 있다. 가끔 향숙이는 그렇게 사시가 된다. 그럴 때마다 더 백치 같고 더 만만해 보인다.

그러나 민과장은 그런 향숙이 앞에서 덜덜 떨고 있다. 방금 한 말이 향숙이의 입에서 튀어나왔다는 걸 믿을 수 없다는 표정이다. 하지만 분명 향숙이가 뱉어낸 말이라는 걸 나도 알고 민과장도 안다. 사시가 된 향숙이의 눈이 예사롭지 않게 빛나는 것 같기도 하다. 민과장 앞에 서 있는 향숙이가 아주 단단해 뵌다.

그러나 향숙이는 향숙이. 민과장의 구두를 벗겨들고, 슬리퍼를 신기고, 사무실을 나간다. 그때까지도 민과장은 넋이 나가 있다.

향숙이는 향숙이, 그리고 나는 나, 스프링클러다. 놀랄 것도 넋이 나갈 일도 없다. 나는 그녀에게 전혀 실망하지 않는다. 나도 그녀를 사랑하지만 놀라지 않는다. 최대리도 민과장도 나처럼 그녀를 애당초 완벽한 존재로 믿고 사랑했다면 의심하지도 이상해하지도 않았을 것이다. 그들은 그녀를 사랑한다면서 사실은 언제나 자기들보다 못한 존재로 여긴 게 아닐까. 사랑을 자기과신쯤으로 아는 바보들이 어찌 감히 그녀를 이해할 수 있단 말일까.

향숙이가 사라진 뒤 에듀컴의 투명 출입문이 다시 스르륵 열린다.

사무실 안이 몹시 술렁거리기 시작한다. 그녀가 나타난다. 잠깐 화장실에 다녀오는 듯, 그녀는 자기 자리로 향한다. 사뿐사뿐, 가벼운 걸음걸이로.

—『세계의문학』 2005년 봄호

달빛 아래 외로이

1

그가 죽었다.

예감이었을까. 인터넷에 들어가 그의 죽음을 확인하기 서너 시간 전에, 나는 알 수 없는 기운에 휩싸여 눈 덮인 밤길 위에 한참을 우두커니 서 있었다.

이틀째 내리던 눈이 그쳐 산등성이 위로 떠오른 보름달은 시릴 만큼 밝았다. 소나무들은 주저앉을 듯 적설을 이고 있었다. 길게 뻗어 있는 검은 자동차 바퀴 자국을 제외하곤 모든 것이 눈 속에 파묻혀 있었다. 눈 위에 떨어져내린 어둠은 인광처럼 퍼렇게 빛났다. 날짐승의 울음조차 들리지 않았다.

나는 길가에 차를 세워놓고 바깥으로 나와 담배 한대를 피웠다. 문득 그가 떠올랐다. 내가 그를 떠올리는 일은, 때가 되어 끼니를 떠올리는 것만큼 자주는 아니더라도, 이따금 떠올리는 이러저러한 회상의 목록에서 빠지는 적은 없었다. 노동자들의 집회로 막혀 종묘 앞길에 차가 멈춰 있거나, 어느 집 담장을 기어오르는 호박덩굴 따위를 스칠 때, 그의 존재가 무심코 떠오르는 것이었다. 그러므로, 눈 덮인 산길에서 그를 떠올렸대서 이상할 건 없었다.

당고개역에서 승객을 태웠다. 혹시 청학동 아세요?라고 승객이 물었다. 알지요,라고 나는 대답했다. 승객은 신기하다는 듯 다시 물었다. 차고지가 이 근처인 모양이지요? 아닙니다, 화곡동입니다,라고 나는 대답했다. 근데 어떻게 청학동을? 나는 더이상 대답하지 않았다. 나는 이십년 넘게 택시를 운전하는 사람이었고, 수락산 뒤 청학동이라면 최소한 일곱 차례는 승객을 태우고 간 적이 있었다. 그것이 내가 서울과 남양주 경계에 있는 청학동을 아는 이유의 전부였다.

택시운전사가 아니더라도 수도권 전역의 지리를 샅샅이 아는 직업을 가진 사람들은 얼마든지 있지요. 내가 말하자 승객은 말없이 고개를 끄덕였다. 내가 아는 사람 중에는 걸어서 술을 팔러 다니는 사람이 있는데, 그 사람은 양평동 어느 골목 미장원에 거울이 몇개인지도 꿰고 있거든요. 며칠 전 새로 뚫린 길로 가야겠죠? 내가 묻자, 승객은 약간은 질렸다는 듯 낮은 한숨을 내쉬었다. 새로 생긴 길까지 벌써 아시는군요. 직업이니까요. 그러나 이 말을 나는 속으로 삼켰다.

개통된 지 한달도 채 안된 새길이었다. 덕릉고개를 넘어 흥국사 앞길을 지나 퇴계원 방향으로 삼백 미터쯤 전진하다 좌회전하면 갑자기 강원도 산골마을이 아닌가 싶은 적막한 산길이 거짓말처럼 모습을 드러냈다. 아직은 잘 알려져 있지 않은 길이라서 오가는 차량도 뜸했다.

게다가 이미 자정에 가까운 시각이었다. 눈이 그치지 않았다면 체인 없이 진입할 수 없는 길이었다. 눈으로 뒤덮인 새로 난 길, 게다가 육십도나 될 법한 양옆의 가파른 산자락이 V자로 뻗어 있었다. 미답지를 처음 밟는 느낌이었다. 그 산길을 다 빠져나갈 때까지 실제로 단 한대의 차량과도 마주치지 않았다.

무슨 음악입니까?

승객이 내게 물었다. 브람스입니다,라고 나는 대답했다. 청학동을 잘 아는 화곡동 운전사가 이상해서인지, 아니면 브람스를 듣는 택시 운전사가 이상해서인지, 승객은 하여튼 고개를 한번 갸웃거리고는 차에서 내렸다. 그저 브람스라는 것만 알 뿐, 곡명이라든가 악장 같은 것은 모릅니다,라고 말하려다 그만두었다.

돌아나올 때도 마주치는 차량은 없었다. 미끄러지듯 바퀴가 구를 뿐이었고, 그때까지도 브람스가 흐르고 있을 뿐이었다. 특별히 음악이 좋아서가 아니었다. 하루종일 길 위를 달리다보면 가끔씩은 곡명을 알 수 없더라도 브람스라든가 요한 슈트라우스 따위가 문득 기분 좋게 들릴 때가 있는 법이었다. 그게 음악을 좋아하는 거지 뭐냐고 한다면 할말은 없겠지만.

추위가 아니더라도 수북이 쌓인 흰눈에 희석되어 푸르게 빛나는 한밤중의 어둠은 충분히 사위를 얼어붙게 했다. 거기다 한껏 은광을 뿜어대는 달빛은 야반 설경을 한껏 명징하게 찍어내고 있었다. 힘겹게 적설을 견디는 층층나무와 굴참나무들은 오히려 그 덩치가 커서 더 외로워 보였다. 한밤중 설경에 갇혀 오도가도 못하게 됐던 게 아니라, 왠지 그 밤풍경에 스스로 발목이 잡히고 싶어서였던 걸까. 담배 연기가 찬 공기에 섞여 몸속으로 스며들자 의식이 몽롱해지는 것 같았다.

고즈넉하고 아련해지면서, 어쩌면 시공이 단절된 듯한 태초의 어떤 지점에 속절없이 빠져버리게 되었다는 기분이 썩 나쁘지만은 않았다. 오히려 햇솜이불이 몸을 감싼 것처럼 따뜻하고 평온하기까지 했다. 분명 현실의 시공과는 단절된 듯하면서도 눈앞에 펼쳐진 눈밭은 어둡고 아찔하고 광막한 허공과 끝없이 잇닿아 있는 듯했다. 인적이 끊긴 데다 눈으로 뒤덮인 산야에 달빛마저 요요한 것이다. 검은 나무들은 침묵하고 날짐승 소리 하나 없으며 시야의 가장자리마다 아득한 이(異)차원의 그리움들로 가득하다면, 사람들은 그런 곳에서 과연 무엇을 욕망할까.

양평동 어느 골목 미장원에 거울이 몇개인지까지 꿰고 있는 그. 그라면 이런 시각에, 이런 산길도 걸어봤겠지. 그라면 더 많은 길의, 더 많은 표정과 풍경을 기억하고 있지 않을까. 그는 오늘 또 어떤 길을 걸었을까. 그는 지금 어느 길을 걷고 있을까.

청학동에서 빠져나온 뒤로 나는 두어 시간 넘게 시내를 달리면서도 줄곧 그 길을 떠올렸다. 그리고 눈 위의 제 달그림자를 밟으며 홀로 산길을 넘는 그의 모습을 떠올렸다. 그는 걷고 또 걸었다. 심하게 절룩거리며. 가끔은 굴참나무 밑둥에 기대앉아 숨을 돌리고 다시 일어나 걸었다. 그는 어쨌든, 걷는 사람이었으니까. 눈 덮인 산길을 걷는 그의 모습은 어느날보다도 외롭고 지쳐 보였으나, 다른 한편으로는 바람에 불리는 비닐봉지만큼이나 가볍고 홀가분해 보였다. 텅 빈 존재처럼 보였던 것은, 그가 이끄는 옷자락이 한갓 남루에 지나지 않게 보였던 것은, 아무래도 땅끝까지 뒤덮인 흰눈과 침묵하는 검은 나무들과 허공에 뜬 휘황한 달과 적막과 고요, 그리고 찰나가 영겁과 뒤섞이는 어둡고 푸른 서슬의 오묘한 기운들 때문인 것 같았다.

2

거의 한달 만이었다. 샤워를 하고 컴퓨터 앞에 앉았다. 새벽 두시. 아이들은 깊이 잠들어 있었다. 아이들 책상에 앉는 나를 보고 아내는 피곤할 텐데 일찍 주무시잖고,라며 안방으로 들어갔다.

홈페이지 화면은 언제나, 스물아홉에 요절한 앳된 가수의 미소 띤 모습으로 열리게 마련이었다. 입꼬리가 약간 치켜올려진, 검은 뿔테 안경을 쓰고 어디 먼데를 응시하는 미남 청년.

그러나 첫 화면에 떠오른 것은 그가 아니라 검은 리본을 여덟팔자로 늘어뜨린 여인의 영정과, 견명조체의 굵고 검은 글씨였다.

'고 배명신님의 명복을 빕니다.'

배호님의 유일한 혈육이었던 배명신님이 용인병원에 입원치료중 지난 1월 2일 타계하셨습니다,라는 설명이 아니었더라도, 나는 배명신이란 사람을 알고 있었다. 병든 오빠를 간호하느라 스물한살에야 고등학교를 졸업했던 배호의 누이동생. 나는 이미 가수 배호와 그의 가족에 대해서라면 알 만큼은 알고 있었다. 그의 아버지가 동경대 수의학과를 졸업하고 광복군 제3지대에서 활동했던 사람이라는 것도. 정회원은 아니더라도 나는 틈틈이 배호 홈페이지에 드나드는 사람 중 하나였으니까.

배호를 좋아해서라기보단 배호를 유별나게 좋아하는 한사람의 간곡한 권유 때문에 드나들기 시작했던 것이다. 나로서도 배호를 좋아하지 않을 이유가 없었다. 초등학교 시절 내내 흥얼거리던 것이 배호였으니까. 돌아가는 삼각지, 안개낀 장충단 공원, 누가 울어 등과 같은 곡은 아직도 토씨 하나 안 틀리고 끝까지 부를 수 있는 노래이기도 하다.

그러나 배호를 유별나게 좋아하는 그 사람을 만나게 된 뒤로는, 그리고 그로 인해 드나들게 된 홈페이지에서 많은 배호 애호가들을 알게 된 뒤로는, 나 정도는 배호를 좋아하는 축에도 못 든다는 사실을 알게 되었다.

배호를 좋아하지 않는 사람은 아마 없을 거라는 홈페이지 회원들의 한결같은 믿음은, 적어도 내 경우에 있어서라면 틀리지 않는 것이었다. 그들만큼은 아니더라도 그들이 믿어 의심치 않는 바 '거의 모든 사람'에 나 또한 포함될 테니까.

말하자면 나는 그들의 배호 사랑에 약간은 주눅이 들었달까, 그래서 좋아하긴 해도 선뜻 회원가입을 못하는, 기껏해야 소극적 애호가로 머무를 수밖에 없는 형편이었던 것이다.

그래서였을 것이다. 배호의 유일한 혈육인 누이동생이 며칠 전 유명을 달리했다는 '특보' 앞에서 나는 덜컥 놀라지도 못했고 얼른 가슴을 쓸어내리지도 못했다. 요컨대 나는 비회원이었던 것이다. 배호 노래비 제막식에도 참석하지 않았으며 그래서 유족들을 한번도 만나보지 못한 사람이었던 것이다. 다만 SKIP 메뉴바로 커서를 얼른 옮기지 못하고 2, 3초 머뭇거림으로써 고인의 명복을 대신 빌 수밖에 없었다.

정작 가슴이 덜컥 내려앉았던 것은 대화방 게시판에 들어가서였다. 나는 한동안 모니터에서 눈을 뗄 수 없었고 숨을 쉴 수도 없었다. 나도 모르게 튀어나온 아, 하는 탄성이 오래도록 방안을 떠돌았다.

그곳에 또하나의 부음이 있었던 것이다. 4723이라는 일련번호를 달고 등록된 공지사항의 제목은 '회원 이천호님 별세'였다. 이천호.

그가 죽다니. 떨리는 손으로 제목을 클릭했다.

안타까운 소식을 전합니다.
누구보다 평생 배호를 아끼고 사랑했던 이천호
회원님이 오늘(6일) 새벽 부천시 소재 원미산
중턱에서 숨진 채 발견되었습니다.
빈소는 부천 성모병원 영안실이며 발인은 모레(8일)
오전 7시로 예정되어 있습니다. 빈소에서 뵙겠습니다.
배호를 사랑하는 모임 회장 정승재 근고.

6일이라면, 바로 어제였다. 아직 잠들지 않고 있었던 나에게는 오늘이나 마찬가지였다. 새날이래야 겨우 두 시간 남짓 흘렀을 뿐이지 않은가.

6일 새벽. 그는 원미산 중턱에 죽어 있었고, 그날 자정 가까운 무렵 나는 청학동을 돌아나오는 산길에서 그를 떠올렸던 것이다. 그리고 무슨 예감에라도 이끌리듯 인터넷에 접속했고, '비보'를 듣게 된 것이었다.

그곳 원미산도 눈으로 덮여 있었을 것이다. 나는 눈 덮인 산길에서 그를 떠올렸고, 집에 들어오기 전까지 나는 줄곧 달그림자를 밟으며 하염없이 걷는 그를 상상했던 것이다. 하루이틀만 늦었더라도 나는 그의 영전에 고개 한번 못 숙이고 그를 영영 떠나보낼 뻔했다. 그러나 그럴 리는 없었을 거라는 생각이 곧장 들었다. 눈밤에, 내가 그를 떠올렸다기보단, 분명코 그가 나를 불러낸 것이었을 테니까. 나한테 홈페이지 주소를 가르쳐주며 배호를 알라!고 외쳤던 것도 바로 그였다.

이천호. 그런데 어째서 그는 눈 덮인 새벽 산속에서 죽어 있었던걸까.

3

  그는 걷는 사람이었다. 검은 서류가방 하나를 들고 서울과 수도권 일대의 길 위를 걷는 사람이었다. 가방 안에는 코팅된 인장 카탈로그 한장과 몇벌의 도장쎄트 쌤플이 들어 있었다. 사람들을 만나면, 흥부의 박처럼 가방을 쩍 열어 보여주었다. 도장을 새기라든가, 잘 새겨주겠다든가 하는 말도 하지 않았다. 그만큼 그의 카탈로그는 일목요연했고, 솜씨를 한눈에 알아볼 수 있을 정도였으며, 몇벌의 쌤플들도 훌륭했다.
  "한번 생각해보시는 게……"
  사람들 앞에서 그가 하는 말이라곤 그뿐이었다. 길 위에서든 빌딩의 어느 사무실에서든 그는 가방을 열어 보이며 한번 생각해보시는 게……라고 말했다.
  도장의 쓰임새란 누구나 다 아는 거였다. 그래서 더 설명할 필요도 없는 거였겠지만, 장사꾼으로서의 최소한의 채근조차 그는 하지 않았다. 가방을 열고, 묵묵히 서서, 상대의 반응을 기다릴 뿐이었다. 값은 얼마냐, 한개 새기는 데 얼마나 시간이 걸리느냐는 질문에, 그는 그저 단답형으로 대답할 뿐이었다. 크기와 재질과 서체에 따른 가격의 차이. 그리고 이틀 뒤에 완성품을 받아볼 수 있다는.
  뻣뻣한 자세에다 '한번 생각해보시는 게……'라는 이상한 접근, 그리고 당장도 아닌 이틀 후에나 배달된다는 조건들이 탐탁지 않았을 것이다. 사람들은 곧장 무관심해져서 눈길을 돌렸다. 그러면 그는 조용히 자리를 떴다. 대개는 그의 판촉행위가 그렇게 끝나게 마련이었지만 때로는 이봐요,라고 그를 다시 부르는 사람도 있었다. 그런 사람들에 의해 그의 생계가 유지됐던 것이다. 의외로 그런 사람들은 많았다. 언제나 그가 뒤돌아선 뒤에 다시 부른다는 공통점이 있긴 했어도 일단 다시 부른 사람들은 이미 그를 신뢰하기 시작했다. 탐탁지 않았던 조건들이, 아주 잠깐 사이에 신뢰로 바뀌는 이유를 그도 잘 알 수 없다고 했다.

정말 몰랐던 걸까. 그는 말수가 적은 사람이 아니었다. 많다고도 할 수 없지만 적다고도 할 수 없는 사람이었다. 필요하다고 생각되면 얼마든지 많은 말을 할 수 있는 사람이었다. 다분히 활달하고 낙천적인 축에 속하는 사람이었으니까. 그런 사람이 뻣뻣하게 서서 '한번 생각해보시는 게……' 따위의 말로 사람들의 호감을 사는 데는 분명 뭔가가 있었다. 다만 그는 그 이유를 모르겠다고만 내게 말했던 거고, 나는 굳이 그 까닭을 캐묻고 싶지 않았을 뿐이었다.

하여간 시장통과 사무실과 길 위를 걸어다니며 주문을 받고, 주문받았던 물건을 배달하는 것이 그의 일이었다. 그는 하루종일 길을 걸었고 계단을 오르내렸고 많은 사무실의 책상 사이를 누볐다. 정작 도장을 새기는 것은 그가 아니었다. 인장기능사는 따로 있었다.

하필이면 도장입니까, 다른 일도 많은데,라고 물은 적이 있었다. 그는 내 질문의 의도를 얼른 알아차리지 못하겠다는 듯 몇차례 눈을 끔뻑였다.

하필이라니요?라고 되묻는 듯했다. 그러는 그쪽은 무슨 필연적인 이유나 사정이라도 있어서 택시를 운전하는 겁니까,라고 되묻는 것도 같았다. 그런 게 아니라면 나도 아닌 겁니다,라고 그의 눈은 말하는 것 같았다.

아닌게아니라 누군가가 나에게 하필이면 택시운전입니까,라고 묻는다면 뭐라고 대답할 것인가. 내 질문은 잘못된 것이었다. 고층빌딩 외벽 청소부나 빠리 뒷골목에서 굴뚝을 소제하는 인부들도 다른 직업인들에 비해 그 숫자가 다소 적을 뿐 반드시 인생의 어떤 숙명적인 이유나 남다른 역정이 있어서가 아닌 것이었다.

그래, 할 만은 합니까,라고 고쳐물었던 것 같다.

그는 글쎄요,라고 말한 뒤 어떻게 대답해야 호기심 많은 택시운전사의 궁금증을 다소나마 풀어줄 수 있을까 고민하는 것 같았다.

도장 하나를 평생 쓰는 사람도 있지만 말요…… 그가 말했다. 한달밖에 못 쓰는 사람도 있다 그런 말입니다. 분실해서가 아니라 한달 새에 다 닳아버리는 거지. 아무리 단단한 놈으로 새겨도 한달이면 닳아없어진다아, 그거요. 내가 도장장수가 아니라면 그런 일은 믿을 수도 없었겠지. 아무렴. 관심조차 없었을 거요. 도장을 한달 새에 다 소비해버린다는 사실이 놀랍기는 놀랍지. 하지만 더 놀라운 것은 말요, 우리들의 발바닥이에요, 발바닥. 심장이나 간, 폐, 작은 창자 큰 창자가 더 놀랍지. 평생 쓰잖아요, 허허. 이만하면 도장장수도 할 만한 거 아니겠수?

맥락을 벗어난 것 같은 대답. 어리둥절해진 나를 아랑곳 않고 그가 말했다.

도장이 얼마나 많이 쓰이는지 보통 사람들은 아마 상상도 못할걸. 다른 나라에 비해 유난히 도장을 많이 쓰는 나라가 이 나라라는 말을 하려는 게 아니유. 도장 찍는 일이 아니라면 세상은 당장이라도 망할 것 같다는 말을 하려는 걸시다. 세상은 어쩌면 이 자그마한 도장으로 유지되고 있는 건지도 몰러. 언제부터 시작됐는지는 모르지만 하여튼 이 도장을 찍고 그걸 믿고 하는 풍습은 말요. 물론 세상 전체로 보자면 보잘것없는 작은 버릇 같은 것에 지나지 않겠지만 말요. 그것이 없어지면 돌멩이 하나 빠져나간 석탑처럼 세상은 기울어져 마침내는 무너져버리고 말 것 같단 말이시. 커다란 빌딩을 지나치려면 어떤지 아슈? 도장 찍는 소리에 귀가 따거워 혼란할 지경이거든. 세상은 훨씬 더 많은 것들로 가득 차 있고 그 하나하나에 의해 유지되고 있구나, 하는 생각도 든단 말이시. 이만하면 도장장수, 할 만한 거 아니겠수?

그런 답변을 기대했던 것은 아니었다. 나는 그때 병상 바깥으로 비어져나온, 굳은살로 뒤덮인 그의 한쪽 발바닥을 보고 있었다. 그는 온종일 거리를 쏘다니는 사람이었다. 나 또한 마찬가지였다. 다르다면 그는 걸어서였고, 나는 택시를 몰고서였다는 것뿐이었다.

크게 다를 것 없게 여겨지는 생업의 유사성이 그런 질문을 유발시켰던 게 틀림없었다. 할 만하냐는 내 물음은 어쩌면, 길 위에서 하루를 보내야 하는 고달픈 생활의 푸념 정도를 기대했던 건지도 몰랐다. 나는 그의 푸념에서 일말의 위안 같은 것을 얻으려 했는지도. 누군가가 한달에 한개씩 도장을 새기든 말든, 세상이 도장으로 버티든 말든, 내게는 그가 온종일 길 위를 걷는 사람이었다는 점만이 유일한 관심사였다. 오로지 걷기 위해, 그것만을 위해 도장장수를 선택한 게 아닐까 싶을 정도였다. 지구를 한바퀴 돌고도 남을 정도의 거리를 걸었다니까.

4

 그의 발바닥을 보는 것만으로도 숙연해졌다. 평생을 수렵꾼으로 산 사람이라면, 가늠자에 갖다대는 눈빛 하나에 그의 모든 생의 이력이 숨어 있을 터였다. 이천호씨의 경우에는 발바닥이었다. 크고 늘씬하며 누르스름하고 단단한 발바닥은, 그가 지금까지 걸어온 시간은 물론, 엄청난 거리, 길에 뿌렸을 숱한 한숨, 세상에 대한 애증까지 고스란히 퇴적되어 있는 것 같았다. 얼굴보다 더 풍부한 표정을 갖고 있던 것이 그의 발바닥이었다. 실제로 나는 병상에 누워 있는 그의 얼굴보다, 더 많은 시간 발바닥을 바라보았다. 그가 병상에 거꾸로 누워 있는 것 아닌가 하는 착각마저 들었다.

 그러나 내가 볼 수 있었던 것은 그의 한쪽 발바닥뿐이었다. 다른 발바닥은 보이지 않았다. 사라진 것이었다. 눈앞에 남아 있는 발바닥과 세월을 함께했던 나머지 발바닥. 그것은 그도 알 수 없고 나도 알 수 없는 곳으로 사라져버리고 만 것이었다. 그의 인생을 고스란히 기억하고 함께 지탱하던, 말하자면 그의 역사의 절반이 어느 한순간 날아가버린 것이었다. 정강이뼈와 근육과 인대가 형편없이 으깨졌고, 혈관이 모조리 파열됐고, 두 번의 봉합수술이 실패로 돌아가면서 그는 영영 한쪽 발을 되찾지 못하게 되고 말았다. 그에게서 기억의 반, 역사의 반을 앗아갔던 게, 다름아닌 나였다.

 어찌 그의 과거만이었을까. 당연히 두 발로 서야 할 그의 미래마저도 나는 무정한 육식 공룡처럼 냉름 그 절반을 베어물었던 것이다.

 그의 가방은 아가리를 쩍 벌린 채 널브러져 있었다. 어지럽게 흩어진 도장들과 카탈로그와 함께 그의 몸은 차가운 도로 위에 나동그라져 있었다. 차선 표지도 없는 응암동 이면도로에서였다. 그의 몸을 끌어안았다. 일으켜세우려 하자 한쪽 다리가 덜렁거렸다. 바짓단 안에서 피가 콸콸 쏟아져나왔다. 혈액이 든 가죽부대를 거꾸로 쏟아붓는 것 같았다. 그를 치고도 내 차는 오십 미터나 더 전진해서야 멈췄다. 겨울밤이었다. 푸른 가로등이 머리 위에서 차갑게 빛났다. 액상 초콜릿 같은 검은 피가 천천히 도로를 적시며 흘렀다. 악몽이었다. 기절한 그는 깨어나지 못했다. 내가 그와 얘기를 나눌 수 있었던 것은 마침내 의료진이 그의 다리를 포기하고 난 뒤였다.

워낙 기대하기 힘든 수술이었습니다. 담당의가 내게 한 말은 그것뿐이었다. 그가 마취에서 깨어나기까지 나는 어떤 곳에도 앉지 못했다. 긴 겨울밤을 병원 복도에 서서 보냈다. 그가 의식을 회복했다는 말을 들었을 때도 나는 얼른 그에게로 달려갈 수 없었다. 눈을 떠보니 다리 하나가 없어져버린 사태. 현실로 받아들이기엔 너무도 창졸간의 일이었던 것이다. 누가 어째서 이꼴로 만들어버렸을까를 생각할 겨를조차, 그에게는 없을 것이다. 그런 사람 앞에 나타나 무슨 말을 어떻게 한단 말인가.

간호사로부터 두 차례나 더 재촉을 받고서야 나는 겨우 회복실로 들어설 수 있었다. 쭈뼛쭈뼛 병상으로 다가간 나에게 놀랍게도 그가 먼저 입을 열었다. 놀라웠다는 것은 그가 먼저 말을 걸었다는 점 때문이 아니라, 그의 입에서 흘러나온 말의 내용 때문이었다. 예상치도, 믿을 수도 없었던 말.

그나마 하나가 남아 있으니 다행이지요.

정말로 그가 한 말인지 믿어지지 않았다. 믿어졌더라도 결코 안도의 한숨 따위 내쉴 수가 없었다. 욕을 하거나 발광을 했다면 차라리 나았을 것이다. 지독하게 비꼬는 말이었으면 싶었다. 그러나 그는 욕을 하는 것도 아니었고 비꼬는 것도 아니었다. 모든 예상과 상상을 배반하는 그의 태도 앞에서 나는 이상하게도 살의를 느꼈다. 그의 목을 조르고 싶다는 충동에 휩싸였다.

내 물건들은 챙겼나요?

그가 두번째로 한 말이었다. 그때까지 나는 한마디도 못하고 있었다. 그의 물건들이라면 피묻은 가방과 도장들을 말하는 것일 터였다.

경찰이 수습해왔을 거라며 간호사가 병실을 나갔고, 얼마 안 있어 깨진 가방이며 카세트테이프 따위를 들고 들어왔다. 사고현장에서 내가 얼핏 봤던 것은 분명 도장들과 흩어진 인장 카탈로그였는데, 간호사가 들고 들어온 것은 카세트테이프였다. 그리고 귀퉁이에 아직 피가 묻어 있는 워크맨 하나.

도장장수가 아니라 테이프 장수였던가. 나는 바닥의 가방을 내려다보았다. 도장과 카탈로그가 있긴 있었다. 황망히 수습했을 그것들은, 카세트테이프들 밑에 초라하게 깔려 있었다.

워크맨에 테이프 한개를 넣고, 그는 자신의 한쪽 귀에다 헤드 리씨버를 꽂았다. 플레이 버튼을 누르다 말고 그는 인상을 찡그렸다. 극심한 통증이 그의 온몸을 훑고 지나가는 걸 나는 묵묵히 지켜보았다. 그의 이마에서 땀이, 너무도 세차게 분비되던 나머지 톡톡 소리를 내는 것만 같았다. 어금니를 감싼 턱근육에 경련이 일며, 그 부위의 핏기가 하얗게 가셨다. 어찌 안 그러겠는가. 그의 몸에서 금방, 평생을 의지해오던 다리 하나가 생으로 잘려나간 것이었다.

그가 사력을 다해 고통을 이겨내고 있을 동안 나는 하릴없이 주먹을 움켜쥐었다. 일그러졌던 그의 표정이 안정을 되찾았을 때 내 몸에는 서 있을 기력조차 남아 있지 않았다.

땀으로 젖은 눈을 뜨고, 그는 천천히 플레이 버튼을 다시 눌렀다. 그의 다른 한쪽 귀에다 나는 나머지 리씨버를 꽂아주었다.

후우…… 긴 한숨을 내쉰 그는 다행히 망가지진 않았어,라고 혼자 중얼거렸다. 그렇게 말하는 그의 입에서 뜨겁고 습한 열기가 느껴졌다. 잠시 주춤했던 살의가 또다시 내 몸속에서 치솟았다. 왠지 모르게 그것은 '다행'이라는 말에 반사적으로 작동하고 있었던 것이다.

나로 인해 졸지에 다리 한쪽을 잃은, 이름도 모를 사내. 방금 마취에서 깨어나 믿을 수 없는 사태에 직면한 그가, 나에게 패악은커녕 헤드 리씨버를 꽂고 무슨 음악인가를 듣고 있는 거였다. 악몽임이 분명했다. 아주 형편없거나, 괴이쩍기 그지없는 악몽.

줄곧 꿈같게만 여겨졌던 것은 물론 어딘가 많이 결여된 듯한 현실성 때문이었다. 방금 전 자신의 한쪽 다리를 잃은 사나이가 아무 일 없던 일상의 하루를 마감하는 사람처럼 침상에 누워 카세트테이프를 듣고 있다니. 꿈이 아니라면 스토리가 엉망인 영화의 한장면을 억지로 대하고 있는 것 같았다.

리씨버를 끼고 있어서 찻소리를 미처 못 들었던 거겠지. 그가 세번째로 한 말도 현실감이 없기는 마찬가지였다. 그의 말은 피해자가 아닌, 오히려 가해자를 두둔하는 쪽에서 해야 할 말이었다. 악몽은 그렇게 지속되고 있었다. 리씨버를 끼고 있어서 찻소리를 미처 못 들었던 거겠지…… 이런 식의 말투를 이해하는 데는 얼마간 시간이 걸렸다. 그가 가방을 열어젖히고 사람들 앞에서 했던 말도 '한번 생각해보시는 게……'가 전부였던 것이다.

그 이상스런 꿈은 피해배상 문제를 합의하는 장면에서 절정을 이루었다. 나는 그에게 치료비 전부는 물론 다리 하나를 상실함으로써 겪게 될 엄청난 앞날의 손실들까지 배상해야만 했던 것이다. 치료비는 보험회사에서 어떻게든 처리한다고 하겠지만, 계산방법조차 알 수 없는 미래보상 문제에 이르러서는 그저 암담하고 막막할 뿐이었다. 구속되어 실형을 살거나 어떤 방식으로든 돈을 마련해본다고 해서 끝날 일도 아니었다. 그에 대한 나의 채무는 없어진 다리 한쪽을 마법의 휘파람으로 불러다 예전처럼 감쪽같이 붙여놓지 않는 한, 영영 변제될 수 없는 성질의 것이었다. 다리 한쪽이 다시는 돌아올 수 없게 된 이상 그 어떤 배상도 완전할 수는 없는 거였다.

그러나 그가 했던 말은 됐어요,라는 한마디뿐이었다. 됐어요,라니. 뭐가 됐단 말인가. 그 말은 너무도 짧고 단호하고 명료한 말이었다. 그러나 너무 짧고 단호하고 명료해서 도대체 무슨 말인지 나로서는 아무것도 알 수 없었다. 너무 분명해서 불분명한 말이란 게 있다면 그것은 다름아닌 그날 그의 입에서 튀어나온 그 말이었다. 징그럽게까지 느껴졌다.

짧은 한마디 말 앞에서 나의 뇌는 빵처럼 부풀어올랐다 꺼지곤 했다. 나를 이 모양으로 만들어놓은 것이 당신인가본데 그렇다고 내 삶에 함부로 끼여들 생각은 마시오,라는 통첩 같기도 했다. 이제 됐으니 가보라는 뜻인가. 어쭙잖은 동정으로 상처를 덧내지나 말고 꺼지라는 뜻인가.

나는 그제야 내 살의의 정체를 알 수 있을 것 같았다. 어떻게든 꿈에서 헤어나보려는 나를 그는 됐어요,라는 차갑고 징그러운 말로 뿌리치며 여전히 알 수 없는 악몽의 구렁텅이로 떠다미는 것이었다. 깨어나고 싶어 몸부림치는 나를 그는 그나마 하나가 남아 있으니 다행이지요,라든가, 내 물건들은 챙겼나요? 혹은, 다행히 망가지진 않았어, 따위의 고약한 말들로 비현실의 멀미나는 세계에다 그대로 처박아두고 있었던 것이다. 그랬다. 그것이 악몽인 까닭은 끝없이 악몽을 연출하는 그가 있었기 때문이다. 수상한 그의 존재를 아주 없애버린다면 나도 비로소 그 끔찍한 꿈에서 깨어날 수 있을 것 같았다.

병원 문을 박차고 나온 나는 차가운 겨울 밤하늘에 떠 있는 별들을 올려다보며 텅텅 소리가 나게 가슴을 쳤다. 어떻게 하면 그를 깨끗하게 없애버릴 수 있을까. 아니, 이게 정말 꿈이라면, 머잖아 그의 정체는 저절로 사라져버리고 말겠지. 적어도 모레, 아니면 글피쯤이면.

그러나 그는 사라지지 않았다. 병상에 누워 하염없이 배호!를 들었다. 그의 카세트테이프엔 몽땅 배호 노래들로 가득했다. 됐어요,라고 말한 뒤로 그는 더이상 배상문제에 관해서는 아무런 대꾸도 하지 않았다. 입을 꾹 닫고 배호 노래를 들을 뿐이었다.

결국 나는 내가 죽을 때까지 매달 이십만원씩을 그의 통장에 입금하겠다는, 알량하고도 비루하기 짝이 없는 다짐에 나 스스로를 굴복시키고 말았다. 십육년이 지난 지금까지 한달도 거른 적이 없지마는, 앞으로도 그럴 일은 없겠지만, 그때 혼자 그렇게 결정했을 때나 여전히 이십만원밖에 부치지 못하는 지금이나 참담하고 부끄럽기는 매한가지다. 그것이 그때나 지금이나 내 형편으로서는 최선이었다는 생각도 민망하고 옹색하기만 할 뿐이다. 돈 천만원의 이자 정도에 지나지 않는 금액이었다. 멀쩡한 청춘의 다리 하나를 잘라놓고 기껏 천만원이라니. 가당키나 할 말인가.

5

그는 병상에 누워 내내 배호를 들었다. 식사보다 먼저, 약보다 먼저 배호를 찾았다. 배호가…… 그렇게도 좋습니까,라고 물으면 그는 그냥 가만히 고개를 끄덕이며 웃을 뿐이었다. 이따금 정신을 차릴 수 없는 통증이 몰려올 때도 그는 약봉지를 찾는 대신 테이프를 먼저 끌어안았다.

나는 병원에 들를 때마다 배호 테이프를 사다주었다. 대부분 곡이 중복되는 테이프들뿐이어서 음반가게가 눈에 띄면 무조건 들어가 새 테이프를 골랐다. 똑같은 곡명의 노래라도 취입년대와 음반사에 따라 반주며 창법이 조금씩 다르다는 사실을 나중에서야 안 나는 비록 같은 곡이 들어 있는 테이프일지라도 무조건 사고 보았다. 그 어떤 것보다도 그에겐 배호의 노래가 진통의 효과를 가져다주는 것 같았다. 그러나 다행이라는 생각은 들지 않았다. 그에게 있어 배호란, 의지처가 아니라 뭐랄까, 어쩌면 저주처럼 여겨졌으니까. 배호는 단순히 작금의 고통과 불행을 위무하는 차원의 노래만은 아니었다. 그에게 있어 그것은 언제나 어떤 불운을 내포하거나 예고하는 것이었다. 말하자면 그에겐 배호의 노래와 관련된 남다른 운명의 역사가 있었던 것이다.

언제부터 배호 귀신에 씐 건지는 몰라도(이것은 생전의 그의 모친의 표현이었단다) 그는 배호 노래를 주워모으거나 부르거나 듣는 것이 일이었다. 그는 워낙 땅부잣집의 외아들이었다. 먹고사는 일에 딱히 용을 쓰지 않아도 되었으나 외아들이었던 까닭에 적어도 장차 재산을 혼자 관리할 요령만큼은 터득해야 한다는 것이 부모의 마지막 바람이었다.

그러나 그는 부모의 기대를 당초부터 무망한 것으로 만들었다. 노래를 주워모으고 부르고 듣는 것도 모자라 그는 정신없이 콩쿠르대회를 따라다니기 시작했고, 그의 돈을 탐낸 자들의 꾐에 빠져 점차 활동범위를 읍내와 서울로까지 확대하기에 이르렀다. 음반회사 브로커에게 숱한 돈을 내주었고, 방송에 출연시켜준다고 하여 전답 열 마지기를 한꺼번에 날린 적도 있었다. 그가 방송에 출연했던 것은 딱 한 번, 주택복권 추첨 프로에 나가 배호의 영월의 애가를 부른 것이 전부였다.

그의 아버지가 세상을 떠나면서 그가 아닌 그의 어머니에게 나머지 재산을 몽땅 물려주었던 것도 끝내 외아들이 미덥지 못해서였다. 장차 철이 좀 들거든 그때 가서 물려주든지 말든지 하라는 것이 고인의 유지였다는데, 그의 어머니조차 채 일년이 안되어 급성 장질부사를 이기지 못하고 죽는 바람에 그의 비극이 시작된 것이었다.

남들 눈에는 명명백백한 비극이었지만, 그는 비극으로도 뭣으로도 받아들이지 않았다. 재산 빠져나가는 게 남의 눈에도 훤히 보이는 판국인데도 그는 태평하다 못해 정신이상자처럼 실실 웃기까지 했다. 마을 어른들의 걱정어린 만류에도 불구하고, 이마에 사기꾼이라고 써 붙인 자들에게까지 공떡 나눠주듯 만만치 않은 돈을 덥석덥석 쥐여주었다니 평소 그의 선친 덕을 보았던 사람들의 탄식이 이만저만 아니었을 것이다.

돈을 돌 보듯 하는 성인군자가 아니라면 그처럼 정신나간 자가 없었다. 마을 사람들이 손가락질을 하고 혀를 차도 그는 외려 어찌 봉황의 깊은 뜻을 알리요,라는 표정으로(내게도 꼭 그런 표정으로 말했다) 사람들의 충고를 물리치기 일쑤였다. 배호만 있다면, 배호 노래를 부를 수만 있다면 된다는 식이었으니 귀신에 씌었어도 그런 귀신이 없었던 것이다.

터무니없는 그의 배호 사랑은 인근 마을은 물론 저 먼 서울의 끝동네까지 나쁜 소문처럼, 혹은 믿기 어려운 전설처럼 퍼져, 그는 마침내 뚝섬에서 왔다는 김추자 미니스커트 차림의 피부색 까만 처녀에게 걸려들고 말았다. 걸려든 게 아니고 어디까지나 자신이 받아들인 거라고 그는 끝까지 우겼으나, 그녀가 아이스케키 뽑아먹듯 그의 집 기둥뿌리를 녹여내는 걸 보고 마을 사람들은 귀신이 쌍으로 붙었다고들 했다.

진짜 이름이 뭔지도 모를, 그러나 어쨌든 현안나라는 현란한 이름을 가졌던 그 여자는 군인들이나 쓰는 더플백에다 아예 배호 레코드판이며 노래책 따위를 꽉꽉 채워 왔다. 기타까지 가져와서 땡땡거렸다. 그의 말로는 그다지 잘 부르는 노래는 아니었다고 했다. 어쩔 수 없이 배호 노래를 부르는 것일 뿐, 그녀가 정작 잘 불렀던 건 김추자의 노래라고 했다. 눈을 게슴츠레 감으며, 왜 안 오시나아, 왜 못 오시나아, 하고 김추자 노래를 부를 때면 아닌게아니라 함흥으로 간 차사의 아내라도 된 것처럼 간절했다고 한다.

국내에서 가장 값비싼 진공관 전축을 사다놓고 허구한 날 그녀와 넓은 대청마루에 누워 뒹굴며 배호와 김추자를 들었다. 사람들은 그녀가 밤마다 오목눈으로 호리고 방구리 같은 엉덩이로 요분질을 쳐대는 한 추춧돌마저 뽑히는 건 시간문제라고 했다. 그러나 그것은 곁에서 지켜보던 마을 사람들의 걱정이었을 뿐, 정작 맘이 바쁜 그녀에게는 감질나는 일이 아닐 수 없었다. 대청마루에 누워 레코드판이나 틀며 중뿔나게 노래나 따라하기엔 그녀에겐 흐르는 세월이 너무 아까웠던 것이다. 물색도 없는 촌놈과 검은 머리 파뿌리 되도록 살자고 온 게 천만 아니었으니까.

그녀는 차츰 읍내 출입이 잦아졌다. 서울 친구들을 불러내려 다방에서 하루를 보내기가 일쑤였다. 술에 취해 해가 중천에 뜨도록 일어나지 않았고 지겨운 하품을 입에 달고 살았다. 그러자 그도 다시 바깥출입을 시작했다. 노래를 배우느라 이래저래 소 한마리 값을 갖다바치고 콩쿠르대회에서 고작 타오는 것이라곤 양은솥이나 주전자 따위에 지나지 않았다. 그의 집에는 실상 필요한 물건들도 아니었다. 마을에 들어온 가설극단을 따라 충청도며 전라도 일대를 돌아다니기도 했다.

절굿공이도 녹여낼 것 같은 젊은 마누라의 엉덩이를 두고 바깥으로만 나도는 그를 사람들은 이해하지 못했다. 그러나 그는 일찌감치 마누라의 몸과는 동떨어져 있는 상태였다. 유별난 기성을 지르며 숨이 넘어갈 듯 할딱거렸던 것도 처음 며칠뿐이었다. 그 뒤론 언제나 그녀 쪽에서 먼저 잠에 떨어졌고, 어쩌다 안으려 하면 억지로, 비몽사몽간에 그를 받아들이는 게 고작이었으며, 얼마 안 가 그것마저도 어렵게 돼버리고 말았다. 어느날 잠자는 그녀의 몸속으로 들어가려 하자 그녀가 갑자기 악, 하고 소리를 질렀다. 그러곤 금방 튀어나온 말이 아이 씨팔, 아파 죽겠다니깐, 이었다. 발길로 그를 걷어찼다. 그를 바라보는 여자의 눈빛에서 퍼런 인광이 튀었다. 여자는 몸을 돌려 누우며 말했다. 무식한 게……

그것으로 끝이었다. 더이상 그녀의 몸에 손조차 댈 수 없었다. 그 정도라면 그녀를 내쫓거나 아예 종처럼 부려먹고 말아야 할 판이었으나, 그는 군식구 하나쯤으로 여기고 여전히 대청마루에 누워 온종일 배호를 듣거나, 콩쿠르대회를 따라다니며 배호를 불렀다. 이래도 흥 저래도 흥, 화도 낼 줄 모르는 그가 그녀로선 답답할 수밖에 없었다. 아무리 까탈을 잡고 강짜를 부려도 그는 헤어지자거나 나가라는 말 따위를 하지 않았다.

여자도 점점 지쳐갈 무렵 그에게 마침 다른 여자가 생겼다. 다른 여자가 생겼다는 사실이 알려지자 누구보다 생기가 돌기 시작했던 것은 다름아닌 그녀였다.

이렇게는 더이상 살 수 없다며, 빤한 속맘을 감추고 그녀가 욱대기고 나섰다. 얼마면 되겠어? 남자가 선선히 물었을 때 기회는 이때다 싶어 그녀는 한껏 해해낙락해진 맘을 억지로 참으며 말했다. 반! 여의치 않으면 깎을 생각이었으나 좋아!라고 대뜸 그가 말해버리는 바람에 여자는 더 부를 걸 그랬나, 하는 표정으로 금방 뒤바뀌었다.

새로 생긴 여자가 다름아닌 그녀의 육촌언니뻘 되는 사람이었다는 사실을 그는 나중에서야 알게 되었다. 알게 되었을 뿐만 아니라 새 여자에게 나머지 반마저 빼앗기게 되었을 때도 그는 좋아!라고밖에 말할 줄 모르는 사람처럼 좋아!라고 말했다. 그렇게 해서 그 많던 이가네 땅이 고스란히 서울의 어느 현가네 수중으로 들어간 것이었다.

근본도 알 수 없는 집안의 두 여자에게 시루떡 나누어주듯 그 너른 땅을 쩍 갈라주는 걸 보고 마을 사람들은 그가 미쳐도 참 험하게 미쳤다고 했고, 더러는 그가 적수공권의 팔자, 즉 아무것도 가지지 못할 사주를 타고 태어난 거라고 말했다. 그 땅의 임자가 원래 그가 아니었던 모양이라고. 그러지 않고서야 어찌 그런 믿을 수 없는 일이 삽시간에 벌어질 수 있느냐는 거였다.

깨끗하게 줘버리고 말았지 뭐, 까짓 거.

마치 자신의 무고한 인생에 덧얹혀졌던 억울한 짐을 벗어버렸다는 듯이 그는 내게 말했다. 달라고 하지 않았어도 주어버렸을 거라는 듯이. 나는 그의 말을 얼른 믿을 수가 없었다. 무료한 병상의 시간을 달래기 위해 억지로 지어낸, 엉터리 얘기는 아닐까.

그러나 그의 얘기를 나는 안 믿을 수도 없었다. 배상문제로 암담해져 있는 나에게 불쑥 됐어요,라고 말했던 게 다름아닌 그가 아니었던가.

부모가 살아 있었을 때나 죽었을 때나, 여자가 있었을 때나 없었을 때나, 다리가 붙어 있었을 때나 없어졌을 때나, 여전히 그에게서 없어지지 않고 있었던 것은 배호뿐이었다. 배호의 노래와, 그것만 있다면 만사가 어찌되든 상관없다고 여기는 이천호가 있을 뿐이었다. 그렇긴 해도, 아니 그렇기 때문에, 더욱 그는 이상한 사람이었다.

6

그로부터 십삼년이 지난 어느날 나는 그를 길 위에서 만났다. 이파리를 다 떨군 을씨년한 겨울 가로수 아래를 그는 걷고 있었다. 목발에 의지해 걷고 있는 그는 심하게 비틀거렸다. 나는 여전히 택시를 운전하고 있었다.

지나치게 커다란 몸동작에 비해 그의 보속은 형편없이 느렸다. 차창 밖으로 보이는 그는 제자리에서 열심히 절뚝거리고 있는 것만 같았다.

한쪽 다리가 없어선지 전보다 키가 작아 보였다. 게다가 그는 몸에다 온통 이상한 가시들을 달고 있었다. 고슴도치 같았다. 솔이었다. 각양각색의 솔들을 어깨에 잔뜩 메고 있었다. 옷솔, 구둣솔, 주방용솔, 미장솔, 헤어브러시까지, 세상의 솔이란 솔이 모두 그의 몸에 달라붙어 있었다. 나로선 태어나 처음 보는 솔들이 대부분이었다. 솔바닥을 닦는 수세미도 있었고 푸른색 목욕타월도 있었다. 그림붓처럼 생긴 솔이 있는가 하면 가느다란 철사로 된 솔들도 있었다.

그런 것들에 뒤덮여, 그는 허우적허우적 길을 걸었다. 전방을 맹렬하게 응시하는 눈빛만 봐도 그가 한걸음 한걸음 내딛는 데 얼마나 많은 신중을 기하는지 짐작할 수 있었다. 발을 잃고서도 여전히 걷고 있다는 사실에 나는 놀라지 않을 수 없었다. 역시 그랬던 걸까. 도장을 팔러 다녔던 것도 생계가 아니라 걷기 위해서였던 걸까. 다리 하나를 잃고도 쉬지 않고 걷다니. 왠지 그의 걷는 행위가 무섭게 느껴졌다. 두 다리가 없어도 그는 끝내 걷고야 말 사람처럼 보였으니까. 왜, 어디를 향해 걷고 있는 건지가 갑자기 아득해졌다. 고슴도치처럼 짊어진 솔들은 걷기 위한 슬픈 명분에 지나지 않는 것인지도 몰랐다.

이천호씨 아닙니까?

내가 물었으나 그는 나와 코를 부딪칠 쯤에서야 겨우 걸음을 멈추었다. 귀에서 무언가를 끄집어내고서야 그는 뒤늦게 환하게 웃었다. 그의 천진한 웃음보다 나는 그가 방금 귀에서 꺼낸 게 헤드 리씨버라는 사실에 더욱 놀랐다.

그…… 아직…… 배호?

내가 물었고 그는 물론!이라는 듯이 힘차게 고개를 끄덕였다. 그러곤 품안의 씨디플레이어를 꺼내 자랑스럽게 보여주었다. 다른 주머니에는 엠피쓰리도 있었다. 나는 후우, 한숨을 내쉬었다. 그의 배호는 그의 걷기만큼이나 내게 무섬증을 불러일으켰다. 그는 아랑곳하지 않고 말했다. 요즘은 이런 것들이 있어서 얼마나 좋은지 몰라요. 이젠 주머니 가득 테이프를 넣고 다니지 않아도 되거든.

그러면서 그는 보내주는 돈은 고맙게 잘 받고 있노라고 말했다. 무슨 은혜라도 입은 사람처럼 서둘러 그 말부터 꺼냈다. 나는 갑자기 부끄러워져 고개를 들 수 없었다. 다리 하나 잘라놓고 보내는 고작 이십만원을 고맙다고 여기다니. 그건 오랜만에 만나 반갑다는, 그저 인사말에 지나지 않는 거라고 나는 생각했다. 그에겐 이십만원이든 이백만원이든 액수가, 아니 돈 자체가 그다지 중요한 건 아닐 테니까. 많은 재산을 떡 나눠주듯 했던 게 그였고, 배상마저 물리쳤던 게 그였으니까.

길가 기사식당에 들러 함께 이른 저녁을 먹으면서도 그는 연신 배호 얘기였다. 품안에 들어 있는 노래만도 백여곡이 넘는다고 했다. 돌아가는 삼각지, 비겁한 맹서, 비오는 남산, 기타에 노래 싣고, 영월의 애가, 누가 울어, 안개 속에 가버린 사랑, 검은 나비, 파도, 울면서 떠나리, 막차로 떠난 여자, 오늘은 고백한다 등. 나로서는 미처 따라잡기도 힘든 노래 제목들을 그는 줄줄 외웠다. 굿바이, 사랑의 화살, 두 메산골, 황금의 눈, 마지막 잎새, 영시의 이별……

집에도 배호와 관련된 노래들을 포함해 도합 이천여장의 음반이 있지만 씨디플레이어와 엠피쓰리를 갖게 되면서 그 많은 음반을 통째로 들고 다니며 듣게 되었다고 자랑이 대단했다.

컴퓨터라는 것 덕분이라고 했다. 노래를 듣고 다운받기 위해 인터넷을 배웠다고 했다. 그곳에서 배호 동호회를 알게 됐고, 회원들과 자료 파일을 주고받는다고 했다. 배호에 빠져 배호밖에 모르는 아빠를 아이들은 배호 또라이라고 부른다고 했다. 완전 배호 또라이.

결혼을 하셨나보군요.

내 말에 그는 멋쩍게 뒷머리를 긁었다.

휠체어 끌고 다니는 여잘 하나 꼬셨지. 이래봬도 그 방면에 재주가 있거든. 같이 살자고 하니까 그러자고 하더이다. 만난 지 한달 만에 살림을 차렸수. 결혼식 같은 건 번거로워서 생략했구. 도망갈까봐 냅다 애들을 연년생으로 만들어놓았지. 열살, 열한살 그래요. 다 딸. 마누란 날 사람 취급도 안해. 귀신이랑 사는 것 같대. 배호 귀신이랑. 흐흐……

그의 웃음에서 묻어났던 것은 다름아닌 행복의 기운이었다. 그는 주머니에서 종잇조각을 꺼내 나에게 몇글자 적어주었다.

우리 동호회 홈페이지 주소요. 가끔 놀러 들어와보라구. 거기엔 삼십이년 전에 죽은 배호가 생생하게 살아 있어요. 배호를, 글쎄 배호를 알아야 한다니까. 그곳에 들어가면 종종 내 글도 읽을 수 있을 거요.

아닌게아니라 삼십이년 전에 세상을 떠난 가수의 홈페이지치고는 회원이 꽤나 많은 편이었다. 자료정리도 잘되어 있었다. 그러나 신곡과 최근활동이 업그레이드될 수 없다는 한계를 지니고 있었다. 배호라는 인물은 열성팬들이 마구 올려놓은 잡다한 일상의 기록 속에서나 간신히 활기를 유지하고 있었다. 나는 가끔씩 이천호씨의 안부나 물으려고 홈페이지에 들렀다. 몸은 좀 어떠십니까? 그에게 띄우는 내 글은 언제나 그렇게 시작됐다. 걷는 게 좀 불편해서 그렇지 아무 문제없소. ^-^! 그의 대답도 늘 그런 식이었다. 나는 그가 어디에 살고 있는지조차 몰랐다. 이렇게 만나면 됐지 그딴 건 알아서 뭐 하려고,라는 게 그의 대답이었다.

어떻습니까, 도장보다는 솔이 더 낫던가요?

그날, 기사식당을 나오면서 내가 물었다. 고슴도치 같은 그의 모습이 어딘가 안쓰러워서였을까.

그가 어두워져가는 저녁하늘을 한번 흘낏 올려다보고 나서 말했다. 하늘에는 흰 저녁달이 추워 보였다.

뭐가 말이오? 수입을 말하는 거요? 으허허.

젠장, 내 질문이란 이런 식일 수밖에 없단 말인가. 그 앞에서 나는 언제나 질문을 던져놓은 뒤에야 아차, 후회를 했다.

그게 그거지 뭐.

그가 말했다.

알 수 없는 거요. 나도 옛날엔 재래시장 같은 데서 손구루마 끌고 다니며 솔을 파는 사람들 예사로이 봤지. 거 왜 있잖소. 타이어 튜브로 아랫도리 감싸고 기어다니면서 수세미며 솔 같은 거 파는 다리 없는 사람들. 근데 내가 다리가 없어지고 나니까 자연스레 솔을 팔고 있더라 그런 말이오. 모르긴 해도 뭘 파는 것도 다 정해져 있는 모양이오. 말하자면 어울린다는 거겠지, 이게.

나는 더이상 물을 수 없었다. 그가 대답 끝에 흥얼흥얼 무슨 노래인가를 덧붙였다.

저녁이 되면 나도 모르게 이 노래를 중얼거린단 말이야. 배호 노래도 아니면서.

배호 노래가 아니고는 그가 유일하게 부를 줄 아는 곡이라고 했다. 가수도 제목도 제대로 된 가사도 잘은 모른다고 했다.

저 산마루 깊은 밤 산새들도 잠들고
우뚝 선 고목이 달빛 아래 외롭네.
옛 사랑 간 곳 없다 올 리도 없지마는
만날 날 기다리며 오늘이 또 간다.
가고 또 가면 기다린 그날이 오늘일 것 같구나.
저 산마루 깊은 밤 산새들도 잠들고
우뚝 선 고목이 달빛 아래 외롭네.

작별을 고하고 돌아서면서도 그는 그 노래를 흥얼거렸다. 길가의
상점들이 하나둘 불을 밝히기 시작했다. 겨울 가로수들이 어둡고 긴
그림자를 드리우고 있었다. 그 길 위로 그는 멀어져가고 있었다. 걸음
을 옮겨놓을 때마다 그의 몸이 심하게 흔들렸다. 길 위의 내려앉은 어
둠과 적막을 뿌리치려는 것처럼 보였다. 그의 그 불규칙한 발걸음 소
리가 오래도록 잊혀지지 않았다.

7

부천 성가병원 장례식장. 지하 5호실 앞엔 이미 검은 양복과 검은
넥타이를 맨 문상객들로 가득 차 있었다. 그 숫자에 나는 놀랐다. 목
발을 짚고 혼자 길을 걸으며 사시사철 솔이나 팔던 외로운 사람의 장
례식장에 그토록 많은 사람이 모여들다니.

수북이 쌓여 있는 신발들을 비집고 들어가 그의 영정 앞에 머리를

숙였다. 주민등록증 사진을 급히 확대해놓은 듯한, 성글고 거친 망점이 뚜렷한 영정 속의 그는 무표정했다. 두 번 허리를 굽혀 절을 했다. 광목 치마저고리를 입고 서 있는 여인 곁에 초등학교 저학년으로 보이는 계집아이 둘이 나란히 붙어 있었다. 그들 앞에서 머리를 조아렸다. 그들은 알 턱이 없었다. 내가 그들 가장의 다리 한쪽을 앗아간 사람이라는 것을.

나는 갖고 간 부의금 봉투를 꺼내 황망히 접수대에 내밀었다. 방명록에 내 이름을 적던 사내가 물었다.

"어느…… 지역에서 오셨습니까?"

어느 지역이라니. 나는 얼른 그의 질문을 이해할 수 없었으나 오래지 않아 알아차렸다. 배사모는 전국 규모의 동호회였던 것이다. 정당들이 지구당위원회를 갖고 있는 것처럼 배사모 역시 지역별로 소모임들이 결성돼 있었던 것이다. 그랬구나. 이들이 모두 배호 동호회 회원들이구나. 그 숫자에 나는 다시 한번 놀랐다.

"개인적으로…… 온 겁니다."

내가 말했다.

사내는 내 얼굴을 한번 올려다보고는 아, 그러시군요,라고 말했다. 나는 그들 중 한사람에 의해 교자상 한 귀퉁이로 안내되었다.

생선전과 해파리무침과 오이소박이가 내 앞에 놓였다. 이어 일회용 스티로폼 용기에 담긴 흰쌀밥과 육개장 국물이 나왔다. 여자들은 거의 보이지 않았다. 음식을 나르는 사람들도 모두 남자였다. 그런 일에 이력이 난 듯 그들의 움직임엔 일사분란한 데가 있었다. 아닌게아니라 무슨 정당의 지구당위원회 정기모임처럼 여겨졌다.

내 눈길은 자꾸 빈소 앞에 서 있는 상복 차림의 여인에게로 이끌렸다. 그녀의 움직임을 유심히 바라보고 있었다. 여인은 이따금씩 향로의 비뚤어진 만수향을 바로세웠다. 그러곤 새로 도착하는 문상객들을 맞기 위해 벽 쪽으로 다가가곤 했다. 슬픔에 잠긴 표정이었으나 움직임은 단아했다. 아빠의 죽음을 아직 실감하지 못하는 아이들은 지루한 듯 그녀 곁에서 앉았다 일어서기를 반복하고 있었다.

저 여인은 누구일까. 생각하고 말 것도 없이 그녀는 고인의 아내일 터였다. 곁의 두 아이는 망자의 딸들일 테고. 언젠가 길에서 만났을 때 그가 말하지 않았던가. 내리 연년생으로 낳은 아이가 열살 열한살이라고. 그런데도 나는 밥그릇을 앞에 둔 채 그들을 물끄러미 바라보고만 있었다. 휠체어 끌고 다니는 여자를 하나 꼬셨지. 나는 분명 그의 말을 기억하고 있었다. 그는 다리가 없는 사람이었다. 그래서 부인역시 그와 비슷한 처지일 거라고만 여기고 있었던 것이다.

그러나 상복의 여인은 어느 모로 보나 장애가 없는 사람이었다. 그랬던 것이다. 내가 유심히 바라보았던 것은 그녀의 걸음걸이였던 것이다.

"근데 이천호씨는 어쩌자고 불편한 몸으로 그 눈 덮인 산엘 올라갔던 걸까. 그것도 한밤중에 말이야. 알아? 그 원미산이라는 데?"

"낸들 알 턱이 있나. 듣자 하니 뭐 그다지 높은 산은 아니라데. 하지만 목발 짚고 올라가기가 그리 쉬웠겠어? 그 사람이야 뭐 세상 어디라도 맘만 먹으면 갈 사람이니까 원미산이 아니라 백두산이라도 이상할 건 없겠지만."

곁에서 소주잔을 기울이는 회원들의 말소리를 나는 귀담아듣고 있었다.

"커다란 굴참나무 밑에 앉아 있더래. 짐을 다 내려놓고 편히 잠든 것처럼 죽어 있었다지 아마?"

"그러게 말이야. 그대로 시신이 굳어버려서 펴는 데도 애를 많이 먹었다지?"

"누가 발견했답니까?"

내가 그들에게 물었다.

그들은 또 나에게 어느 지역에서 왔느냐고 물었다. 개별적으로 온 거라고, 다시 말해야 했다. 개인적으로 알고 지내던 사이였노라고. 고개를 끄덕이고 나서 그중 한 사내가 말했다.

"산꼭대기에 뭐라더라? 무슨 초소가 하나 있나봐요. 거기가 무슨 감제고지라던가? 새벽에 근무교대하러 올라가던 공익근무요원들이 발견했대요."

나는 고개를 끄덕이며 고슬고슬한 흰쌀밥을 한숟갈 떠서 입에 넣었다.

영안실 한 귀퉁이에서 누군가가 음울한 소리로 노래를 부르기 시작했다. 누구를 찾아왔나 / 낙엽송 고목을 말없이 쓸어안고 울고만 있을까 / 지난날 이 자리에 새긴 그 이름…… 입을 거의 열지 않고 부르는 노래였으므로 배호 노래 같지 않았다. 운전하면서 가끔씩 듣던 베르디의 레퀴엠을 닮아 있었다. 웅얼거리는 문상객들의 말소리에 묻혀 귀를 기울이지 않으면 잘 들리지도 않을 노래였다. 영안실에서 노래라니. 그러나 아무도 그의 노래를 제지하지 않았다. 미처 끝까지 다 부르지도 못하고 노래는 제풀에 끊어져버렸다.

시간이 지나면서 영안실 분위기는 가라앉았다. 삼삼오오 모여앉아 화투패를 돌렸다. 술에 취한 사람들은 일찌감치 구석에 쓰러져 있었다. 듬성듬성 빈자리가 눈에 띄었다. 간간이 웃음소리마저 들렸다.

칸막이 따위도 없이 이어진 다른 집 상가에서 이따금씩 찬송가 소리가 들려왔다. 자정을 막 넘긴, 너무도 낯익은 영안실의 풍경이었다. 천장의 형광등불을 반사하는 콩기름빛 노란 비닐장판이 지루하게 느껴졌다.

나는 하릴없이 고개를 돌려 이천호씨 영정 앞에 앉아 있는 그의 아내를 바라보았다. 아이 하나가 그녀의 무릎을 베고 잠들어 있었다. 아이의 짧은 머리카락은 헝클어져 있었다.

고개를 곧추세운 채 이천호씨의 아내는 눈을 감고 있었다. 출입문이 열렸다 닫힐 때마다 그녀는 무거운 눈꺼풀을 한차례씩 밀어올렸다. 가느다란 목이 피로에 지친 그녀의 얼굴을 간신히 지탱하고 있었다. 이제 그의 음반들은 다 어떻게 되는 것일까, 나는 그게 문득 궁금해졌다. 씨디플레이어와 엠피쓰리는 그와 함께 땅에 묻힐지도 모를 일이었다. 평생을 들었을 배호의 몇몇 대표곡들과 함께.

나는 그날 두 가지 사실을 알았다. 하나는 이천호씨의 아내가 장애인이 아니라는 사실이었다. 뚱뚱하지도 마르지도 않은 그녀는 백육십 쎈티미터쯤의 건강한 신장을 갖고 있었다. 서른 후반이거나 막 마흔에 이른 나이로 보였다. 나는 누구에게도 그의 아내에 대해 물을 수 없었다. 고인과 관련해 아내의 장애 여부를 묻는다는 건 아무래도 옳지 못한 처사 같았으니까.

그런데 옆자리의 누군가가 작은 소리로 말하는 걸 들었다.

"휠체어를요? 맞긴 맞지요. 척추장애인 전문 자원봉사자였으니까요."

누군가 나와 똑같은 궁금증을 가진 사람이 있은 모양이었다. 이천호씨는 나뿐만 아니라 그 다른 누군가에게도 나에게처럼 말했던 게 틀림없었다. 이래봬도 그 방면에 재주가 있거든……

휠체어를 탄 게 아니라 휠체어를 끌었다고 했으니, 이천호씨의 말이 전혀 틀린 것은 아니었다. 그러나 나는 그녀가 정말 평소 귀신과, 배호 귀신과 사는 것 같다고 불평했었는지 궁금해졌다. 이천호씨가 나한테 한 말 중에는 사실과 다른 점이 있었기 때문이다.

내가 알게 된 두 가지 사실 중 하나가 그것이었다. 그는 나에게 사실과 다르게 말한 것이 있었다. 인터넷 홈페이지에 들러 그에게 글을 남길 때마나 나는 언제나 몸은 좀 어떠십니까?라고 물었고, 그는 걷는 게 좀 불편해서 그렇지 아무 문제 없소,라고만 대답했던 것이다. 그런데 그게 사실이 아니었다.

그동안 그의 몸상태가 어떠했었는지는 굳이 누구에게 묻지 않아도 자연스럽게 들을 수 있었다. 그곳 영안실에는 그를 훨씬 잘 아는 사람들이 많았다. 그냥 들리는 말을 들은 것만으로도 내가 그의 건강상태를 잘못 알고 있었다는 점만큼은 분명했다. 안 아픈 데가 없다고 하더니만. 오죽하면 병원 가는 것도 아예 포기하고 살았을까. 병원에 가봐야 낫질 않으니 방법이 없었겠지. 혀를 차며 나누는 회원들의 말소리가 채찍이 되어 내 몸을 후려치는 것 같았다. 누군가가 말했다. 그래도 그 사람 참 얼굴 한번 안 찡그리고 살았잖소. 나에겐 그럽디다. 아프니까 더 잘 걷게 돼 좋더라구. 열심히 걸으면 아픈 것이 좀 나아지더라구. 걷기 좋아하는 사람이 그나마 그 핑계로 더 걷게 되었으니 얼마나 좋은 거냐고 나한테 말하더라니깐요. 참 나, 걷는 게 뭔지. 다른 사람이 말했다. 문제는 잘 때였다잖아요. 단 하루라도 아프지 않고 잠들어보는 게 소원이라고 합디다. 새벽같이 나와서 밤늦게 돌아갔던 것도 다 그래서였을 거예요.

나는 그의 아내를 바라보았다. 배호 귀신과 산다고 불평할 사람 같지 않았다. 아이들도 마찬가지였다. 아빠를 배호 또라이라고 놀릴 아이들 같지는 않았다. 그 말은 이천호씨 자신의 자조어린 푸념이었을지도 몰랐다. 아내와 아이들에게 미안했던 걸까. 자신의 존재방식이.

그에게 배호는 뭐였을까. 걷는 건 뭐였을까. 뭐였기에 극심한 신체적 고통조차 배호를 들으며 걷는 일에다 써먹으려 들었던 걸까. 그렇게 듣고 걸으며 그가 끝내 잊고 뿌리치려 했던 건 무엇이었을까. 멀리하려 했던 건 무엇이었을까. 그렇게 걸어 그가 도달하려 했던 곳은 어디였을까. 그가 당초 도달하고자 했던 곳이 과연 원미산 자락의 굴참나무 아래였던 것일까. 고작.

8

성가병원이 바로 원미산 자락에 자리하고 있다는 사실을 나는 알고 있었다. 작동 길이 뚫리면서 나는 종종 승객을 태우고 밤늦게 부천까지 내려왔던 적이 있었다. 부천이라면 집에서도 그다지 먼 곳이 아니었다. 그의 집은 부천이 아니라 서울 양천구 신월동이라고 했다.

시민체육공원으로 이어진 길에는 차들이 별로 다니지 않았다. 새벽 두시. 이따금씩 몇대의 택시가 어둠을 뚫고 질주하고 나면 노란 경고 신호등만 텅 빈 길 위에서 오래도록 저 홀로 껌뻑거렸다. 길을 걷는 사람은 나밖에 없었다. 길가의 두 길도 넘는 옹벽 위엔 벗어놓은 상복 같은 잔설이 희끗희끗 보였다. 은화처럼 둥근 달이 몇개의 잔별들을 거느린 채 밤하늘 가운데 높이 떠 있었다. 맑고 시린 달빛 때문이었을까. 세상을 뒤덮은 거대한, 어둠의 궁륭이 또렷하게 느껴졌다.

　체육공원 옆 등산 진입로까지만 하더라도 눈은 어쩌다 띌 뿐이었다. 그러나 좀더 산 가까이 접근하자 며칠간 내린 눈이 전혀 녹지 않고 그대로 쌓여 있었다. 나무를 뉘어 만든 계단을 오르다가 그만 발을 헛디뎌 넘어졌다. 엉덩방아를 찧으며 이 미터쯤 아래로 미끄러졌다. 길에서 보던 것과는 달리, 원미산은 초입부터 제법 가팔랐다.

　발바닥의 눈을 털고 조심스럽게 산을 올랐다. 사람들의 발길로 다져진 등산로는 얼음처럼 단단했다. 반들반들한 표면이 달빛을 반사했다. 몇번이고 중심을 잃고 비틀거렸다. 목발인데다 잔뜩 솔을 짊어지고 그는 어떻게 이토록 가파르고 미끄러운 밤길을 혼자 오를 수 있었을까. 오르면서도 그는 배호를 들었을까. 길을 따라 산을 넘으면 신월동이 나오긴 나온다지만, 그는 정말 이 길을 가로질러 집으로 가려 했던 것일까. 갑자기 원미산이라는, 그다지 높지 않다는 산이 아득하게만 느껴졌다. 정상이 없거나, 있어도 현실에서는 찾을 수 없을 것 같다는 생각이, 겨울숲 사이로 문득문득 불어오는 찬바람에 실려 엄습해왔다.

　미끄러운 길을 포기하고 일부러 가장자리의 풀숲에 쌓인 눈 위를 걸었다. 발목까지 푹푹 빠졌다. 그래도 걷기에는 한결 나았다.

　가끔씩 들리던 자동차 소리, 상처입은 짐승의 신음과도 같던 도심의 은밀한 소음들이 등뒤로 멀어졌다. 야심한 시각. 나를 자꾸 산속으로 떠밀었던 게 무엇이었는지, 산길을 걸으면서야 알 것 같았다. 한걸음 한걸음 떼어놓을 때마다 도심의 야경과 음산한 소리들이 시나브로 묻히고 지워지고 멀어지면서, 점점 분명해지기 시작했던 것: 적막, 혹은 그것과 흡사한 무음(無音)이 나를 자꾸 산속으로 이끌고 있었다는 거였다. 한걸음 내디딜 때마다, 웅크린 도시의 수상한 소리와 빛깔과 냄새는 그만큼 정확하게 푸른 달빛과 바람과 눈과 적막으로 착착 대체되었다. 그 기계적이고 수학적이며 제식훈련만 같은 대체가 신비하고 황홀하게까지 느껴졌다. 나는 자꾸 앞으로 나아갔다. 검은 겨울나무들 사이로 떨어져내리는 흰 달빛이 인도하는 대로.

나는 어느새 중턱에 다다르고 있었다. 입김이 뺨을 적시며 선뜩선뜩 얼었다. 들리는 소리라곤 허파를 가쁘게 돌아나온 내 숨소리뿐이었다. 내 발걸음 소리뿐이었다. 약간 녹았다 다시 언 적설 표면이 파삭 소리를 내며 부서졌다. 다른 소리들은 일시에 사라지고 없었다. 귀가 먹먹했다.

보이는 것이라곤 밤하늘을 향해 검게 뻗은 상수리나무들뿐이었다. 나머지는 온통 눈이었다. 눈밭이었다. 눈길에 미끄러지기라도 하면 하얀 지표면이 기우뚱거렸다. 작은 골짜기와 웅덩이 따위들은 아예 바람에 쓸려온 눈가루들로 메워져 있었다. 사막 같기도 하고, 어느 쓸쓸한 혹성의 이면 같기도 했다. 길도 없고 방향도 없는 눈 위를 걸을 뿐이었다. 그러다 허방을 딛고 비틀거렸다. 무릎까지, 어떤 곳은 허리까지 빠졌다. 넘어지지는 않았다. 쌓인 눈이 몸을 받쳐주었다.

중력을 거의 느낄 수 없었다. 딛는 곳마다 솜처럼 푹신거렸다. 달의 표면에 내려서기라도 한 것처럼 내 몸은 나도 모르게 출렁거렸다.

어디선가 푸드득 하는 소리가 났다. 유리처럼 팽팽하게 얼어붙은 적막을 누군가가 갑자기 우겨 부서뜨리는 것 같은 소리. 밤공기를 한껏 흔들어놓는 소리. 나는 놀라 걸음을 멈추었다. 거대한 밤의 정령이 겨울나무 숲 한쪽에서 기지개를 켜며 일어나 하늘로 비상하고 있었다. 시커먼 날개에서 덩어리 눈이 후드득 떨어졌다. 상수리나무들도 따라 몸서리를 쳤다. 부서진 눈가루가 앞을 가로막았다.

　새는 유유히 밤하늘로 날아올라 흰 달을 중심으로 커다란 원을 그리며 선회했다. 끝없이 높이높이 날아올랐으나 워낙 큰 새어서 날개 끝의 예각은 언제까지고 선명했다. 활짝 편 날개를 단 한번도 접지 않고 몇차례 하늘을 돌던 새는 달이 지는 쪽으로 앞질러 사라져버렸다. 새가 사라져버린 텅 빈 하늘에는 요요한 달빛으로 충만했다. 그때 나를 흔들어 깨운 것은 선험이었다. 내 나이의 수만 배도 넘는 시간을 급속히 거슬러올라 태초의 어떤 지점에 문득 놓이게 되었다고 느낀 것은. 평온하고 행복하다고 느낀 것은.

　뒤돌아보아도 내가 남긴 발자국 따위는 어디에도 없을 것 같았다. 어느 곳을 통해서도 나는 그곳으로 흘러들어온 게 아닌 것만 같았다. 처음부터 나는 그 자리에 서 있었다. 추웠으나 외롭고 쓸쓸하지는 않았다. 밤의 냉기로 온몸이 얼음처럼 투명해지는 것 같았으나, 그 투명한 얼음 한가운데를 관통하던 것은 결코 외로움이나 쓸쓸함 같은 것이 아니었다. 나는 달빛과 밤하늘과 검은 숲으로부터, 눈으로 뒤덮인 대지와 적요로부터 알 수 없는 위로를 받고 있었다. 대상도 근원도 없이, 어딘가 슬픈 듯한 위로.

　선험인 것 같았지만 딴은 기시감이기도 했다. 그것도 내가 아닌 다른 누군가의 경험을 추체험하는. 나도 누구도 아닌 그는, 아니, 나이면서 또한 그 누구이기도 한 그는 천천히 숲속으로 미끄러져들어가고 있었다. 눈이 밟힐 때마다 발바닥 밑에서 뽀드득 하는 경쾌한 소리가 났다. 적설의 표면과 그의 등 위로 나란히 내리꽂히는 달빛이 왠지 무겁게 느껴졌다. 너무도 농밀한 그 느낌은 지금까지 그가 감각해왔던 세상의 온갖 소리와 빛깔과 냄새들을 오감이 미칠 수 없는 경계 밖으로 밀어내버렸다. 그는 점점 전혀 이질적인 시간과 공간과 중력의 세계로 빠져들고 있었다.

어디선가 노랫소리가 들려오는 것 같았다.

저 산마루 깊은 밤 산새들도 잠들고
우뚝 선 고목이 달빛 아래 외롭네.

그는 커다란 굴참나무 밑에다 자신의 지친 몸을 부렸다. 가지마다 눈을 이고 있는 굵고 검은 굴참나무는 온몸이 백발과 흰 수염으로 뒤덮인 신화 속의 건장한 노인 같았다. 마침내 그는 몸과 마음에 걸치고 다녔던 모든 시름을 벗어놓고 나무에 기대앉았다. 사라졌던 새가 어둠의 궁릉 한 귀퉁이에서 다시 모습을 드러냈다. 달을 물려는 듯 하늘 높이 솟구쳤다. 굴참나무가 그의 지친 몸을 감싸듯 끌어안았다. 눈을 들었을 때 새는 사라져버리고 없었다. 부분일식 때 같은 반주반야(半晝半夜)의 기묘한 하늘빛이 멀미를 일으켰다.

눈앞에 펼쳐진 너른 눈밭은 크기를 알 수 없는 전설 속 날짐승의 접은 깃털 같았다. 등이 태산 같고 날개는 하늘에 드리운 구름 같다는 그, 한번 날면 구만리를 간다는 대붕(大鵬). 어느 순간 흔들 움직이며 토표(土表)가 그의 몸을 통째로 싣고 무작정 하늘로 부상할 것만 같았다.

그러나 대지는 꿈쩍도 하지 않았다. 깊이 웅크린 채, 달 기우는 새벽하늘과 저들만의 길고 은밀한 언어로 한없이 속삭이고 있을 뿐이었다.

소리와 냄새와 빛깔뿐만 아니라 지금껏 그의 췌장과 지라에 쌓여 있던 독소며 노폐가, 뇌수에 얽혀 있던 근심과 애증 따위와 함께 어디론가 사라져버리고, 남은 것은 갑작스런 공백을 감당 못하는 현기증과, 낯선 광경에 대한 멀미뿐이었다. 만날 날 기다리며 오늘이 또 간다 / 가고 또 가면 기다린 그날이 오늘일 것 같구나 / 저 산마루 깊은 밤…… 노랫소리는 어느 한때 계곡을 흘렀을 물줄기의 흔적을 따라, 혼령의 기운처럼, 골짜기 아래로 아래로 흩어져내려갔다.

두렵거나 외롭진 않았다. 어색하고 낯선 느낌의 이면에 신탁처럼 닥쳐 있는 위안이 확고하게 도사리고 있었다. 낯선 것에 대한 습관적 거부감은 겨울숲을 뒤덮은 신비한 기운에 맥없이 용해되어버렸다. 그리고 어느새 그는 눈앞에 펼쳐진 어둠과, 그 어둠을 쓸어내는 달빛과, 한없이 시야를 끌어당기는 아득한 눈밭 끝자락을, 터질 듯 벅찬 그리움으로 바라보았다. 그렁거리는 애타는 눈을 들어, 활짝 뚫린 하늘을 언제까지고 바라보았다.

그의 손이 무릎에서 스스르 떨어져내렸다. 고개도 점차 숙여졌다. 손바닥에 닿은 눈이 천천히 녹기 시작했다. 그러나 그는 차가움을 느끼지 못했다. 시선은 흔적만 남은 빈 다리 위에 멈춰져 있었다. 목발은 어느 나무에서 떨어져내린 삭은 가지처럼 눈 위에 누워 있었다. 목덜미와 어깨와 등부터 허전해져왔다. 곧 온몸이 텅 빈 듯 가벼워졌으나 상실감 같지는 않았다. 텅 빈 몸에 분명 뭔가 새로운 것이 가득 차긴 했어도, 그것의 정체를 알 수도, 충만하다는 느낌도 없었다. 제 몸에서 빠져나온 매미나 참게처럼, 그는 탈태(奪胎)한 자신의 남루한 구각(舊殼)을 느낄 뿐이었다. 산새도 사라져버린 둥근 새벽하늘과, 우뚝 선 검은 굴참나무와, 끝간데 없는 눈밭. 그리고 기대앉은 그의 초라한 몸집만 달빛 아래 오래도록 외로웠다.

가시가 박힌 그의 나머지 한쪽 손마저 무릎에서 흘러내렸다. 남아 있던 온기 때문이었을까, 그의 손은 몹시 허기진 두더지처럼 눈 속으로 느리게 느리게 기어들어갔다.

그날 숲속에서는 아무 일도 일어나지 않았다.

멀리 성가병원의 초록색 십자가가 보였다.

—『파라 21』 2003년 여름호

그늘 속으로, 허무와 탈아(脫我)의 윤리

김영찬

1. 발 아래 깊은 그늘

구효서는 내내 소설과 함께 살아왔다. 물론 이것은 상투적인 수사 (修辭)가 아니다. 1987년 등단 이후 그가 써낸 소설들의 목록을 훑어 보기만 해도 곧 짐작할 수 있을 터다. 그가 지금까지 내놓은 소설이 무려 장편 14권과 창작집 8권이니, 소설과 함께한 삶이라는 표현이 실감나지 않을 리 없다. 그리고 그렇게 축적된 소설의 양과 두께의 이 면에서 우리는 어찌 됐든 소설로써 생존해야 했던 엄연한 삶과 현실 의 무게를 감지한다. 작가 구효서에 관한 한, 이것은 이를테면 글쓰기 와 삶의 경제가 일치해야만 하는 소설경제학이다. 달리 말해, 그에게 소설은 일상적 의미에서 '노동'인(이었던) 것이다. 하나 그뿐인가?

　물론 아니다. 그의 글쓰기를 '노동'이라 했거니와, 이 말에서 사물에 생기를 불어넣고 거듭 일깨우는 생산적 창조의 이미지를 떠올린다해서 그 또한 관습적인 연상(聯想)이라 탓할 필요는 없다. 과연 그런것이지만, 속뜻은 다른 곳에도 있다. 온갖 세상사와 군상들이, 풍경과희로애락이 쉴 틈 없이 그의 소설의 시선을 통과해 새롭게 되살아났으니, 그렇게 내내 그는 소설의 눈만으로 세상을 보아왔고 또 세상이온통 그에겐 소설만의 육체였던 것이다. 그에게 소설이란 마치 세상을 읽고 소화하고 또 인간화하며 그리하여 그 세상을 새롭고 풍요롭게 바꾸어놓는, 그럼으로써 다시 세상 속으로 들어가 거(居)하는 삶의 생산수단과 방불한 것이다. 그렇게 삶은 소설이 되고 소설은 다시삶이 된다. 그 둘을 뚜렷하게 가르기 힘들어지는 어떤 지점에, 구효서의 소설은 있다.

　그런데 잠깐. 그렇게 내내 소설과 함께였다면, 거기에 쉬 따를 수있는 일종의 관성과 상투(常套)가 없을 리 없다. 무릇 삶이라는 것 또한 얼마간의 관성과 상투가 뒤섞여 지속되는 것이 아니겠는가. 실제로 구효서의 소설은 더러 그마저도 버릴 수 없는 자신의 일부로 감싸안고 간다는 느낌을 주기도 했다. 이를 일방적으로 비판할 수야 없는일이지만, 그렇다고 그 자체로 긍정적인 것은 아니다. 달리 보면 그것은 예술적 깊이 혹은 창조성의 문제와 관련되어 있는 까닭이다. 하지만 구효서의 소설을 줄곧 관심을 갖고 읽어온 독자라면 아마도 어느순간 그런 우려를 멀리 밀쳐버리는 또다른 신뢰를 품었을 법도 하다.가령 이런 대목은 어떤가.

담배 끝에 불을 당기고 한 모금 깊게 빨아들였을 때 내 발밑에 어떤 움직임이 느껴졌다. 물의 흐름이 아니었다. 문제의 움직임은 물의 흐름을 역류하고 있었다. 검고 푸르고 어두운, 그늘 같은 것이었다. 빠르지도 느리지도 않게 꿈틀거리고 있었다. (「물 속 페르시아 고양이」, 『도라지꽃 누님』, 세계사 1999, 10면)

그것은 커다란 물고기의 등이었다. 얼음을 경계 삼아 인간의 발바닥 가까이 접근해 인간의 시선을 비웃고 낯선 공포로 움츠러들게 만드는. 해서, 나는 생각한다. "그동안 내 눈이 보아내지 못했던 어떤 어둡고 차가운 세계가 그 커다란 붕어의 징그러운 등비늘 모양을 하고 내 의식의 세계를 마구 침범해 들어오는 것"(11~12면) 같았다고. 엄격히 따지자면 이 낯선 공포는 예컨대 일탈적 낭만이나 노스탤지어, 혹은 허무와 고독의 포즈나 신산한 삶을 그 자체로 포용하는 소극적 윤리 같은 것이 쉽게 감당할 수 있는 종류가 결코 아니다. 또 그래서도 안된다. 그것은 이를테면 우리 삶의 토대에 존재하면서 삶의 안정성을 교란하는, 삶 속에서 떨쳐버릴 수 없는 낯선 실체에 대한 치열한 반성적 감각을 요구한다. 시선의 깊이와 창조성이란 물론 그 요구를 안이하게 넘겨버리지 않을 때 얻을 수 있는 것이겠다. 구효서는 이미 이 낯선 그늘을 치열하게 응시하고 '나' 안의 감각과 창조의 힘으로 통합해야 한다는 어려운 과제를, 의식했든 아니든 자신의 길 앞에 던져놓고 있었던 것이다. 그렇다면 구효서의 소설은 지금, 그 길 어디쯤에 있는가?

2. 사건과 '나', 혹은 어떤 재발견

구효서 소설의 인물들은 대개 어떤 경계 위에 있다. 삶과 죽음, 현재와 과거, 존재와 부재, 일상과 탈일상, 세속과 탈속 등등의 경계가 바로 그것이다. 그곳은 각기 상반하는 두 세계가 등을 맞대고 있는 지점이면서 동시에 어느 순간 그 둘이 서로 넘나들고 교통하는 '사건'이 발생하는 지점이다. 인물들은 이 사건을 의식으로 겪고 몸으로 체험한다. 그 체험은 곧 그들의 일상적 의식이나 삶의 질서가 동요하고 출렁이는 내면의 사건이기도 하다. 이 내면의 사건은 물론 느닷없는 것이라 할 수 없다. 구효서의 인물들은 대개 처음부터 견고한 일상의 질서에 마음 편히 얽매일 수 없는 인물들이니, 사건은 이미 그들의 의식에 잠재적 가능성으로 내재하던 것이라 보는 편이 옳다.

어느날 문득 그들을 찾아오는 작지만 사소하지 않은 외부의 계기는 일상과 마음의 질서에 조용한 파문을 일으키며 그 가능성을 깨워 불러일으킨다. 그 작은 계기란 대략 이런 것이다. "이발소가 없어졌다"(「이발소 거울」), 혹은 "그가 죽었다"(「달빛 아래 외로이」). 그것이 아니라면, 무언가 그들 앞에 던져진다. 그것은 하늘 사진의 한 귀퉁이에 실수처럼 비집고 들어앉은 슬프도록 고즈넉한 "밤나무와 산기슭과 산봉우리"(「밤이 지나다」)이기도 하고, 딸이 사고로 죽은 곳을 홀로 찾은 낯선 중년 사내가 들려주는 회한 가득한 이야기(「호숫가 이야기」)이기도 하다. '나'가 돌연 맞이하는 죽음선고(「시계가 걸렸던 자리」) 또한 그와 같은 것이고, 죽은 어머니가 오래전 읽던 책이라 하여 '나'가 건네받는 키에르케고르의 일어판 『공포와 전율』(「소금가마니」) 또한 그런 것이다.

 얼핏 고전적인 수법이라 할 수도 있을 테지만, 우리가 여기서 특히 눈여겨보아야 하는 것은 그들이 이 파문이 전하는 모종의 '이야기'에 귀기울이거나 아니면 그로부터 어떤 '이야기'를 이끌어낸다는 사실이다. 그리고 그 이야기는 다시 그들 몸속에 스며 그들을 변화시키거나 다른 세계로 이끌어간다. 그 이야기가 외부에서 오는 것이든 아니면 그들의 내면에서 끌어올려지는 것이든 마찬가지다. 여하간 이야기 속에서 그들은 문득 자기 자신을 재발견하는 것인데, 구효서의 소설에서 사건의 파문이 펼쳐놓는 이야기는 모두 그렇게 '나'의 낯선 발견으로 수렴된다고 보아도 무리가 없다.

 가령 「이발소 거울」을 보자. 단골 이발소가 갑자기 문을 닫아 왠지 허전해진 '나'는 그것을 계기로 "내가 의지하고 기대며 지내온 시간들"을 불러내 과거와 현재의 삶을 새삼 재구성해보며 그 자기역사의 의미를 반추한다. 뿐인가. '나'는 얼마 후 아무 일 없었던 듯 다시 문을 연 이발사의 이야기를 듣는다. 사연인즉 멀리 길 맞은편에서 보니 가게 매장 안을 오가며 일하는 '나'의 모습이 마치 끝없이 반복되는 무성영화 같았다는 것, 그리고 그 순간 익숙했던 자신의 삶이 끔찍하게 낯선 것으로 돌변하더라는 것이다. 순간 '나'는 몸이 굳어버리는데, '나' 또한 매일 그 이발사가 본 똑같은 장면을 바로 그에게서 본 까닭이다. 이발사의 이야기는 '나'의 반성 없는 반복의 삶을 새롭게 돌아보게 만든다. 이 이발사의 이야기란 곧 거울에 비쳐 새로 의미를 얻어 되들려온 '나'의 뒤집힌 자기서사라는 점을 새삼 덧붙일 필요는 없겠다. '나'는 '나'의 삶을 이야기하고(혹은 듣고), 그로써 부정할 수 없고 해서도 안되는 온전한 '나'의 진실과 대면한다.

이는 물론 하나의 사례일 뿐 구효서의 소설이 자기발견적 이야기의 반성적 힘을 그리는 방식은 실로 다양하다. 또 '나'가 발견하는 그 자신의 진실이란 것도——간혹 「밤이 지나다」에서처럼 익숙한 관성에 못내 이끌리는 경우도 있으나——대개는 우리가 흔히 연상할 법한 통상적인 이미지를 벗어나 예상치 못한 다양한 방향과 각도로 분기되고 확장되는 것이 또한 이즈음 구효서의 소설이다. 그러니 고여 있는 일상적 의식과 그 안의 '나'를 동요시키는 내면의 사건이 이르는 곳 또한 일상의 반성이나 낭만적 탈일상이라는 통상의 주제에 그치리라는 섣부른 예상은 일단은 접어두는 것이 좋다. 그렇다면 경계를 열어놓는 무언가에 촉발되어 인물들이 겪게 되는 마음의 사건은, 또 그것이 펼쳐놓는 자기발견의 이야기는 어디로 향하고 있는가?

구효서의 인물들은 대개 곳곳의 사물과 장소가 환기하는 이야기와 맞닥뜨린다 했거니와, 바로 그 예기치 않은 곳에서 그들은 문득 그 안의 자신을, 자신의 오래된 역사를 발견한다. 그러니 '나'는 어디에나 있는 것이고, 따라서 '나' 안에만 있는 것이 아니다. 그들은 예컨대 오래전 태어나고 자란 집에서, 한없이 깊고 어두운 하늘을 응시하는 사진 한 귀퉁이의 정물에서, 눈 쌓인 겨울 숲의 쓸쓸한 적막 속에서, 낯선 이방인이 들려주는 호숫가 이야기에서, 단골 이발사의 응시 속에서, '나'를 본다. 그리고 이때 '나'란 흔히 잘못 짐작하기 쉽듯 결코 세계를 자기화하는 심리적 메커니즘 속에 있는 '나'가 아니다. 구효서의 소설에서 '나'는 어느 순간 문득 저 자신 속에 과거와 미래, 타자와 선험 등이 스며들어 그 모든 것들과의 교통 속에 '나'가 존재하고 있음을 발견하고 주장한다. 어떻게? 자세한 사정을 조금 엿보자.

3. 탈존(脫存)의 미메시스

그중 한 명의 '나'는 택시 운전기사다. 어느날 '나'는 이천호의 갑작스런 부음을 듣는다. '나'에 따르면, 그는 걷는 사람이었다. 가수 배호의 마니아이기도 한 그는 도장 쎄트 쌤플이 든 가방이나 각종 솔을 들쳐메고 평생을 배호의 노래들 들으면서 걷고 또 걷는 일만을 평생의 업으로 삼았던 사람이다. 어느날 우연히 교통사고로 그의 다리 하나를 자르게 만든 후로 오래 자책하며 그의 슬픈 내력과 배호의 노래에 못내 관심을 놓지 못했던 '나'는, 빈소를 들른 길에 그가 죽어 있었다던 눈 덮인 어둠 속의 산을 홀로 오른다. 애초 "그렇게 걸어 그가 도달하려 했던 곳은 어디였을까"라는 물음에 이끌린 발길이지만, '나'를 산길로 계속 떠밀었던 것은 다름아닌 모든 소음을 지워버리는 산 속의 신비한 적막이다.

그때 나를 흔들어 깨운 것은 선험이었다. 내 나이의 수만 배도 넘는 시간을 급속히 거슬러올라 태초의 어떤 지점에 문득 놓이게 되었다고 느낀 것은. 평온하고 행복하다고 느낀 것은.
뒤돌아보아도 내가 남긴 발자국 따위는 어디에도 없을 것 같았다. 어느 곳을 통해서도 나는 그곳으로 흘러들어온 게 아닌 것만 같았다. 처음부터 나는 그 자리에 서 있었다. (…) 나는 달빛과 밤하늘과 검은 숲으로부터, 눈으로 뒤덮인 대지와 적요로부터 알 수 없는 위로를 받고 있었다. 대상도 근원도 없이, 어딘가 슬픈 듯한 위로.

선험인 것 같았지만 딴은 기시감이기도 했다. 그것도 내가 아닌 다른 누군가의 경험을 추체험하는. 나도 누구도 아닌 그는, 아니, 나이면서 또한 그 누구이기도 한 그는 천천히 숲속으로 미끄러져들어가고 있었다. (「달빛 아래 외로이」 264면)

달빛으로 충만한 눈 덮인 검은 숲에서 얻는 이 슬픈 위로는 '나'를 둘러싼 현실 시공간의 경계가 허물어지고 해체되는 탈현실의 경험과 맞닿아 있다. 그것은 곧 일상의 '나'를 망실하고 원초적 적막만이 가득한 아득한 시간 속에 그저 그렇게 있어온 무시간의 존재로 환원되는 경험이다. 그렇게 "처음부터 나는 그 자리에 서 있었다"는 것인데, 이때 '나'를 감싸는 '평온'과 '행복'이란 물론 '나'를 구속하는 번다한 고집(苦集)의 끈을 아득한 적멸 속에 자연스레 놓아버리는 데서 오는 것이겠다. 일종의 허무적 위안일 수도 있겠으나, 중요한 것은 모든 것의 경계가 허물어지는 이 감각적 탈아(脫我)의 순간이 한편으로 '나'가 타자로 번져가고 타자 또한 '나' 속에 스며드는 신비스런 교감과 미메시스의 경험으로 이어지고 있다는 사실이다. '나'이자 이천호인 '그'는 그렇게 산길을 올라 검은 굴참나무 밑에 외로이 지친 몸을 누인다. 자아의 경계를 벗어던진 '나'는 그처럼 "나도 누구도 아닌 그"로, "나이면서 또한 그 누구이기도 한 그"로 번져가는 것이며, 또 그렇게 교감하고, 감각하고, 그럼으로써 슬픈 위안과 화해의 세계로 들어서는 것이다.

구효서의 소설에서 이런 장면은 이제 그리 낯설지 않다. 특히 어느 순간 '나'와 타자가 겹쳐지는 장면은 현실적 공간에서 다른 방식으로도 나타난다. 그것은 예컨대 「앗쌀람 알라이 쿰」에서 이라크 반전 평화팀의 일원인 한국인 여성화자 '나'가 공화국 수비대의 총격으로 딸을 잃은 카심의 집에서 받는 환대 속에도 있다. 그곳에서 '나'는 이미 죽은 카심의 딸 아르마뜨를 자기도 몰래 모방하는데, 마치 돌아온 딸을 맞는 듯한 카심 가족의 자연스런 환대 속에서, '나' 앞에 차려진 아르마뜨의 생일상 앞에서, '나'에게서 아르마뜨를 보는 카심 가족의 응시 앞에서, 아르마뜨와 똑같은 식성과 식습관을 가진 '나'의 발견 속에서, 순간 '나'는 죽은 아르마뜨와 자연스레 겹쳐지고 교감하는 것이다. 「소금가마니」의 '나' 또한 어머니가 읽은 일어판 『공포와 전율』과 '나'가 읽었던 같은 책의 밑줄 친 부분을 대조해보며 이렇게 말하고 있지 않은가. "제대로 이해를 못하면서 내가 밑줄을 그을 수 있었던 것은 어머니의 손길이 작용하고 있었던 때문이라고."(「소금가마니」 83면)

「호숫가 이야기」의 주인공의 경험 역시 형태는 달라도 본질은 다르지 않다. '그녀' 또한 현재와 미래의 경계가 모호하게 흐려지는 지점에서 타자와의 의사소통을 통해 '나'의 미래를 추체험하고 그로써 또다른 깨달음을 얻는다. 영국 중부의 구석진 호수지역으로 떠나와 유스호스텔에서 일하며 혼미한 시간을 견디고 있는 '그녀'는 어느날 그곳을 방문한 낯선 중년 사내의 이야기를 듣는다. 자신을 희생하며 딸에게 집착했던 아버지와 그런 아버지를 못 견뎌 멀리 떠나 이국의 호수에 발을 헛디뎌 빠져죽은 그 딸의 이야기는 '그녀'에게 조용한 파문을 일으킨다. 그것은 바로 아버지를 떠나왔던 자기 자신의 사연이었으며 또한 자신이 몰랐던 아버지의 진실을 환기시켜주는 이야기였던 것이다. 얼핏 평범한 이야기로 읽히기 십상이지만 사실 여기에는 시간의 기이한 뒤섞임과 전도(顚倒)에 힘입는 자기발견의 미메시스가 있다. 이 소설의 외견상의 리얼리티는 사내가 떠난 후 '그녀'가 자기가 타기로 되어 있는 유람선에 걸린 붉은 삼각깃발을 보는 순간 결정적으로 뒤집히는데, 그 깃발은 낯선 사내에게서 2년 전 그의 딸이 발에 걸려 죽은 뒤로 다시는 달지 않았다 들은 바로 그 깃발이었던 까닭이다. '그녀'는 중년 사내의 이야기에서 이를테면 아버지와 자신의 과거와 미래를 한꺼번에 보았던 셈이다. 이야기의 경개(景槪)가 다소 모호하게 처리되어 있긴 해도 이를 '그녀'가 저 자신이 이미 죽고 없는 미래로 돌아가 자신이 떠나온 아버지의 외롭고 슬픈 진실과 소통함으로써 자신을 반성하고 그와 화해하게 되는 시간여행의 드라마로 유추해 읽을 수 있는 것은 이 때문이다.

「호숫가 이야기」에서 낯선 중년 사내의 이야기를 듣는 '그녀'는 그런 시각에서 보면 두 죽음 사이에 있는, 그 자신이 이미 죽어 있다는 것을 알지 못하고 있는 '그녀'다. 여기에도 또한 눈치채지 못하는 사이에 자명한 현실의 경계를 열어 비집고 들어온 시간감각의 교란과 붕괴가 있고, 그것을 매개로 현실 자아의 경계를 넘어 '나'가 타자와 겹쳐지고 교통하는 미메시스가 있으며, 죽음으로 깊어지는 위안과 화해가 있다. 「시계가 걸렸던 자리」에서 죽음을 앞두고 오래전 태어나자란 집을 찾아 그 안에서 펼쳐지는 몽환적인 환각의 프레임을 통해 자신의 탄생과 소멸의 오래된 역사를 응시하는 '나'를 찾아오는 것 또한 바로 그것이다. 시간이 소멸하고 붕괴되는 그곳에서 '나'의 응시는 문득 '나'를 낳는 순간의 어머니의 응시와 겹쳐지는가 하면 어린날 보았던 모든 기억의 꽃들과 갓 태어난 어린 '나'를 향하기도 한다. 뿐더러 그곳에서 '나'는 어느 순간 죽어 부패하기 시작해 흔적 없이 사라져버리는 '나'의 시신을 보게 되는데,

그건 더이상 내가 아니었다. 애당초 내가 아니었다. 나는 차라리 저 문밖의 대추나무거나 보리똥나무거나 뻐꾹채거나 방안을 가득 메우고 있는 햇살이거나 보리똥나무 사이로 보이는 하늘이라면 하늘이었다. 설령 나라고 할지라도 그것은 나의 극히 작은 일부분일 뿐이었다. 나의 훨씬 더 많은 부분들은 눈밭과, 그 눈밭을 헤집는 너구리, 백일홍, 백일홍 꽃잎 위의 아침이슬 같은 것에 나뉘어 존재했다. (「시계가 걸렸던 자리」 26면)

소설 속 '나'의 응시 속에서, '나'는 그렇게 존재했다. 이때의 '나'란 물론 '존재'이면서 또한 '비존재'다.

그 어디에도 나란 있을 수 없었다. 내가 바람이고 비고 하늘이고 햇빛이고 구름이고 바위가 아니라면 나는 어디에도 있을 수 없었다. (28면)

'나'는 어디에나 있고 따라서 어디에도 있을 수 없다. 구효서는 이 아득한 시간과 만물 가운데 홀로 놓인 '나'의 (비)존재를, 그 속에서 타자를 포함한 세상의 모든 것이 흘러들고 또 흘러나가 그와 교통하는 장소가 되는 '나'와 '나'의 신체를, 그것을 자각하는 내면의 사건을 소설 속에 풀어놓고 상연(上演)한다. 이 내면의 사건 속에서, '나'는 해체되어 번져가는 '나'이며 그렇게 통섭(通涉)하는 '나'이다. 구효서의 소설에서 '나'와 타자가 겹쳐지는 교감의 경험 또한 그 근원을 거슬러올라가보면 이런 배경 속에서 근거를 얻는 것이다. 이것이

갖는 의미를 찾아 따져보기 이전에, 이런 물음이 있을 법도 하다. 최근 구효서의 소설이 이 신비스런 상상적 탈존(脫存)의 미메시스를 불러올리는 원천은 대체 어디에 있는 것인가?

4. 긍정의 허무, 혹은 탈아(脫我)의 윤리

우리가 딛고 선 이 삶과 현실의 속절없는 공허함을 속 깊이 자각하는 허무주의적 감각이 바로 대답이다. 다소 의외일지 모르나, 바로 그곳에 절묘(絶妙)가 있다. 다시 말해 최근 구효서 소설이 얻은 성취는 삶에 대한 허무주의적 감각을 그런 방식 그런 이미지로 이어가 또다른 차원의 영역을 열어보이는 데서 온다. 삶의 그늘에 대한 허심한 수락과 반성적 감각이 또한 그것을 뒷받침하고 있음은 물론이다.

최근 구효서의 소설에 가득한 죽음의 이미지와 모티프도 이와 무관하지 않다. 아니, 허무주의적 감각을 포함한 그 모든 것의 핵심에 죽음의 감각과 상상이 자리한다는 것이 옳겠다. 「시계가 걸렸던 자리」만 보더라도, 환각의 스크린 위에서 유장하게 점멸하는 탄생과 소멸의 불가능한 기억의 드라마는 이 죽음을 앞둔 자의 응시가 빚어낸 풍경이다. 또 「달빛 아래 외로이」는 적멸 속에서 평온한 죽음을 모방하는 탈존의 드라마이며, 「호숫가 이야기」 역시 '그녀'가 이미 죽고 없는 자신의 미래를 추체험함으로써 죽음의 운명을 매개로 반성적 깨달음을 얻는 이야기다. 그에 더해 어머니의 죽음 뒤에 남겨진 『공포와 전율』이 「소금가마니」의 서사를 이끌어간다는 것도 우리가 이미 보았던 바다. 「앗쌀람 알라이 쿰」의 교감의 서사의 중심에도 역시 이라크

소녀 아르마뜨와 그 식구들의 죽음이 있고, '나'의 깨달음은 그 죽음 가운데서 비롯된다. 그리고 죽음의 공포를 이기는 마음의 평화 또한 역설적이게도 아득하고 황량한 풍경 속에 홀로 놓인 '나'의 상상적 죽음의 추체험에서 나온다. 가령 이렇게. "내 몸도 곧 무기물이 되어 바람에 풍화되어갔다. 아무것도 나는 무섭지 않았다."(「앗쌀람 알라이쿰」 141면)

구효서 소설의 득의는 그처럼 죽음의 상상이 평온한 위안과 화해의 감각으로 이어진다는 점이고, 또한 그 상상이 다른 '나'를 재발견하는 동시에 '나'의 경계를 모든 것에 열어놓는 탈아(脫我)의 교감과 유한한 삶에 대한 반성적 긍정의 시선을 가능하게 한다는 점이다. 그리고 그것은 현실의 '나'를 초월하는 영겁(永劫)의 시간 혹은 세계와 우주의 무한성에 대한 수용적 감각과 상상을 동반하는 것이기도 하다.

그곳에 나는 없었다. 내 삶도 없었지만 죽음도 없었다. (…) 나는 눈을 감고 분이나 초 따위로 쪼개거나 잴 수 없는 죽음 뒤의 시간 속에 앉아 있었다. 평온했다. (「시계가 걸렸던 자리」 27면)

자신의 탄생과 소멸의 불가능한 드라마를 응시하는 「시계가 걸렸던 자리」의 '나'의 몽환적인 상상은 이곳으로 귀결된다. 이 '평온함'은 역설적이게도 무한한 시간과 우주의 지극히 작은 일부에 불과한 '나'의 유한함과 무력함을 자각하는 데서 온다. 아마도 『판단력비판』의 칸트(I. Kant)라면 죽음 앞에 선 자의 무력함을 이 무한(無限)에 대한 감각 속에서 상대화할 때 유한함에 대한 평온한 긍정의 길이 열린다고 했을 것이다. 구효서의 소설이 열어놓는 길이 바로 그것이다.

과연 구효서 소설의 인물들은 죽음의 상상과 체험을 통해 역설적인 평온과 위안을 얻는다. 「달빛 아래 외로이」의 '나/그'가 그러하고, 「앗쌀람 알라이 쿰」의 '나'가 또 그러하다.

구효서 소설의 허무주의가 단순한 부정적인 허무로 흐르지 않는 까닭이 여기에 있다. 그의 허무는 삶의 공허를 있는 그대로 받아들이면서 어루만지는 긍정적인 위무의 시선을 키우고 동반한다. 그곳에 있는 것은 이를테면 삶의 그늘에 대한 속 깊은 긍정이다. 그것은 가령 이런 것일 텐데, 마침 「이발소 거울」의 이발사는 자신의 끔찍한 반복의 삶을 있는 그대로 인정하며 그에 대해 이렇게 돌려 말하는 참이다. "부정하지 않기로 했지. 부정할 수 없었어. 부정되지도 않는 거니까. 인정하면 낯설 것도 고통스러울 것도 없고, 외려 정겨워질 수 있을 거라 생각했소."(「이발소 거울」 162면)

딱히 죽음 앞에 있거나 죽음을 상상하지 않더라도, 구효서의 인물들은 그렇게 삶의 그늘 한가운데서 역설적인 긍정을 발견한다. 그리고 그곳에 위안이 있고, 충일이 있다. 그것은 「자유 시베리아」에서 그렇듯 "끝"에 대한 감각과 "무한히 큰 공허" 앞에서 비로소 열리는 것이다.

앞으로 더이상 내디딜 길과 땅이 이제 자신 앞에 영원히 없음을, 그녀는 마지막 흐느낌 뒤에 깨달았다. 끝. 세월의, 세상의, 꿈 혹은 생존의 끝이라는 느낌이 그녀의 명치 속을 깊이 파고들었다. 그리고 그 절망의 순간에, 느닷없는 안락과 충일이 그녀의 온몸을 휘감았다. (「자유 시베리아」 102면)

삶의 그늘을 감싸안는 이 긍정의 허무주의가 과연 이후 어디로 향할 것인가를 성급히 예단할 필요는 없다. 적어도 지금 우리가 확인할 수 있는 것은 그것이 한편으로 반성적 자기발견과 더불어 '나'를 타자와 세상으로 열어놓는 교감의 윤리를 이끌어내는 원천이 되고 있다는 사실이다. 삶의 공허에 대한 무력한 자각은 무한(속의 '나')에 대한 감각을 불러오고, 그리하여 다시 반성적 초월의 감각을 일깨우며, 삶과 세상의 어두운 그늘에 귀를 열어놓게 한다. 구효서의 소설은 이로써, 우리가 떨쳐버릴 수 없는 운명적인 그늘에 대한 시선의 깊이를 얻어가는 중이라 해도 좋다. 그리고 이 바탕 위에서 우리는 구효서 소설의 허무주의가 향하는(향해야 할) 길을 조금은 짐작해볼 수도 있겠다. 마침 「앗쌀람 알라이 쿰」에서 카심은 말한다. "죽음에 흥분하고 분노하여 맘의 평형을 잃으면 이 길고 긴 싸움에서 이길 수 없어요." 그러니 "삶을 체념해선 안되죠." '평화'는 또 그런 가운데 오는 것인데, "찾아나설 것도 없어요. 이미 내 안에 있으면 돼요. (…) 내게서 흘러 모두를 적시면 되죠. 나 자신이 평화면 되는 거예요."(「앗쌀람 알라이 쿰」 132~33면) 아마도 삶의 평화를 위한 나름의 이 '길고 긴 싸움'이 구효서 소설의 길이 될 것이다. 그에게서 흘러 모두를 적시는.

5. 문학의 윤리, 그후로도 오랫동안

그 도정에서 펼쳐지는 구효서 소설의 풍경에 이밖에 별다른 췌언을 덧붙일 필요는 없다. 다만 슬프지만 아름답다 할밖에. 하지만 그런 만큼 그 풍경은 구체적인 삶의 숨결이 탈색되어 실체를 얻지 못한 감상주의적인 순간의 상상에 그쳐버릴 위험에서 자유롭지 않다. 그리고 그 책임의 일단은 구효서의 소설에 간혹 끼어드는 상실과 체념의 감상적인 수락에도 있다. 그의 소설이 부려놓은 윤리의 가능성이 아직은 채 무게감 있는 육체를 얻지 못하고 있는 것도 이와 무관하지 않을 것이다. 물론 이것은 그의 소설이 채 떨치지 못한 얼마간의 관성도 감안한 이야기다. 가령 「호숫가 이야기」나 「밤이 지나다」 등에서 보이는 상징의 관습적인 배치 같은 것이 그러하다. 그것이 아니더라도, 적어도 이 지점에 이른 이상 구효서의 소설이 이후 맞닥뜨려야 하고 또 그럴 수밖에 없는 과제는 결코 작지 않다. 삶에 대한 위무와 깊은 긍정이 그에 머물지 않고 동시에 그것을 불가능하게 하는 모든 것들과의 치열한 싸움이 되어야 한다는 과제가 바로 그것이다. 일찍이 구효서의 소설은 그 싸움 한가운데 있기도 했으나, 이제는 그것을 성숙한 허무가 열어놓은 더욱 깊은 시선과 사유의 가능성 안으로 불러들여 통합해야 한다는 또다른 요구와 기대도 괜한 것이 아니다. 이 요구와 기대는 실은 그가 자초한 것이기도 하다. 허무가 불러오기 쉬운 삶에 대한 체념의 관성에 저항하며 삶의 평화를 침해하는 것들과의 '길고 긴 싸움'을 벌여야 한다는 것은 그 자신이 내놓은 일성(一聲)이기도 하니 말이다. 삶에 대한 통찰의 시선과 윤리의 더한 깊이는 필시 그곳에서 비롯될 것이다.

이미 이쯤 왔으니, 더 나아가는 것 또한 작가의 몫이겠다. 그리고 기대해도 좋다. 그렇게 구효서는 내내 오랫동안 소설과 함께 있을 것이다. 차마 어쩔 수 없이, 저 스스로 깊어짐을 홀로 감내하면서.

金永贊 | 문학평론가

앞으로도 그럴 것이다

당신의 이상, 당신의 꿈과 미래, 당신의 자유와 정의는 그럼 무엇이며 어디에 있는가? 이런 질문에, 반전 평화의 가객 스물한살의 밥 딜런은 자신의 노래 제목으로 대답을 대신했다. Blowing in the wind. 번역하자면 '바람 속의 나부낌' 정도 될까.

그가 통기타 대신 일렉트릭 기타를 들고 로큰롤을 시작했을 때 실망한 영국 관중들은 그에게 물었다. 당신이 부르던 이상, 꿈과 미래, 자유와 정의는 어디로 갔는가? 그는 대답했다. "I still say, it's in the wind and just like a restless piece of paper." 번역하자면 "나는 여전히 말한다. 그것은 바람 속에 있고, 종잇조각처럼 쉼없이 나부낀다고." 쯤 될 것이다.

선문답 같던 딜런의 말이 내게는 젊은 친구의 옹색한 변명처럼 들렸다.

그랬던 내가, 누군가 내게 소설이 무엇이냐고 묻는다면 밥 딜런처럼 대답하고 싶어진다. 바람이라고. 이십년 가까이 나는 소설을 써왔다.

어떤 소설을 계획하고 있느냐는 인터뷰 말미의 질문에 나는 늘 같은 대답을 해왔다. 모르겠다. 나도 어떤 소설을 쓸지. 그때그때 가장 절박한 문제에 매달릴 뿐, 집필 계획 같은 건 없다.

중단편을 합쳐 이래저래 백편 정도 쓴 것 같다. 장편소설까지 합치면 스물다섯 권의 책을 낸 것 같다. 그 소설들을 펼쳐 한줄로 죽 늘어놓으면 바람소리가 들릴 것 같다. 산들바람, 하늬바람, 마파람, 산바람, 골바람, 바닷바람, 비바람, 눈보라, 폭풍우…… 그 바람소리 안에는 내 유년과 소년과 청년과 중년의 웃음과 울음과 비명과 한숨이 뒤섞여 있을 것이다. 짧거나 길게, 때로는 정석적으로 혹은 변칙적으로. 순응적으로 혹은 파괴적으로. 시대와 사회가 그때그때 요구하던 바, 개인적인 필요, 유행에 강요당하거나 그것을 기꺼이 수용했던 태도들이 고스란히 수납돼 있을 것이다.

내 소설의 소리와 모양과 질량들은 때로 독자들과 소통하며 공감의 환희를 불러 일으켰고, 때로는 비난과 외면으로 쓸쓸하였다. 그러나 공감과 환희에만 만족하지 않았듯이, 비난과 외면을 두려워하지 않았다. 사실은 둘다 내 의지로 어찌해볼 수 있는 문제도 아니었다.

독자를 무시할 생각은 조금도 없었지만 독자의 요구를 들어줄 수 없을 만큼 나는 문체와 주제 따위에서 변덕이 심했다. 언제까지나 나다운 소설을 쓰고, 그 소설다운 작가로 남기를 그들은 바랐지만 나는 그들의 열망을 배신하고도 태평하였다. 둔감했다기보단 차라리 무책임한 운명주의자였다. 나다운 게 뭔지 나는 몰랐으며, 어떻게 해야 내가 쓰는 소설다운 작가로 남을 수 있는 건지도 알지 못했다. 그리하여 바람처럼 떠돌 수밖에 없었고 후회할 처지도 못 되었다. 물론 변덕과 배신의 결과가 좀더 나은 소설이었냐 아니냐는 건 다른 문제다.

이쯤에서 나는 어떤 독자의 말을 빌어 나 자신에게 묻는다. 소설을 통해 네가 추구하는 이상, 꿈과 미래, 자유와 정의는 무엇인가? 그리고 밥 딜런의 입을 빌어 스스로 대답한다. 바람 속의 나부낌이라고.

딜런은 노래를 지어 부르는 가수였다. 그가 지어 부르던 노래 중에는 그의 이상도 들어 있었지만, 타인의 꿈과 미래도 있었고, 공동체의 자유와 정의도 포함돼 있었다. 그러나 노래를 지어 부르는 가수였기 때문에 그의 노래에는 그런 것들이 없기도 했으며 반대의 내용이 담기기도 했다. 그와 그의 노래는 비로소 영욕으로 얼룩지게 되는 거였다.

영욕은 생명체가 겪어야 하는 숙명적인 특성이기도 하지만 좀더 단정적으로 말한다면 영욕 없는 생명은 생명이랄 수 없다.

바람은 절기와 세기와 지역과 온도와 습도 따위에 따라 그 이름이 달리 불리울 뿐 모두 다 바람이다. 바람은 부는 것이다. 그리고 나부낌으로 자신의 존재를 드러낸다. 소리와 모양은 변화무쌍하여도 공기 덩어리의 이동이라는 현상은 하나다. 변하는 것과 변하지 않은 것이 한몸에 있다.

바람은 쉼없이 나부낀다고 말하면서 딜런은 쉼없이 노래를 했다. 가수였으니까. 나는 그동안 쉼없이, 다만 소설을 썼고 앞으로도 그럴 것이다. 내 소설에 가해지는 영과 욕을 생명체의 존재증명으로 받아들일 것이다. 영과 욕도 없어 소설이 아주 죽어버리고 말면, 나 또한 더이상 소설가가 아닐 것이고, 그래서 내가 쓰는 글은 소설이 아닐 것이다. 그때까지, Blowing in the wind.

2005년 가을

구효서

시계가 걸렸던 자리

초판 1쇄 발행/2005년 10월 24일
초판 6쇄 발행/2021년 11월 9일

지은이/구효서
펴낸이/강일우
편집/김정혜 안병률 강영규 김명재
미술·조판/정효진 신혜원
펴낸곳/(주)창비
등록/1986년 8월 5일 제85호
주소/10881 경기도 파주시 회동길 184
전화/031-955-3333
팩시밀리/영업 031-955-3399 · 편집 031-955-3400
홈페이지/www.changbi.com
전자우편/lit@changbi.com

ⓒ 구효서 2005
ISBN 978-89-364-3689-6 03810